本书为广东外语外贸大学所承担省"211 工程"三期重点学科建设项目"人文学中心建设——比较文化视野的文学通化研究"系列成果之一

人文学丛书

主编 栾栋

借光诗学

马利坦诗学研究

张 静 著

暨南大学出版社
JINAN UNIVERSITY PRESS

中国·广州

图书在版编目（CIP）数据

借光诗学：马利坦诗学研究/张静著. —广州：暨南大学出版社，2011. 12
（人文学丛书·第一辑）
ISBN 978 - 7 - 81135 - 979 - 4

Ⅰ. ①借… Ⅱ. ①张… Ⅲ. ①马利坦，J.（1882—1973）—诗学—诗歌研究 Ⅳ. ①I565.072

中国版本图书馆 CIP 数据核字（2011）第 182520 号

出版发行：暨南大学出版社

地 　址：中国广州暨南大学
电 　话：总编室（8620）85221601
　　　　　营销部（8620）85225284　85228291　85228292（邮购）
传 　真：（8620）85221583（办公室）　85223774（营销部）
邮 　编：510630
网 　址：http：//www. jnupress. com　http：//press. jnu. edu. cn

排 　版：广州市天河星辰文化发展部照排中心
印 　刷：佛山市浩文彩色印刷有限公司

开 　本：787mm×960mm　1/16
印 　张：15. 375
字 　数：252 千
版 　次：2011 年 12 月第 1 版
印 　次：2011 年 12 月第 1 次

定 　价：33. 00 元

总 序

栾 栋

克服"单面人"生产和突破"块垒式"教学，探索宽基础、大口径、深层次培养通识通才的途径，是世界所有高校的重大难题，也是广东省建设文教大省不可回避的关隘之一。近几年我们以省重点扶持学科比较文学为依托，进行了集约性融通的尝试，一系列成果聚焦于"人文学中心建设——比较文化视野的文学通化研究"。2008 年底，我们以此为题，获省"211 工程"三期重点学科建设工程立项，一个融通人文学科的核心实践在广东外语外贸大学拉开序幕。

何谓人文学？从学科脉络上讲，她是研究文史哲互根的学问；从学术本质上看，她是求索中西学融会的艺术；从学理辐射而论，她是探讨教科文贯通的方略。我们将之作为文学化感通变的"核心加速器"，从"比较文化视野"多向度运作，以推动中外语言文学的通化性研究。这是我们创新团队数十年的精心设计，是我校长期师资建设和学术积累的集成绽放，是我校比较文学在本科、硕士、博士、博士后授权点配套后的新拓展，尤其是我校作为省属涉外型重点大学对"明德尚行，学贯中西"校训的认真践履。

"人文学中心"是广东省文科基地重点项目建设的一个工作站。本中心面向海内外招聘学术带头人和教研骨干，大力推动国内外同行间的多向交流。旨在打破近代以来人文领域分科治学人为分界的局限，同时坚守合理的规则，以具有长远规划、长期积累和趋向性影响的重大项目实施，带动人文主干学科多面建设。

　　从省文科基地已经完成的"人文学研究"成果和全校人文力量的整合情况来看，以"人文学中心建设——比较文化视野的文学通化研究"为题，全面推进省"211工程"三期重点学科建设项目的效率日益加强。广东外语外贸大学的人文人为学校、全省和全国高教界践履这一历史使命的努力正在稳步付诸实施。

　　本团队积极进行中外语言文学的教研改革，力求在人文学探索上有较大的突破，把中心建成教学科研、学术交流和资料信息的综合平台，努力实现省内领先、国内出色的目标，扩大在国际学术界的知名度。增强实力，协调运作，承担对本学科发展具有中长期导向作用的重大课题，使中心成为国内外有一定影响力的人文学高层次人才培养基地和文史哲通化研究的资料中心。

　　"人文学丛书"是"人文学中心"建设的一个信息窗口，她将本项目的水平标高展现给社会。"人文学丛书"也是"文学通化研究"的一个交流平台，她把本团队融贯文史哲和勾兑中西学的成败利钝呈现出来，与学界同仁共同品鉴。这套丛书包含三个方面的内容，其一是人文学原理与方法探要，其二是中外文史通义问题求索，其三是中外文学通化现象研究。毋庸讳言，这样一套丛书的编著，连同上述"人文学中心"建设的重大任务，都属于既"吃螃蟹"也"尝蜘蛛"的艰险行为。但是全球化的历史潮流迫使我们斗胆进取，面对国际教科文演变的一道难题，中国的人文学者总得交出自己的答卷。

　　"人文学丛书"第一辑收入十部著作，其一是陈桐生教授的《七十子后学散文研究》。在中外文学研究中诗文是大板块。源头探索亟待突破，上游研究尤需透解。我在《诗语思通释》讲稿中谈过自己的浅见，原语见原诗，散字出散文，散语是酵母，神话是前身。中国散文的源头在散语，其风气之先当属神话。神话是散语，散语是散文的前奏。散文在三代发轫，春秋跃如，战国辉煌，几近诸体大备。春秋至战国间散文如何变化？春秋散文与战国散文如何衔接？学界较多地描述了显见文本，但是对内在的深层关联发掘不够，因而对二者之间的起承转合缺乏吃紧处的勾连。陈教授学富五车，满腹经纶，已有十多部关于先秦两汉文史思想的学术著作问世。此次推出的《七十子后学散文研究》是其先秦文学研究的又一重要成果，正好填补了这个空白。"七十子后学散文"的概念是陈教授首揭首倡，从中传达出的人文学术变迁理论发人深思。在散文学源头最能看到散文乃至广义文科演进的关键性转折。《七十子后学散文研究》可谓既观衢路又照隅隙的力作。

按著作内容的时代顺序排列，第二本是孙雪霞副教授的《比较视野中的〈庄子〉神话研究》。作者对神话的界说耐人寻味。她称"神话是一种成就某些深远意义的让信众们信以为真并产生期许或向往的叙事"。"神话在《庄子》中'不成体系'，以'交界线'与'块茎'的样态在场。""神人之神采、畸人之神奇、异人之神秘，共同构成了《庄子》生气盎然之神话世界。具体而言，有于喝相随、六合祥和、以无观有、物我启蔽、始源浑然等几个向度。"作者在世界神话史的大背景中审度《庄子》神话的价值，将之视作原始文化与文明文化并存的最鲜活的例子。同时也以《庄子》神话反观西方神话，语涉中外，笔走龙蛇，多向比较，新见风发，其眼光、才气和胆魄都有超乎惯常思维之处，为人文学研究系列增加了一个新品种。

何国平教授的《山水诗前史——从〈古诗十九首〉到玄言诗审美经验的变迁》，李祥伟副教授的《走向"经典"之路——〈古诗十九首〉阐释史研究》，何光顺副教授的《玄响寻踪——魏晋玄言诗研究》，是一组颇见功力的学术成果。"古诗十九首"如何成为经典？玄言缘何富于诗意？"山水诗前史"给我们提供了什么样的审美经验？三位作者从不同视角探幽览胜，为这些问题找出了很有深意的答案。这三部专著都涉及两汉魏晋的思想文化、历史、逻辑、诗歌、玄思，纵横交织，五彩错杂，这些形同万花筒一般的变化，经三位作者的苦心经营，擘画出了文史发展的大脉络，让读者享受到情在词外、状溢目前的生动诗学解读。

路成文教授的《咏物文学与时代精神之关系研究——以唐宋牡丹审美文化与文学为个案》是以唐宋牡丹玩赏及相关文学艺术活动为研究对象的学术专著。人爱花，花解语，"物色之动，心亦摇矣"。路教授于诗词研究有年，文史造诣不菲，熟谙咏物，雅人深致，目往还，心吐纳，情有赠，兴如答，展现给读者的是一幅"情感七始，化动八风"的优美画卷。进而言之，他通过人与牡丹的审美关系，发掘出了中国牡丹文化的花情结，阐明了社会、文史、自然（花卉）之间的美意识，时代风俗从花前月下流衍，人文大旨因姹紫嫣红增色。

　　刘小平教授的《有根的文学——文化视野下的中国现当代文学取样》是探索中国现当代文学元素的学术专著。徐真华和张弛主编的《20 世纪法国小说的"存在"观照》，是对百年来法国小说的哲理性解读。"有根的"中国现当代文学与"存在"的 20 世纪法国小说，都让人领略到世界的开放和文学的交汇，都让人明了地球村的鸡犬之声相闻，都让人感悟到人文学的形之上下互动。小说，以及广义的文化，都进入了盘根错节的新时代，都遇到了新的文史通义的挑战。

　　马利红副教授的《法国副文学学派研究》，是人文学丛书的一个亮点。她为本丛书提供了文学及其理论研究的另一种视角。La paralittérature 被法中两国学界通解为副文学，马利红根据栾栋教授关于辟文辟学辟思的新文学理论，不仅对这个学派作了深入的解析和全新的界定，而且给予了多方面的阐扬和跨文化的救助。具体而言，哀其局限，救其弊端，解其困惑，助其超越。可以说，作者给进退维谷的副文学学派打开了四通八达的衢路，副文学及其学派从此有了辟文学的前途和可通化的期盼。

　　张静博士的《借光诗学——马利坦诗学研究》是对法国哲学家和神学理论家马利坦诗学的专题研究。在现代社会各种理论气势磅礴而传统宗教江河日下的大背景下，信仰危机非常尖锐地摆在人类面前。马利坦是西方为数不多的大神学家，他在坚守天主教信仰的同时，也在深刻地思索社会的变化和人类的未来。其神化诗学集中体现了这样的神学宗旨。我国对马利坦的研究还处于评介阶段，擘肌入理的研讨尚不多见。张静博士在这方面用功甚勤，不论是资料收集，还是学术解析，都做出了相当的成绩。她非宗教信徒，读者可以从其客观的评述中感受到马利坦及其研究者的人文深衷。

　　上述十种论著从不同角度阐发了人文学的一些大方面。表面上看，这些著作云行雨施，各有所专，与建设人文学中心的主旨若即若离，实际上它们都很贴近人文学思想的大主题，每部专著都从治学理路上体现了"文史哲互根"的思想，从学术格局上追求"中西学融通"的大端。细心的读者可以从每本书的字里行间看到历史与人文的磨砺，看到思想和逻辑的扭结，看到学问与学科的切磋。这些都预示着人文学在起根发苗。

　　这套丛书的主编是广东外语外贸大学外国文学文化研究中心主任栾栋教授，他是广东省"211 工程"三期重点学科建设项目"人文学中心建设——比较文化视野的文学通化研究"的首席科学家。该丛书的总策划是暨南大学出版社总编辑史小军教授。

人文学丛书的出版刚开了一个头，人文学中心建设的四个创新团队在夜以继日地工作。第二辑（十部书稿）的撰写正在有条不紊地进行。与此同时，我们还在准备另一个系列——"人文学译丛"的出版工作。此外，人文学术走出去的思路也在酝酿中。对于广东外语外贸大学的人文学者而言，人文学中心建设是一个持之以恒的学术追求，人文学研究未有穷期。

2010 年 10 月 19 日
于广州白云山麓

前　言

　　20 世纪的法国是一个学术人才辈出、思想巨子如林的时代。让—保罗·萨特（Jean – Paul Sartre）、伊曼纽尔·列维纳斯（Emmanuel Lévinas，一译勒维纳斯）、莫里斯·梅洛—庞蒂（Maurice Merleau – Ponty）、西蒙娜·德·波伏娃（Simone de Beauvoir）、克洛德·列维—斯特劳斯（Claude Lévi – Strauss）、罗兰·巴特（Roland Barthes）、路易·皮埃尔·阿尔都塞（Louis Pierre Althusser）、吉尔·德勒兹（Gilles Louis René Deleuze）、米歇尔·福柯（Michel Foucault）、让·鲍德里亚（Jean Baudrillard）、雅克·德里达（Jacques Derrida）、保罗·利科（Paul Ricœur）、茱莉亚·克莉斯蒂娃（Julia Kristeva）……可谓繁星满天，让人目不暇给。雅克·马利坦这几个字显然没有上述人物的名号响亮，也无法挤入非常有震动性的学者之列。但有一点是值得肯定的，他在哲学史与宗教思想史之间错综复杂的交汇点上独树一帜，在宗教神学与诗学理论的融会贯通方面别有所成，其贡献明显占据着一个重要的位置。作为法国 20 世纪的神学家、哲学家、诗学家，他对那一特定时代重大的精神现象诸问题有其"象征性解决"，仅这一点就足以永远被人们所关注和怀念。

　　一个人的价值并不取决于他是否掌握了真理或者自认为真理在握，而在于他是否为人类社会的正义与光明奉献了自己的那一份力量。雅克·马利坦的价值就体现在他以真诚的态度介入了神圣的学术之旅，而且最终以其思想的前瞻性、超越性，理论资源的丰富性、建设性，以及思想发展的开放性、兼容性，为神学别开生面，为诗学再添辉煌。他将哲学思辨转化为对神秘智慧的宗教追求，又将神学信仰融入对艺术创造的伦理解读。他将神学、哲学、诗学、伦理学融为一体，既为现代文明的进程竭诚尽智，又为人类文明进程中出现的负面现象忧心忡忡；他的思想理念是为解决现代文明的难题提交的一份引人深思的答卷。雅克·马利坦的神学诗学是西方神学家对理性困境的反思，是西方诗学理论家对宗教神学遗产的继承，同时也是西方宗教人士对人类前景的瞻瞩。雅克·马利坦给出的答案也许暂时未能被现代社会所接受，但其对症下药的良苦用心是应该得到肯定的。雅克·马利坦切入问题的方法也可能不无偏颇，但作为一位思想家，他那种既不曲学阿世，也不观潮媚俗的态度，恰是当今人类极为匮乏的精神状态，也是对抗现实腐败状况的净化剂。

宗教神学作为一种具有多种表现形态的人类精神探求和社会文化现象，不仅关系到几乎所有人类的生存，而且还涉及人类核心精神和终极关怀。作为西方传统文化的主干之一，宗教神学不仅提出了关于人类在世界中所处地位的全面阐释，而且提供了一个关于现实宇宙图景的指南。特别是在物质主义、消费主义、世俗主义等意识形态占据文化主流的当代社会，宗教本身所承载的内涵——赋予人生以思想寄托和超越精神——具有重要的人生参考价值和反思意义。在某种意义上，宗教神学思想过去是、现在仍然是探究人类精神现象迷宫的入口之一，回避对它的研究则不能全面理解人类的秘密。探究马利坦的神学思想，不仅可以为现代社会深入地认识自身提供一个窗口，而且可以为现代神学的困境指明一个探索的新方向。

诗学研究在当前属于热门话题。毋庸讳言，诗学也是一个言人人殊的话题。马利坦的神学诗学可谓对转折时代人类精神现象领域的一种新探索。如果说《圣经》称得上在人类审美史上既是准文学也是超文学文本的话，那么马利坦关于艺术本质认识的神化诗学解读就是对现代人类精神危机的关注与拯救。他从神学视野对诗学进行钻研，把诗学带入了更加空灵的境界，也把信仰安放在了文学的殿堂。从无神论的角度看，这是神学的借"诗"还魂。从文艺学的角度来审视，这为审美活动的复杂性提供了多种解说的可能。比起海德格尔等人以哲学和美学外衣包装神学的隐秘手法，马利坦笃信不疑的神化诗学，确有其真实和坦诚的可贵。研究马利坦诗学，等于是在20世纪神学文艺学的制高点上巡礼。

作为20世纪重要的神学理论家，马利坦的诗学理论因其神学思想而蒙上了一层神秘的面纱。解读其神学，便于悟解其诗学；解读其诗学，有助于破解其神学思想中的神秘主义。对其神学诗学的激浊扬清，实际上是对法国宗教文化的人文性盘点，使之成为当今人类精神发展的重要思想资源，这无疑具有十分重要的文化价值和学术意义。特别是在学科的融通方面，马利坦作出了颇有创意的求索。他在神学、诗学、哲学、社会学、伦理学等领域均有跨学科的实践，提出了许多有价值的见解，研究其神学思想与诗学思想的内在关联，不仅是一个有价值的比较文学研究案例，也是跨学科融通性研究的一个重要课题。

纵览国际与国内研究状况可知，我国对马利坦的全面研究基本上还处于待开发状态。为数不多的短篇论文间或有之，但大多数属于零散的切割。深入的专题研究偶有一二，系统而圆通的研究几近空白。

我国对马利坦的研究起步较晚。20 世纪 60 年代，一些敏锐的哲学家对马利坦的哲学思想有所接触、研究。出于对新托马斯主义哲学的关注，个别学者开始翻译和介绍这一流派的作品，霍宗彦先生所译马利坦的《人和国家》就是其中较有名的一部。限于当时中国的政治文化背景和学术思想环境，马利坦关于"灵性优先原则"的哲学思想被定性为反动理论、反动思潮。霍先生在前言中声称，译此书之目的：一是供国内学术界批判之用，二是利于中国社会主义意识形态的发展。以辩证唯物主义为主导思想的中国学术界将宗教唯灵论思想推向了审判台。改革开放后的 80 年代，西方的思想文化再次大量涌进，学术界对西方基督教文化的兴趣也日渐浓厚。但相对于现代西方宗教神学的发展而言，国内学人对西方基督教文化的大规模研究尚处于起步阶段。对宗教这种精神现象的研究过冷与学术界的政治热点密切相关，学人往往更多地关注各种激进的、与我国政治思想密切相关的现代学术思想或流派，如存在主义、现象学、人类社会学、精神分析学等。加之改革开放前 30 年宗教研究的萎缩和"左"倾宗教政策的蔓延，学术界对马利坦的研究少之又少也就不足为奇了。90 年代始，马利坦的译著陆续出版（如《存在与存在者》，龚同铎译，贵州人民出版社，1990 年；《艺术与诗中的创造性直觉》，刘有元、罗选民等译，生活·读书·新知三联书店，1991 年；《科学与智慧》，尹今黎、王平译，上海社会科学院出版社，1992 年），这些译著仅仅涉及马利坦的哲学和艺术思想，并没有触及其神学思想的领域。只有《神圣的使命——重读马里坦》（陈麟书、田海华著，四川人民出版社，1997 年）一书涉及马利坦少部分的神学哲学思想，此书前半部分是对马利坦生平与神学思想的简介，后半部分附录已被翻译过来的相关著作节选。整个 20 世纪，有关马利坦思想的专题论文还是很少。进入 21 世纪后，随着跨学科研究的学术氛围日渐浓厚，学人愈来愈意识到马利坦学术思想的重要价值，对马利坦思想的研究也日渐丰富。有从文艺美学角度论述马利坦诗学思想的学术论文（如《从隐形之诗到显形艺术——论马利坦诗学理论中的诗与艺术》，任晓燕著，内蒙古师范大学硕士学位论文，2003 年），有从现代性问题的立场和角度谈论马利坦的历史哲学和社会政治哲学的专著（如《超越现代——马利坦对现代世界的批判》，徐卫翔著，同济大学出版社，2004 年），也有十多篇期刊论文相继问世。这些期刊论文大多是围绕马利坦诗学理论中的几个概念和术语来展开的，对马利坦诗学理论还缺乏全面、整体、统一的观照。

西方学术界对马利坦的研究起步较早。鉴于马利坦与新托马斯主义哲学运动的密切关系以及他在宗教神学思想界的影响力，美国圣母大学（University of Notre Dame）于 1957 年建立了第一个马利坦研究中心，开始全面推进对马利坦神学哲学思想的研究。其后，在法国、巴西、波兰、加拿大、意大利、荷兰、西班牙、委内瑞拉和中国台湾，相继建立起专门研究马利坦思想的中心或学术机构，有关马利坦思想研究的专著和论文也越来越丰富。1982 年，在马利坦诞辰一百周年之际，联合国教科文组织（UNESCO）和一些大学及研究团体召开了纪念会议。此后，对马利坦思想的研究更加广泛，涉及形而上学、认识论、伦理学、教育哲学、美学与艺术哲学、灵修理论、神学等方面。随着研究的深入，人们逐渐认识到马利坦的思想对于现代社会的典范价值与重要意义。从 1985 年至 2005 年二十年间，有关马利坦的评传多达十八部（见附录）。马利坦与妻子拉伊莎（Raïssa Oumançoff）的法文全集（*Oeuvres complètes de Jacques et Raïssa Maritain*, 16 Bde., 1982–1999）也已出版。不过，西方学术界对马利坦的关注，大都聚焦在神学、哲学、社会政治领域，对其诗学思想的关注相对比较薄弱。也许是其神学思想的光辉与宗教哲学的成就更具有吸引力，相对而言，其诗学思想的魅力则未能充分散播而且有所遮蔽。即使有零星的学术论文涉及马利坦的诗学思想，与研究其神学思想与哲学思想的广泛和深入状况相比，还是不能同日而语。

概而言之，马利坦神学诗学理论是一个需要加大力度进行全面的、融通性的研究的领域。况且研究马利坦诗学毕竟具有一定的开创性和挑战性，其价值不可低估，至少可以为我国现代诗学理论的发展提供参考性的资源。对我来说，选定宗教神学与诗学作为探索方向，是对自己知识结构改造和思维方法陶冶的一次艰难考验。无知出有知。在宗教思想的大背景下，我逐渐领略到了西方文学超越性的复杂维度，同时也在触摸神学盲点中坚定了学术研究的方向与突破点。

锁定这个学术聚焦点，与导师栾栋教授高屋建瓴式的指导是密不可分的。在多年的教学与求学过程中，由于对宗教、神学、诗学的神秘有较大的兴趣，我不知不觉中走进了跨学科的交叉地带，同时也陷入了对彼岸问题的困惑与对未来揣测的迷宫。诚所谓"正入万山圈子里，一山放出一山拦"。我非常感谢导师栾栋教授的悉心指导和大力提携。他那种博大精深的学识洞见与独立自由的学术精神深深地感召着我、引导着我，使我终于走出困境，完成了对雅克·马利坦神学思想的梳理与审度，一步步靠近了解读马氏神学诗学的艰巨目标。

本书首先从"诗学"的定位入手，以马利坦关于"诗"的定义为引线，探讨其诗学理论的渊源和深层意蕴；继而将其思想领域中的神学、诗学、哲学、伦理学、社会政治学等思想交叉起来研究，力求把本专题的焦点探讨拓展到跨学科的比较研究的广阔领域。这是一项艰难的求索，因为可参考的同类研究成果很少。现在提供给读者朋友的这个文本，难免粗疏简率，挂一漏万。马利坦思想研究是一个有待深入探讨的领域，本书权当引玉之砖，不足与错误之处，敬请海内外专家批评指正。

张　静

2011 年 6 月

目　录

管窥篇

引　言

我们所生活的世界，其基本要素不外乎物质和精神。物质是我们生活的基本前提条件，精神是我们生活的意义寄托。人类创造文明的根本动机，就在于以精神的方式超越人类的种种物质局限。文明的命运与人类的超越精神息息相关。

从宗教意义上讲，人类超越现实的最高理想就是"终极实在"（或称"神"），有关"神"的种种思想构成了人类智慧的源头。在物质主义、消费主义、世俗主义等意识形态居主流的当代社会中，研究赋予人生以超越意义和超越精神的神学思想，无疑具有重要的文化教育意义和世界意义。基督教神学作为西方文化的精髓之一，对大多数中国学人来说，仍是敏感的学术思想。它并没有完全为众多学者所认知、接受，更不用说深入研究了。在一定程度上，这无疑影响了国人对西方文化精神的透彻领悟。

雅克·马利坦（Jacques Maritain）的诗学理论因其神学思想而蒙上了一层神秘的面纱，解读其诗学，必先敞亮其神学。解读马利坦诗学思想的关键在于把握、破解其神学思想中的神秘主义，全面探究其诗学思想的精义与局限。然后将其引入促进人类自我提升的人文主义渠道，使之成为当今人类精神发展的重要思想资源。

与20世纪众多耀眼的伟大思想家、哲学家相比，马利坦处在哲学史与宗教思想史之间错综复杂的交汇点上，作为这一特定局势的"象征性解决"而被人们所认识。若对第一次世界大战后的欧洲精神危机和欧美大陆特定的社会思潮、政治矛盾以及现代艺术理论的繁复缺乏总体的把握，就无法认识马利坦对现代人类信仰的救赎和对创造性艺术的呼唤的价值所在。在马利坦大量的著述中，他对当时几乎所有的政治、思想和文化艺术的重大问题和潮流都作出了直接或间接的回应，将一个时代问题、历史问题变成了一个大胆的诗学实践主题。

　　马利坦为自己确立的目标是在"世俗社会与神圣世界二分的断裂中"找到"诗—艺术"和"智性"的最富成果的存在方式。他是在科技理性的真理中最大限度地展现现代历史的"进步与堕落",是在一个似乎无法逆转的毁灭过程中启示赎救的看似微弱却是值得期待的可能性。对这一目标尽心尽力的追求使马利坦终其一生拒绝为任何官方机构宣誓效忠。他的哲学思想既批判又吸取,宗教思想既传承又反叛,诗学思想既创造又维护。通过这种兼容收包、吐故纳新,马利坦启动了重建现代科技时代的"诗性智慧",其"创造性直觉"概念的阐发就是这种努力的表现。作为极具现代性的思想家,马利坦从没有放过"现代"这个标签后面隐藏的错综复杂的"政治—哲学—神学"关系及其与诗学的纠葛。

　　身为神学家的马利坦在诗学领域表现出卓有成效的创制。他将其神学思想中的上帝论、存在论、智慧论、救赎论融汇在诗学理论中,在众语喧哗的后现代文艺学狂欢中开辟出闹中取静的一席之地;更为可贵的是,他所具备的"参古定法"和"望今制奇"的精神,为中西诗学的沟通提供了一个范例。马利坦在其代表作《艺术与诗中的创造性直觉》以及相关诗学论著中,提出了"诗"、"诗性"、"诗性经验"、"诗性直觉"、"诗性精神"和"诗性意义"等重要术语及相关概念,论述、探讨了诗学领域内关于诗、艺术创造、艺术价值、诗与艺术之关系等重要问题。本书以"原诗"作为突破口来探究其神学化诗学的进路,于宏大的神学背景中窥探其细致的诗学理论,以促进中西诗学的对话与文化的交流。

　　马利坦诗学的中心议题是"诗"。"诗"作为艺术的灵魂,作为所有艺术生命的神秘体现,作为人类存在价值的表征,其复杂的特点究竟是什么?"诗性"作为艺术的核心,究竟隐含了多少奥秘?在当今日益世俗化、庸俗化和一切工具化的现代文明发展中,"诗"还有多大的生命力?"诗"果有命?其功能又如何?面对现代艺术的超越发展和剧烈挑战,作为狭义概念上的"诗"与其他艺术门类如绘画、音乐的关系产生了什么样的变化?"诗"与其他学科如哲学、伦理的关系又呈现出什么样的状况?

　　本书的第一章首先阐明马利坦诗学理论中的核心概念"诗",这是一个举足轻重的理念。自亚里士多德(Aristoteles,384 B. C.—322 B. C.)撰写了《诗学》之后,诗之学,如溪如河,经千山万壑而不断发展。关于"诗学"(La Poétique)至今没有统一的说法,言人人殊,很难定为一尊。

近半个世纪以来，"诗学"发展繁荣，在某种程度上几乎成为文学理论的代名词。"诗"不仅是一种文学样态，而且是一种自由精神的律动。"诗学"也不只是"作诗之法"，也是人类进入这种自由场域的章法。亚里士多德意义上的"诗学"已经不适于诗学的演化。在马利坦的诗学理论中，关于"诗"的定义非常之多。毋庸赘述，首先厘清其"诗"的含义是窥探其诗学思想的关键所在。在进入马利坦诗学理论的入口处，要做简要的介绍实属不易，但是要竖起一个路标应是不可或缺的举措。综观之，马利坦是在两个层面上使用"诗"这一术语的：一是形而上（本体论）的层面；二是形而下（实践论）的层面，形而下的层面上又有广义与狭义之分。本书采取从点到面、由近及远的推进方法，先说"原诗"，次讲"诗性"，再看"启示"，最后对不可言说和必以言说的复杂问题——形神之辩、诗哲之争和三位一体——作出管窥蠡测的表达。

原　诗　篇

当人们争先恐后地给"诗"冠以各种各样的定义时，博尔赫斯却惴惴不安地答道："如果要我为诗下定义的话，这件事会让我忐忑不安的。"[①]1967 年秋，博尔赫斯在哈佛诺顿讲座上说："我们无法用其他的文字来为诗下定义……总括来说，我引用了一句圣·奥古斯丁的话，我觉得这句话在这里引用相当贴切。他说过：'时间是什么呢？如果别人没问我这个问题的时候，我是知道答案的。不过如果有人问我时间是什么的话，这时我就不知道了。'而我对诗也有同样的感觉。"[②] 博尔赫斯的话并非出于圆滑或是调侃，而是一位真正的作家在体验过创作与阅读后的真实表达。那体验就是"当你读到诗的时候，你会感受到诗的质感，那种诗中特有的悸动"[③]。可见，任何妄想给诗下定义的企图都是枉然的，抽象性、压制性的表述只能意味着这些阐释不过是些既定的成见或世俗常识而已，换为黑格尔的说法，就是"熟知非真知"。也许大家都有过这样的经验：当我们仔细审视各种各样关于"诗"的定义之后发现，我们似乎与"诗"愈加疏远了。也许我们应该换一种方式来聆听或追问，而不是再给"诗"下定义。怎样通向"诗"之路？"诗"之路基在哪里？"诗"路有多长？终点在何方？当我们以这种方式来追问时，思想的目标就是寻找进入"诗"的路径，而不是拿先贤圣哲如老子、孔子、柏拉图、亚里士多德等之说教，或是当代名人大家如艾略特（T. S. Eliot）、巴赫金、海德格尔等之"诗"论来搪塞这个问题。我们绝不能以罗列中外历史上的诗学观来解决这个问题，虽然往古的诗学观都有它们各自的价值与意义。重要的是我们得在追问中超越它们，而同时又能含蕴它们。本书以雅克·马利坦的诗学观为剖析案例来寻求的正是这样一条进入"诗"的道路。

---

① ［阿根廷］豪尔赫·路易斯·博尔赫斯著，陈重仁译：《博尔赫斯谈诗论艺》，上海译文出版社 2008 年版，第 19 页。

② ［阿根廷］豪尔赫·路易斯·博尔赫斯著，陈重仁译：《博尔赫斯谈诗论艺》，上海译文出版社 2008 年版，第 20 页。

③ ［阿根廷］豪尔赫·路易斯·博尔赫斯著，陈重仁译：《博尔赫斯谈诗论艺》，上海译文出版社 2008 年版，第 20 页。

第一章

释　诗

一、诗之本体——诗神一体论

"正如伟大诗人薄伽丘（Boccaccio）所言，诗是本体论，毫无疑问，诗更是神学。从某种意义来说，诗是源自于灵魂深处的、神秘的、通过其自身的创造性乐章揭示关于存在（being）的创造性活动。"（Poetry is ontology, certainly, and even, according to the great saying of Boccaccio, poetry is theology. But in the sense that it finds its birth in the soul in the mysterious sources of being, and reveals them in some way by its own creative movement. ①）马利坦在《诗的状况》一书中赞誉地首肯了意大利诗人薄伽丘的基本观点：诗是本体，诗更是神学。在此基础上，马利坦进一步指出了诗的本源、诗的特性、诗的本根。

首先，诗是本体。马利坦认为，"诗事实上是自身的一个目的和绝对。"（Poetry, in reality, is an end in itself, and an absolute. ②）诗在本质上是一种精神的自由创造力的释放和驱动，它本身没有对象，只是一个超越任何目的的目的。"诗是一个宇宙，一个自足的宇宙，无需所指，直面自身，在灵魂的隐蔽处朦胧……如在悄然无息的黑夜，它穿越一切而显形，却无人知其所以然。"（It is a world—the poem will by itself be a self-sufficient universe, without the need of signifying anything but itself, and in which the soul must allow itself to be enclosed blindfolded, in order to... the effluvia of night that penetrate to the heart without one's knowing how. ③）诗无需所指，直面自身。在事物的性质中，诗自身就是目的，本身就是绝对。作为诗（马利坦所言的此"诗"是指处在智性自由的创造性路线上的诗）的那个绝对自动

---

① Jacques and Raïssa Maritain, *The Situation of Poetry*, New York, Philosophical Library, 1955, p. 60.

② Jacques Maritain, *Creative Intuition in Art and Poetry*, New York, Meridian Books, 1957, p. 59. 书中出现的引文仅标注英文版本页码，中文翻译部分参考了刘有元、罗选民的译本（［法］雅克·马利坦著，刘有元、罗选民等译：《艺术与诗中的创造性直觉》，生活·读书·新知三联书店 1991 年版），因有些地方作了修改，故将英文放在其后，以便同人指正。书后所有引文均属此意，不再一一注明。

③ Jacques and Raïssa Maritain, *The Situation of Poetry*, New York, Philosophical Library, 1955, p. 45.

的倾向使人更渴求这一个绝对（绝对存在），在此意义上而言，最初的诗人即存在的创造者。其次，诗是认识。这种认识不是世俗意义上的认识，也不是严格意义上的实践认识，而是本质上趋向于表达和揭示的洞识。这样一种洞识使得"诗"以自己的方式同存在进行一种精神的交流。这样的一种精神交流使得诗也能够以一种坦诚的、精微的方式转变为一种自我意识。

最初的诗人即存在的创造者。何谓存在？马利坦认为，存在既非通常所谓的那种模糊意义上的存在，亦非诸科学和自然哲学所列举的特定意义上的存在，亦非逻辑上的实在存在，亦非被错当作哲学的辩证法中伪托的存在。它是出于其自身之故而得到解脱的存在，在归属于它自身的可理解性及实在的真义和丰富来源中得到解脱的存在，充溢在超验的价值和自然倾向的能动价值之中。为此，马利坦极力反对这样一种哲学观念，即错误地将存在的哲学视为本质（essences）的哲学，将之设想为本质的辩证法而无视关于存在的哲学的本来面目，无视它比其他哲学高明之处，以及它在哲学中所处的独特而超群的地位。同时，马利坦也反对将存在归之于具体化的客观世界及自然世界的观点。如果这样，存在实际上就是理念（idea）的一种外化状态，是消极而被动的纯粹外在性的一个片断。

马利坦极力反对的关于存在的哲学观念说明，存在不是某种本质。它既不是可理解之物，也不是思维客体，它"超越了严格意义上的客体，也超越了严格意义上的可理解之物"①。如果非要说存在是接近于本质的某种东西，那它也就是那种规定自身不成为任何本质的东西。马利坦所言的存在是哲学家要去探求的事物的可理解性以至所有其他特性或存在物的完美性的终极基础——存在本身，或曰"自给自足的那个生存行动本身"②。这个生存行动本身就是超越于所有存在物的全部秩序之上的一种顾及整个种类之外的纯粹存在。不言而喻，只有"上帝"将存在的所有完善过程包含在自身之中，上帝就是"自给自足的那个生存行动本身"。因而存在是存在者的主体所从事的行动，是超可理解性在判断行动的过程中于我们内部

---

① ［法］雅克·马里坦著，龚同铮译：《存在与存在者》，贵州人民出版社 1990年版，第 25 页。

② ［法］雅克·马里坦著，龚同铮译：《存在与存在者》，贵州人民出版社 1990年版，第 28 页。

实现其自身的对象化。存在乃是一种具有可理解性的行动、一种神秘；同时，存在又是"可理解性的最根本的来源"①。

关于"存在"的观点，马利坦基本上没有摆脱圣·托马斯·阿奎那的思想框架。圣·托马斯·阿奎那作为中世纪经院哲学的集大成者，既反对唯实论，也反对唯名论，他更试图将本质与存在结合起来以反对二元割裂论。承继此观念，马利坦超越了圣·托马斯·阿奎那以存在为核心的哲学命题，将重心放在了二者的关系上，因为本质只有在与生存行动的关系中才是可以理解的。马利坦以动态的观念来重新理解本质与存在的同一性与差异性。令他自身没有意识到的是，这种"进化"观念只考虑了历时方向于未来的推进，而没有顾及历时方向于过去的延伸，这是其基督教神学思想与哲学观念在诗学思想上表现出来的必然结果。如此一来，我们又该如何敞亮（reveals）存在这一创造性乐章呢？

让我们看看法国拍摄的一部史前文明片《智人》。画面由远推近：远古蛮荒，干涸的土地上行走着一队人，去远方寻找生存的绿洲。一个闪电袭来，树枝燃烧起来，其中有两人应声倒地。周围的人都惊呆了，时空似乎定格，只有"亚当"呼唤着被闪电击中后躺在地上的妈妈和妹妹。她们毫无回应。许久之后，众人都力劝"亚当"继续前行，可他始终不忍离去，不断地摇晃着妈妈和妹妹，希望她们能够应答一声。这队人开始继续向前走去，只有"亚当"还跪在那里，抚摸着妈妈的脸，摇晃着妹妹的手，呼喊着……突然，妹妹的眼睛慢慢地睁开，迷茫地看着痛苦的哥哥，惊喜的"亚当"高兴地叫了起来，已经走远的人们听到呼喊声又折返，惊讶地看着这一幕。可"亚当"的妈妈再也没有被摇醒，远处被蒸发的缕缕白烟似的热浪与沙漠中模糊的动物身影纠合在一起。这一切是那么突然，又那么神奇。个体的生命，恐怖的闪电，仰天的呼唤，妈妈的远离，妹妹的生还，恍惚中远处出现一只饮水的动物……这一切的一切，是什么？诗!？远古的先民面对这样恶劣的生存条件，不断地迁移、远行他地，寻找适宜的生存之处。随时随地降临的死亡，如此脆弱的生命，恐惧与莫名的情感，上举双手对苍天的祈唤，这一切化作一缕青烟飘向远方，难道是

① ［法］雅克·马里坦著，龚同铮译：《存在与存在者》，贵州人民出版社1990年版，第16页。

妈妈的灵魂？亲人的离去与复活，情感上的悲恸与惊喜，让观看这一幕的所有人无不惊奇、恐惧，难道这一幕没有在每一个人的心里奏响一曲乐章吗？没有在每一个人的心灵烙下印痕吗？这就是在语言还没有诞生之前最壮丽、最惊心动魄的一首诗，虽然作者各异，诗也各异，但存留在心里的这一切不会变。人与自然的心灵对话已实实在在地发生，只不过每一个人想要表达的心灵交流的内容各有千秋而已。"亚当"体悟到自身与上天的心灵交应，妹妹死而复生，是因为他祈求了生命；妈妈永远地离去，是因为他诅咒了不公。从诗性经验的角度讲，这就是"亚当"的真实生存状况（being）。如果把上述场景置换成神学语言，从神性经验的角度讲，"亚当"的虔心祈求得到的是妹妹的死而复生，而"亚当"对命运不公正的诅咒对应的则是母亲鲜活生命的被夺。"亚当"的虔心祈求与不满诅咒对应了两种截然不同的结果，人生的缺憾引发的情感上的悲与喜、感激与怨恨、无奈与挣扎，让"亚当"体悟了人与"神"相对的自身的有限与短暂。诗，成为对存在的神思。此处，存在兼备了两种含义，或者说诗既是对存在本身的体验，也是对神性存在的感悟。

从这个角度来命题，诗就是本体论，诗是源自于灵魂深处的、神秘的、揭示关于存在的活动。诗同时也是神、是上天给予生存其间的人们的一种启示，启示人们思考关于自身生存于其间的状态与行为（创造）。诗成为一种具有真实本体意义的创造。诗，就其自身来说，是自身的一个目的和绝对。"诗演化为人类的自我意识（从来都是未完成式的），诗必须完成双重使命：不断地追求自身的创造性乐章，更要不断地反观自身的存在（substance）。"［Poetry become self-conscious（never finished）. Poetry must accomplish a double task：pursue its creative song，and turn back reflexively upon its own substance. ①］作为人类的自我意识，诗的历史就是人类思的历史，无始无终地思存在的历史，诗的未完成式就是其永恒性、终极性的标注。

20 世纪是苦难与辉煌的缩影。一方面，科技的昌明发展给人们带来了物质生活上的丰裕；与此同时，文明的变态运动也裹携着人们与欲望一起

---

① Jacques and Raïssa Maritain, *The Situation of Poetry*, New York, Philosophical Library, 1955, p. 37.

疯狂地旋转，使为物质而物质的生存状态变本加厉。人为之奋斗的物质生活反而开始不断异化自身并毁灭自身，人在物欲面前不堪一击。另一方面，在物欲横流中的灵魂空虚也达到了史无前例的残酷程度。狂人尼采"上帝死了"的名言一语成谶，遗失精神生存支柱的人只能似无头苍蝇般苟活着。尼采的思想击碎、颠覆了整个西方学术的基础和精神世界，其"强力意志说"在欧洲以至整个西方世界产生了深刻的影响，成为衡量一切精神文化价值的最高尺度。"强力意志说"一方面激发了人的不断创造、张扬生命本能、鼓舞苟活者追求自由而直面人生的勇气，另一方面又将现代人投入到一个偶然、破碎、悲苦、颓废的世界性的人生游戏中。在这个游戏世界里，一切都是被允许的，一切都变得不重要。哲学、宗教、道德作为颓废的象征，成为人们生存的一种逃避。人们怀疑一切纯洁性，心灵陷入虚无主义的泥淖中无法自拔，肉体卷入物质主义的旋涡中无法抽身。生活在这种令人揪心的矛盾中，是无尽的荒诞。人们不喜欢战争，更不喜欢暴力，却不得不接受战争，施行暴力。缺失了传统价值的指引，迷惘于眼前的悖谬，无所适从的现代人只能相信历史赋予的意义。而历史是什么？历史是永远的新嫁娘，它最终总是被置于胜利者的婚床。且不说历史本身从来没有过真正的自由之身，人类自身又何尝实现过真正的自由呢？现代人只能无奈地屈服于历史的双重诱惑：一种诱惑是认为什么都不是真的，另一种诱惑是认为唯一可能的真理就是跟随历史行进的潮流。屈服于历史的双重诱惑，金钱、权力成为满足欲望的现实砝码。世界掌握在拥有权力与支配金钱的人手中，钱权支配一切，最终，人类只能被恐怖宰制。人类自身就这样被一个暴力的软环扣着、扼着、勒着，怀疑、不满、贪婪和对权力的渴望构成了这样一个昏暗绝望的世界。每一个人都被迫生活在"此在"的种种限制中，受到各种具体、抽象力量的摆布，被一种匆匆忙忙的生存掏空了大脑，现代社会的人类又该如何去思、去面对这可怕的生存问题？

面对宗教信仰的全然崩溃，面对对上帝的全然否定，面对灵魂空虚的人类生存状态，马利坦义无反顾地承担起了"普罗米修斯式"的使命，使诗神重返人间。他不是用上帝之言或道成肉身等空洞的教义感染人们，而是借上帝创世之光来普照大地，用一己之身被上帝创世启示之光的照耀与感悟来唤醒人心、温暖人心、传递信心，拨开笼罩在西方现代人头顶上空的阴霾。与爱伦堡在政治上的"解冻"不同，马利坦的伟大之处就在于，他希望用自身一己之爱心点燃星星之火，使之燎原，化解人们灵魂中冻结成冰的对上帝信仰的固守，希望重新建立一种崭新的对信仰的坚定。救赎人心，不再是对教会的补弊，也不再是对教皇的盲从，而是借诗之光来照启灵魂，让灵魂不再出现阴影，让灵魂不再冰封于深渊之中。

马利坦不愧为20世纪的普罗米修斯，他从心灵深处感悟迸发出的光芒，将引领醉生梦死、沉溺物欲中的人，回归灵性生活，以结束没有尽头的孤独与恐惧。神以诗的面目重新登场，借"诗"还魂，求诸诗神是马利坦救心救世的方法之一。诗拯救灵魂，诗拯救世界，马利坦希冀完成这种救赎。

马利坦的诗学本体论是在20世纪反世俗性的超越追求中对精神世界的言说与极力推崇，以渴求接近"上与造物者游"的精神向度。对于处在20世纪精神荒原中的现代人来说，这无异于在沙漠中看到一片绿洲。马利坦这种纠偏祛弊、矫枉过正的心情是适合20世纪特殊的真实境遇的。但马利坦的视阈毕竟遮蔽、盲视了另一极，摒弃了"下与万物齐一"的达观心态。换言之，其宗教神学的制高点——上帝是最高的存在——恰恰抑制了他对人类存在的最最基本需求的关注。这同时也证明了他的诗学旨归的单极性（单线向性）、非完满性和矫枉过正。

以神圣体验为起点，神学可以理解为对人类生存状况的描述；以诗性经验为起点，诗学可以阐释为人类自身对自身以及生存状态的描述。在这一共同点上，诗在一定程度上就是神，神在一定程度上也可以是诗。体悟诗与信仰神都可以达成人类对自身状况的认知。

体悟诗，就是体验自身的生存与意识；信仰神，就是反观自身的弊端与缺失。体悟诗与信仰神是一体的，这种洞识就是"诗"以自己的方式同存在进行的精神交流，这种精神交流自然使"诗"以一种坦诚、精微的方式转变为一种自我意识。

二、诗之本根——神化奥秘

"诗，我指的不是存在于书面诗行中特定的艺术，而是一个更普遍、更原始的过程，即事物内部存在与人类自身内部存在之间的相互感通，这种相互感通就是一种预言（诚如古人所理解的：拉丁文'vates'一词，既指诗人，又指占卜者）。在这一意义上，诗是所有艺术的神秘生命；它是柏拉图说的'音乐'（mousikè）的另一个名字。"［By poetry I mean, not the particular art which consists in writing verses, but a process both more general and more primary: that intercommunication between the inner being of things and the inner being of human self which is a kind of divination (as was realized in ancient times; the Latin **vates** was both a poet and a diviner). Poetry, in this sense, is the secret life of each and all of the arts; another name for what Plato called **mousikè**. ①］

在马利坦对诗的这一最显著、最突出的表述中，诗，并不是指一种文学体裁，而是指一种内在的原始的精神活动，是生命创造主体与其生存其间的万物的一种心灵对话（预言），是人类创造的所有艺术的神秘生命之魂。

从发生学的角度讲，生存对原始人而言，永远是一场极为残酷的搏斗。面对匮乏、死亡与毁灭，人必然会产生一种不安全感。当心神不宁、喋喋不休的原始人类在万丈深渊侧畔开始建造起各种文化来应对时，也许其中最明显的原始精神活动就是巫仪［即巫术或（宗教）仪式，仪式与巫术紧密地交织，要将其截然分开是难以做到的，因而简称巫仪］了，可以说，巫仪是原始人对自然界各种可能性的意识与行为。

巫术、仪式本身也许并未想象出任何精灵或神祇，或者只是想象出物体与人类身上隐藏着一种有效的超自然力量。这种力量一定程度上能够受人类意志力的操纵。大自然中这些超自然力量往往相互冲撞、相互作用，从而保持它们之间的和谐。当先民以其自身的意识、情绪包容世界并试图在某种程度上掌控超自然力量时，万物便呈现出种种戏剧性的属性。在具体的巫术、仪式中，几乎都包含试图控制那一小部分大自然之间的强烈的亲近意识，一种有效的生命力认同感。不可否认的是，除了人类与自然之间的亲缘关系之外，还有一种潜在的人类与自然的敌对意识，即自然界的异己性、奇特性造成的潜在意识。先民对自然界的意识心态始终处于一种

---

① Jacques Maritain, *Creative Intuition in Art and Poetry*, New York, Meridian Books, 1957, p. 3.

熟悉与提防的张力之间：前者赋予稳定与信心、安全感与认同感，后者则具有令人恐慌与入迷的作用，从而使先民产生双重情感——恐惧加赞叹，对全然异己者的敬畏。

沉浸于巫术、仪式当中的思维、感觉、言语及行动方式，自然成为人类治疗对未知世界之恐惧的最便捷的良药；巫术、仪式使原始先民在面对世界万物时产生的深刻精神纷乱在某种程度上得以治愈。可见，巫仪不仅是一种技艺，显然还是一种精神审美活动。

作为创造性的智性活动，巫术、仪式（精神的活动）本身就是酝酿中的诗。巫仪活动本身作为先民精神活动的最初体现，就是宏观意义上的原诗。先民急切地想在神灵支配的世界中与神灵接近，保存与神灵交往的经验和知识，因而代代相传、吟唱（音乐）以保存生存记忆。在文字没有诞生之前，诗与音、乐同体，与活动仪式相伴相随的言语行为就是对这种精神活动的记忆痕迹。当诗赋予事物以形体——符号代码（记号文字）后，就形成微观意义上的原诗。

"断竹，续竹，飞土，逐宍"（《弹歌》）这首诗，是形象地记录了上古华夏初民基于物性的鲜活的生存之歌。《吕氏春秋》卷五《仲夏季第五·古乐》云："昔葛天氏之乐，三人操牛尾，投足以歌八阕：一曰'载民'，二曰'玄鸟'，三曰'遂草木'，四曰'奋五谷'，五曰'敬天常'，六曰'建帝功'，七曰'依地德'，八曰'总禽兽之极'。"该乐所载歌舞渗透着浓厚的原始巫术宗教痕迹，不仅证实了上古先民为生存而辛苦劳作，还形象地记录了先民为生存而祈敬皇天后土、与天地相合、与万物相亲的思想。

经历了文明的陶冶，人们在超越物性的精神世界有了突飞猛进的发展。巫仪本身已想象出具体的各种各样的精灵与神祇，由万物有灵论到多神论以至一神论，"神"这个概念由此产生。《说文·示部》云："神，天神，引出万物者也。"神，作为天地万物的创造者和主宰者，是万物得以产生的源泉。

人祈求神的庇护，神得享人的赞咏。诗是先民的心灵之歌，也是"神人以和"的"克谐"。据《尚书·尧典》所记："帝曰：夔！命女典乐，教胄子：直而温，宽而栗，刚而无虐，简而无傲。诗言志，歌永言，声依永，律和声，八音克谐，无相夺伦，神人以和。"诗言志，志之从心，在心为志，发言为诗。心之官主魂，心、魂一体，情、志一也。诗言志，乃为神人以和。

文字（符号代码）诞生是人类智性活动的一个美妙记忆，由此，代代相传吟唱（音乐）以保存生存记忆的微观意义上的诗也旋即诞生了。这种特殊的具有智性特质的精神活动之物化（即符号化、文字化），成为书写文本（从原始诗歌之吟咏至"审美"的文体形式），被吟诵抒写、铭刻记录而得以保存下来。诗赋予事物以存在，就是赋予万物以意义。马利坦认为："如果一个语言符号是未知的，那么，这个符号几乎也就可能意味任何事情。"（If I don't know exactly what a given sign signifies, well, it is then free to signify **everything** for me. ①）这就是说，任何一个语言符号都意味着确定的一种意义或更多的几种意义，如果一个语言符号没有对应的意义所指的话，那么，这个符号可意指任何事情也就等同于未知。对诗、符号、意义三者之间的关系，马利坦虽然没有作过多的阐述，但"诗赋予事物以存在，而不是相反"（for poetry ... forms something into being instead of being formed by things②）的理念让人明白，与宏观意义上的诗相对应的这种精神活动的记忆痕迹，以言语文本的形式（即微观意义上的诗）再现出来后，便赋予世间万物以意义，并成为沟通个体的内心世界与超个体的整体世界的介质。

西方文学史中的第一本诗集是赫西俄德的《神谱》，《神谱》就是赞美诗神缪斯的歌唱。缪斯是记忆女神与众神众人之父宙斯所生的九个漂亮女儿，她们分别掌管着世间的音乐、艺术、史诗、绘画、舞蹈、建筑……

让我们从赫利孔的缪斯开始歌唱吧，她们是这圣山的主人。她们轻步漫舞，或在碧蓝的泉水旁，或围绕着克洛诺斯之子、全能宙斯的圣坛。……她们夜间在这里出来，身披浓雾，用动听的歌声吟唱，赞美宙斯——神盾持有者，赞美威严的赫拉……以及……还有……她们也歌颂……以及其它永生不朽的神灵。……她们用歌声齐声述说现在、将来及过去的事情，使她

---

① Jacques Maritain, *Creative Intuition in Art and Poetry*, New York, Meridian Books, 1957, pp. 198 – 199.

② Jacques Maritain, *Creative Intuition in Art and Poetry*, New York, Meridian Books, 1957, p. 82.

们住在奥林波斯的父亲宙斯的伟大心灵感到高兴。从她们的嘴唇流出甜美的歌声，令人百听不厌；她们纯洁的歌声传出来，其父雷神宙斯的殿堂也听得高兴，白雪皑皑的奥林波斯山峰、记生神灵的厅堂都缭绕着回音。她们用不朽的歌声从头唱起，首先赞颂可擎神的种族……她们口吐优美歌声，用歌声赞美万物的法则和不朽众神的美好生活方式；……她们吟唱时，黑暗的大地在她们身边发出回声；她们去见父神时，美妙的歌声从她们脚下升起。[①]

《神谱》开篇表明，诗不仅保存了人类最原初的记忆和人类对大自然的敬畏与歌颂（吟唱、述说过去的事情），且洋溢着先民急切地想在神灵支配的世界中与神灵接近，使宙斯（奥林波斯山众神与众人之父）的伟大心灵感到高兴的渴望（述说眼前，歌颂赞美不朽众神），还憧憬神的生活以祈求生命不朽（祈祷未来，畅想不朽众神的美好生活方式）。在这一幅呈现浓烈色彩和欢乐气氛的神界画面中，自然万物的美丽多姿、生命力的诗意与神奇通过创造性歌唱而绽放出来。

"诗"的表现不再是一般的符号，而是"歌唱"（song）、是"音乐"。"歌（song）以所有可能的形式极力释放人类的实存经验。"（Song, poetry in all its forms, seeks to liberate a substantial experience.[②]）所有可能的形式包括巫、祀、舞、乐、歌、诗、画……这些形式就是人祈求神的庇护而创造出来的贡品，神灵则怡然自得地享受着这些贡品。巫、祀、舞、乐、歌、诗、画等作为献给神的精神祭祀，是人与神相磨相荡的结果，是人与神交感、商讨、磋磨、相会、相融的众多方式体现。"诗"由此赋予世间万物以意义，并成为沟通个体的内心世界与超个体的整体世界的介质。"诗"的表现不再是一般的符号，而是"歌唱"、是"音乐"、是创造，是召唤各种美好事物聚集自身的梵音，是庇佑自身免遭厄运的法宝，是谄媚娱神的工器，是解放自身的原力，是释放人的创造性与主体性的通途。在诗中，这种释放是自由的。对于创造性来说，它从灵魂的深处指向无数可

---

① ［古希腊］赫西俄德著，张竹明、蒋平译：《神谱》，商务印书馆 2006 年版，第 26～28 页。

② Jacques and Raïssa Maritain, *The Situation of Poetry*, New York, Philosophical Library, 1955, p. 6.

能的实现和可能的选择。

随着与自然界相磨相荡的生存进程，利用智慧，人类慢慢地、逐渐地摆脱了物质上的困扰，而且愈来愈成为自然界的主人，甚至自然界的主宰。人类原始的生存斗争渐进地演化为对物质的强烈侵占、精神的奴役、权力的角逐，社会的每个成员都自觉不自觉地卷入到强制节奏的生活中，或裹入霸占话语权的旋涡中。在受到这种强大权力和道德力量严密宰制的社会文化旋涡中，每个成员都产生一种身不由己的动力，以为自己在追求美好生存（生活）的过程中完成了自身的主体化，实现了个人的最大自由与最美享受。言语逐渐成为掌握在人手中的利器，成为权力的象征，言语叙述将人的欲望抬至无边界的高度，话语权成为社会文化力量较量过程中的策略、计谋、手段。最终，原始生存中的声音（song）转换成为现代社会的话语（discourse）。话语作为权力的象征，开始宰制人的意识，阉割人的创造性。声音不再是召唤各种美好事物聚集自身的梵音，而是诱惑人进入无底欲望深渊的魔咒；声音不再是解放自身的原初力量，而是束缚人思想意识的缰绳、桎梏；声音不再是释放人的创造性与内在主体性的大道通途，而是阻碍人的创造性得以自由发挥的铜墙铁壁。当诗语哑然时，物语哗然。诗（song）不再用来吟咏神、歌颂神，而被无限膨胀的物欲挤出了圣山，窒息了。诗与现代人的距离慢慢地拉大了，现代社会离诗愈加远了。"神性诗"渐行渐远，"人性诗"① 也渐近渐枯。

在现代哲学看来，语言的世界就是生存的世界，语言与生存具有相对应的结构。"语言转向"（linguistic turn）是 20 世纪哲学一项重大的范式转变，哲学对语言的关注同批判"人类学中心"的思维方式紧密相关。诗，成为纯文本书写，书写使主体所要表达的意义出场，成为话语权力的一种释放。这正是马利坦极力要反对、纠正、批判的一种诗学立场。语言的沟通性质对人类生存的意义是不言而喻的，人离不开语言的活动来实现自己的生存，因此，人在本质上与语言存在着"存有论"上的关系（communi-cating as ontological）。人的生存本身就是"语言的状态"，"想象一种语言

---

　　① "神性诗"与"人性诗"的划分源于导师栾栋教授在中山大学的讲座"诗歌的时效性"。

意味着想象一种生活方式"（维特根斯坦语）①。语言不仅是人类认识事物的媒介，更重要的是，语言给予这个世界以秩序。但这并不能代表语言可以凌驾于一切之上，甚至成为主宰一切的本源。

当诗意味着谋求一种生存方式时，"诗乃天人之心"；当诗意味着选择一种生存方式时，"诗乃神性之歌"。当语言成为话语权力的象征时，生存也就丧失了原初的神性与人心的克谐。生活（生存）也许是毁灭性的，话语也许是强权性的，艺术则是创造性的，诗语则是永恒性的。

"奥斯维辛之后，写诗也是残酷的。"阿多诺的一句话，将人们的悲观、绝望的心灵袒露殆尽。但恰恰是这句话，同样体现了诗的力量。这句话本身并不是一个结语，而是一首诗，一首关于心灵创伤的悲歌，一首神性殒落后的挽歌，一首愤慨人性扭曲的控诉诗。

马利坦将诗定位在生命哲学的领域和高度，因而诗在宏观意义上成为所有艺术的神秘生命。艺术创造与生命创造融为一体，诗命里注定在死亡的边界上投射出它最后的奥秘火花。诗意味着一种本质上是创造性的智性活动，而非物化性的表达，这是每个人与生俱来的智性活动，是内属人本性的，艺术创造活动就是这种智性的呈现。原语即原诗，人们只有静心倾听自己的内心世界与生存其中的世界之间的喃喃絮语时，才会发现，此絮语非歌即诗。这诗让人们得以窥见它在人类灵魂中的神化奥秘。

三、诗之本源——智性的前概念生命

在马利坦上述对诗的最显著、最突出的表述中，其字面所否认的含义恰恰肯定了诗的另一层面——"书面诗行中特定的艺术"，被赋予了符号代码的形式和美的艺术，即微观意义上的诗。如果说宏观意义上的诗是指人类先民的一种内在的原始的精神活动，是生命创造主体与其生存其间的万物的一种心灵对话（或预言，以巫术、仪式为表征），那么微观意义上的诗，则是指人类创造性行为活动的一种物化表现，一种符号化和具象化的艺术形态。"诗，从本质上而言，首先意味着是一种创造性的智性活动，诗赋予万物以存在意义，而不是万物赋予诗以存在意义。"（For poetry means

---

① 曾庆豹著：《上帝、关系与言说》，华东师范大学出版社 2008 年版，第 30 页。

first of all an intellective act which by its essence is creative, and forms something into being instead of being formed by things. ①) 诗，不仅仅是人类创造性的一种活动，而且能够赋予世间万物以存在的意义。那么，诗也必然赋予人类以存在意义。人类创造了诗，诗赋予人类以存在意义，诗就源于二者的紧密互存之中。

"诗出自智性的前概念生命（the preconceptual life of the intellect②）。""在精神的无意识中，诗获得了自己的源泉。"（And in the unconscious of spirit, that poetry, I think, has its source. ③）"诗……出自人的整体即感觉、想象、智性、爱欲、本能、活力和精神的大汇合。"（It proceeds from the totality of man, sense, imagination, intellect, love desire, instinct blood and spirit together. ④）马利坦在这三个命题中，贯穿了一个要点，那就是智性的前意识生命（the preconscious life of the intellect⑤）。马利坦关于诗之本源的阐说，聚焦于"智性的前概念生命"，可以说后面两个命题是对第一个命题的展开说明。

何谓"智性"（Intellect）？"前概念生命"又是指什么？马利坦认为，智性是精神的，智性同想象一样，是诗的精髓；它在本质上与感官有别；它包含一种更深奥的——同时也是更为晦涩的——生命。智性，这一概念是现代用语。智性源于希腊词"奴斯"（nous）。近代以来，笛卡尔（Descartes，1596—1690）式的翻译，诸如"心灵"、"心智"、"理性"、"知性"、"智力"、"知识分子"等概念均属奴斯的派生词。这些派生词的各种现代译名多多少少都丢弃了奴斯本身所包含的意义，即奴斯具有的最根

---

① Jacques Maritain, *Creative Intuition in Art and Poetry*, New York, Meridian Books, 1957, p. 82.

② Jacques Maritain, *Creative Intuition in Art and Poetry*, New York, Meridian Books, 1957, p. 3.

③ Jacques Maritain, *Creative Intuition in Art and Poetry*, New York, Meridian Books, 1957, p. 79.

④ Jacques Maritain, *Creative Intuition in Art and Poetry*, New York, Meridian Books, 1957, p. 80.

⑤ 马利坦对智性的前概念生命（the preconceptual life of the intellect）与智性的前意识生命（the preconscious life of the intellect）两个概念会互换使用，它们的含义是相同的，只是表述不同而已。

本的或最紧要的"非理性"特征。智性一词，暗示给人们的是思索、推理、判断，而希腊人使用的奴斯这一概念的含义是前笛卡尔式的。"奴斯提示给人们的是对实在的近乎直观的把握。"① 使用理性来趋近真理是一种途径，而靠着古人所称奴斯那种直观能力来凑泊真理则完全是另外一回事。马利坦就是在此种意义上命名智性这一概念的，如同我们所说的灵魂的精微之处（无意识领域），也类似帕斯卡尔所言的心。马利坦将智性等同奴斯，就是把智性等同于酝酿理性的那么一种精神，智性既包含理性的因子，也蕴涵非理性的品性。

借助于奴斯，灵魂"渴望那直接联系到、感受到或触及到所见之物的知识，渴望这样的一种合一，其中两种有生命之物达成一种交融和贯通"②。可见，奴斯绝非通常心灵或理性所提示的某些含义，不过，奴斯毕竟包含"心灵"的意思。Noesis（可译为心智、理解力、认知）指的就是思想的更深沉、更单纯的形式，而非某种不同于思索的东西。Noesis 作为认识，不仅仅指关于某些对象的认识，同时也意味着与被认识者的认同与结合。马利坦就是在此种意义上来使用智性的。

"前概念生命"即前意念生命，指的是无意识、下意识、潜意识等生命状态的总和，这些状态都在意念之先，更早于概念而先在。其中，广泛而原始的前意识生命就是无意识。诗出自"概念的前生命"，也就是说诗出自前意念状态，出自"精神的无意识"情状（"精神的无意识"内涵具体参见第三章"灵魂中心带"）。马利坦所说的"概念前之无意念"与弗洛伊德（Sigmund Freud，1856—1939）的无意识有着极大的区别。马利坦认为人的精神深处存在着两种无意识：一种是弗洛伊德所说的无意识，另一种是精神的无意识。弗洛伊德的无意识被马利坦称为自动的无意识或聋聩的无意识，因为弗洛伊德的无意识是由肉体、本能、倾向、情绪、被压抑的愿望、创伤性回忆所构成。马利坦所言的精神无意识则是音乐的无意识（含有旋律的胚芽），它是一种非概念的智性活动，是一种非理性的理性活动。它是指在人脑有意识之前的混沌中，诗已在萌发、已在革命，犹

---

① ［英］安德鲁·洛思著，孙毅、游冠辉译：《神学的灵源》，中国致公出版社2001 年版，第 9 页。

② ［英］安德鲁·洛思著，孙毅、游冠辉译：《神学的灵源》，中国致公出版社2001 年版，第 9 页。

如火山岩浆般在奔腾、咆哮的一种情状。这是一个幸福的孕育过程，也是一个痛苦的临产状态。在精神的无意识中，隐藏着灵魂的全部力量的根源；在精神的无意识中，存在着智性和想象，以及欲望、爱和情感的力量共同参与其中的根本性活动。灵魂中的诸多力量相互包蕴，灵魂中的诸多力量又都蕴涵于智性的领域内，被神之光照耀的智性（The Illuminating Intellect①）所激动、所驱使。在马利坦阐明的精神的无意识概念中，灵魂处在制高点，智性、想象、外部感觉等力量均自灵魂中产生，众多涌动性能量笼罩于灵魂下并且相互交织。"正是处在灵魂诸多力量的唯一本源上的这种包含想象的自由生命的智性的自由生命中，以及在精神的无意识中，诗获得了自己的源泉。"（Here it is, in this free life of the intellect which involves a free life of the imagination, at the single root of the soul's powers, and in the unconscious of the spirit, that poetry, I think, has its source. ②）由此可见马利坦何以给出了那么多关于诗之本源的阐说的命题。归根结底，落脚点却归入灵魂。

那么，灵魂又是从何而来？马利坦在 1952 年回答《纽约时报》关于"不朽性"的问题时，对人的灵魂来源及不朽作了比较全面的阐释。首先，"人的灵魂是不朽的"这个命题立足于哲学的论证，通过对智性知识、自由意志、无功利的各种情感的深入、充分的分析，马利坦证实，灵魂——如同诗人爱伦·坡和波德莱尔（Charles Pierre Baudelaire, 1821—1867）所主张的永恒的（不朽的）美的直觉的存在一样——不仅存在，而且不朽。其次，灵魂作为每个人智性中直觉的非概念性功能，在朦胧的可感的经验中的意向是实存的，并以某种人们所不知的方式穿越时空和现象之流，而且永驻在人们活生生的实践中。人在实践中的精神性（灵性）必然让人们得出灵性优先的原则，因而具有灵性的物是永恒的。最后，马利坦坦言，"人的灵魂是不朽的"基于灵魂的"太一"是上帝，这是宗教信仰——特别是基督教信仰——的基石。坚信灵魂的超然性，就是对上帝呼唤的可悟性

---

① "The Illuminating Intellect" 这个术语是马利坦诗学的核心，刘有元等将其译为"启发性智性"，而笔者认为译作"光启性智性"更能突显其诗学特性，本书中通过对此概念的界定便可以佐证。

② Jacques Maritain, *Creative Intuition in Art and Poetry*, New York, Meridian Books, 1957, p. 79.

以及与上帝面对面的可能性。马利坦从哲学的、实践的、信仰的三个层面回答了"人的灵魂是不朽的"这个命题以及坚定灵魂来源于上帝的信念。马利坦认为，人的自然性与超然性是完美结合在一起的，这恰是人的神秘性之所在，也是让帕斯卡尔深陷其中（几何之真与心灵之真的截然分离）而无力自拔的原因所在。"我们正讨论的关于精神性的活动使我们得出如下结论：灵魂是灵性的第一原则。灵魂是不朽的。""灵魂的不朽性是人的宗教信仰——特别是基督教信仰——的基石，这种对灵魂不死的超然性信念的坚定性，就是与上帝面对面的可能性。"（The spirituality characteristic of the activity in question makes us conclude to the spirituality of its first principle, that is, the soul. Now a substance that is spiritual is indestructible. The immortality of the human soul is a tenet of religious faith, particularly of Christian faith, which insists on the supernatural destiny of the soul, called to see God face to face. ①）既然人的灵魂来源于上帝（Holy spirit），那么灵魂（soul）作为生命的第一因，作为一个潜在的具有生命形式的精神实体，它的源起处的无与伦比性决定了它的永恒迷蒙。诗的永恒魅力正源于此。

精神的无意识与智性二者密切相连。智性位于无意识的高级地带，是孕育智性胚芽和欲望的原始、隐秘的前意识生命区域。这是一种从属于人的灵魂的精神力量，从属于个人自由的幽渊处，且能为人认识、理解、把握和表达的无意识或前意识的存在。它是认识和创造之源，是隐藏在灵魂中的内在生命力，是原始蒙昧中的半透明的爱欲和超感觉的欲望之源。这里涌动着日后形成明晰概念、逻辑判断等人类意识诸多产物的雏形，充斥着爱欲、情感、想象等高级生命活动，正是这些精神运动构成了认识和创造力的源泉。

所有的灵魂力量都渗透着智性，被"光启性智性"（The Illuminating Intellect）之光所驱动，并且不会因动物的无意识而与智性绝交。那么，"光启性智性"与智性又是什么关系呢？"光启性智性"是精神无意识中几乎察觉不到、无法论证但又可以被领会的悟性。"光启性智性"无法被认

---

① Jacques Maritain, *Immortality of the Soul*, in January of 1952, Oliver Pilat of the *New York Post* wrote to Jacques Maritain asking if there is "something intellectually disreputable in talking about immortality". What did Maritain think about immortality? He asked several related questions. Maritain replied.

识却能够渗入到意象之中，它是原始的精神之光和动力，是每个人与生俱来的全部智性活动的动力源。艺术创造活动就是在这种精神动力的驱动下发生的，它成为每一个人的全部智性活动的原始活力之源。"光启性智性"是每一个单一的灵魂和智性结构的天生的一部分，是一种参与了创造的神之光的内在的精神之光。它通过不断移动着的纯精神，存在于每一个人身上，成为每一个人的全部智性活动的原始活力。

"光启性智性"被马利坦强调为诗性活动的唯一动因，这与其神学思想紧密相关。首先，"光启性智性"是内属人本性的，它对诗的形成起着重要的激发、催化和驱动作用。这样，马利坦就在艺术创造性活动中认可、强调、赋予了创造主体（个体）的独立价值以及对创造主体自身创造能力的充分认知和尊重。其次，"光启性智性"与神之光冥合暗会，是参与了创造的神之光的内在的精神之光。创造的神之光，不言而喻地指向了创世之初上帝所言的光。"地是空虚混沌的；深渊上一片黑暗，神的灵运行在水面上，神说：'要有光！'于是就有了光。"（And the earth was without form, and void; and darkness was upon the face of the deep. And the Spirit of God moved upon the face of the waters. And God said, "Let there be light!" And there was light. ①）这就是创造的神之光。 "神学光照是一种客观的光照——真正的启示之光，它从神圣之光而来，这种光照在形式上是自然的，在实质上是超自然的。"② 在这里，马利坦的神学思想与诗学思想发生了交汇。人生存于深渊之上的黑暗之中，只有借神创造的光之源，人的灵魂才可能观照大地上的一切。当受领了神的灵气之后，人同时也领有神的灵气而得以不朽，人的灵与神的灵因而具有亲缘性，而"诗就是属灵的事物"（the poetry is a thing inspired ③）。人的灵的运行（诗）是渴慕回归自身家园的一种本能显现。创造的神之光，通过不断移动着的纯精神性存在于每一个人之中，人内在的精神之光也在不断地向上攀升。由此两种精神之光混为每一个人的全部智性活动的原始活力之源，这个原始活力之源就

---

① King James version of the *Bible*, *Book of Genesis*, Chapter 1：2 - 3, http://www.jiii.com/word/Genesis/1.html.

② 陈麟书、田海华著：《神圣使命》，四川人民出版社 1997 年版，第 169 页。

③ Jacques Maritain, *Creative Intuition in Art and Poetry*, New York, Meridian Books, 1957, p. 65.

是马利坦所言的创造性直觉。

马利坦将创造之源交还给了神秘的上帝之光后,又为人所具备的内在的精神之光留下了足够的创造空间。

马利坦既肯定了超自然精神之光作为精神现象的现实所具备的强度,让人看到了诗命里注定在死亡的边界投射出的最后的奥秘火花,同时,马利坦又改造了柏拉图艺术创作的"迷狂说"。柏拉图认为,"凡是高明的诗人……都不是凭技艺来做成他们的优美的诗歌,而是因为他们得到灵感,有神力凭附着。……诗人不失去平常理智而陷入迷狂,就没有能力创造,就不能做诗或代神说话。……诗人只是神的代言人,由神凭附着。"① 柏拉图所言的诗神入于诗人之灵魂,靠的是"凭附说"。诗人只能在神的催使下工作,只是听凭神的驱怂,神夺走了诗人的心智,使他们成为自己的传声筒。其实质是在一定程度上剥夺了诗人自身的创造性与主体性,诗人成为神的俘虏,成为神的代言人。诗人盲从创作出最美妙的诗歌,只能说明诗人的幸运,就如同瞎子走对了路,却不知为什么。诗,作为精神无意识中原始的光源以非逻辑的方式起作用,就像人们知道自己在想什么却不知道怎么在想一样。这种原始的创造之光存在于人们的灵魂之中,却不能为人们所知悉。诗的直觉就是创造性直觉,在此意义上,光启性智性就是创造性直觉。它来源于上帝,在这一点上,诗人在继续着上帝对世界的创造,而绝非是上帝手中的一件被动工具。因而马利坦明确声称:"灵魂之外不存在诗神缪斯;灵魂内聚集的是超然于概念之上的诗性经验与诗性直觉。"(There is no Muse outside the soul; there is poetic experience and poetic intuition within the soul, coming to the poet from above conceptual reason. ②）可见,"光启性智性"不仅内属于人的本性,而且在诗人的灵魂中居于主导地位。创造性直觉就是一种浸透着神性之光的光启性智性的闪光。

诗,正是源于这种灵魂的诸多力量皆处在活跃状态的本源生命中;诗,意味着一种对于整体或完整性的基本要求。可以说,是智性统率的灵魂力量的整体创造了诗。诗不是智性的产物,也不是想象的产物;但诗来

---

① ［古希腊］柏拉图著,朱光潜译:《文艺对话集·伊安篇》,人民文学出版社1963 年版,第 8 ~9 页。

② Jacques Maritain, *Creative Intuition in Art and Poetry*, New York, Meridian Books, 1957, p. 179.

源于智性，它既神秘，又存在于内在的生命之中。诗出自人的整体，即感觉、想象、智性、爱欲、本能、活力和精神的大汇合。诗之本源处繁复宏大之交响乐让人得以触及灵魂深处的悸动。

四、诗之伦理——圣洁化

本质上，诗意味着一种创造性的智性活动。实践中，"诗是精神的滋养；它不但不使人厌腻，相反，它只能使人更加饥渴，这正是它的崇高之处。诗是运作理性的天堂；诗是感觉事物的精神性预言，它在感觉事物和感觉的欣喜中表达自身"。(Poetry is spiritual nourishment. But it does not satiate, it only makes man more hungry, and that is its grandeur. Poetry is the heaven of the working reason. Poetry is a divination of the spiritual in the things of sense—which express itself in the things of sense, and in a delight of sense. ①) 马利坦将诗抬高至无与伦比的地位。从伦理学的角度，马利坦在三个层面上揭示出诗对诗人自身的认知作用、对世间万物的洞察作用、对人类自身精神与宇宙万物感通中的净化作用和提升作用。最本根的是，马利坦希望通过诗来认识自我、拯救人的灵性，乃至拯救世界。这是他最大的愿望，也是他最高的理想。

马利坦认为当前世界最严重的弊害就是神圣的东西与世俗的东西彼此分裂的二元论。世俗生活完全受肉欲支配，人们贪婪地追逐金钱和物质享受，沉沦于尘世的功利和享乐，互相残害，既不敬神也不爱人。神灵的隐没和人心的麻木，物欲的膨胀和权欲的宰制导致这个世界处于双重的匮乏和双重的诱惑与束缚中。精神贫困的人处于迷茫之中，缺失了倾听诗人歌唱的心灵。西方文明和伦理道德的危机以及个人心灵自由的陨落，正是对文艺复兴以来以"人"为中心的人本主义的极大反讽。西方文艺复兴运动以来，人们高举着理性这面大旗，高呼着自由一路走来。启蒙运动宣扬人的尊严、自由、平等、博爱、天赋人权的口号，更是强化了人们对自身主体性的认识、对自然环境和命运力量的驾驭与掌控，人类由此揭开了标榜主体自

---

① Jacques Maritain, *Creative Intuition in Art and Poetry*, New York, Meridian Books, 1957, p. 173.

我是决定他自己的本性而不受任何束缚的自由至上的设计者的帷幕。

以"人"为中心的人道主义伴随着科技的迅猛发展渐渐走向极端,科学主义在其中赢得了反对智慧的日子,唯科技进步主义的努力不可避免地带来了对人类价值的毁灭时代,人类的理性注视着世界日益陷入难以自拔的深渊,开始意识到自身就是造成这一灾难的渊薮。人类生存的悖谬导致以"人"为中心的人道主义对人的本质的最高规定实质上并没有真正实现人的尊严,一种野蛮的和以"人"为中心的人道主义——毁灭人的人道主义——取代了"完整的人道主义"的地位,理性主义者在哲学的伪装下篡夺了思想的神圣地位,导致人类成为智慧的孤儿。人道主义的僭越必然导致反人道主义呼声的高涨,以"人"为中心的人道主义受到 20 世纪众多思想家的质疑和反思。列维—斯特劳斯和福柯都曾预言过,"人"的"消失"和"死亡"会成为 20 世纪占统治地位的一个大问题。列维—斯特劳斯从人类学思维的角度认为:"人文科学的最终目的不是去建构人,而是去解构人。"① "在我们的时代,尼采又一次地预示了一段漫长旅程尽头的转折点。不过,这一次所断言的与其说是上帝的不存在或上帝的死亡,还不如说是人的终结。"② 从尼采为建立对大写的"人"的同等神秘的崇拜而对启蒙所作的反思与攻击("上帝死了")中,福柯找到了挑战人道主义的灵感,从而解构了尼采的预言,喊出了自己的预言——人也死了。阿尔都塞以结构主义诠释马克思的学说时同样论述到人作为个体的非存在,"生产关系的结构决定着生产者所占有的位置和所承担的功能,就他们是这些功能的承担者而言,他们不过是这些位置的占据者。因而,真正的'主体'(在过程的基本主体的意义上)不是这些占据者或者功能者,也不是——尽管表面上是——'真正的人',而是这些位置与功能的规定及分配。真正的'主体'是这些规定者和分配者,即生产关系(及政治的和意识形态的社会关系)"③。这就是说,个人不是社会过程的基本要素,只不

---

① 〔法〕列维—斯特劳斯著,李幼蒸译:《野性的思维》,商务印书馆 1987 年版,第 281 页。

② 〔英〕凯蒂·索珀著,廖申白、杨清荣译:《人道主义与反人道主义》,华夏出版社 1999 年版,第 8 页。

③ 〔英〕凯蒂·索珀著,廖申白、杨清荣译:《人道主义与反人道主义》,华夏出版社 1999 年版,第 107 页。

过是"承担者"或者"效应"而已，自我的个体性是由意识形态建构的。法国学者米卡尔·迪弗雷纳把所有同样旨在消解人的结构主义因素拢在一起时总结道："在海德格尔的本体论、列维—斯特劳斯的结构主义、拉康的精神分析理论、阿尔都塞的马克思主义之间，显然存在着某个共同的主题。总而言之，这个主题与活生生的经验的边缘化、人的解体有关。"① 20世纪众多思想家、哲学家群起解构主体，甚至解构历史，因为他们都从各自不同的角度和立场上意识到主体意识断裂的严重性。

在"人之消亡"这个口号下，人们不约而同地发现了人道主义标举的核心口号——以"人"为中心——的悖谬与吊诡。其实质是他们已预设了人是世界的中心和人是自然的主人的结论，因为以"人"为中心的人道主义理论论证都是围绕着人的主体性的建构而展开的。特别是法国近代哲学家笛卡尔提出"我思故我在"这一典型的理性命题，逐步将人的主体性归结为人的意识的主体性和人的个人思想的自由。近代思想所开创和确认的"人"的概念及其主体性等属性，都是在现代知识论述建构过程中不知不觉地强加于现代人身上的结果。这种传统的"主体中心主义"及其意识哲学是由其方法论"主客体二元对立模式"所决定的。在现代社会的实际生活中，个人并不是自然权利论所说的可以被化约为一个个独立的实体。个人是多元性的和不断成长的，个人比人们所想象的人格要复杂得多。采用主客体二元对立模式分析和论证"人"的主体性、理性、个人自由及其基本权利等，充其量只是被语言、理性、法制所分割、区分、限定的逻辑结论而已，实际的人应该是一切活生生的血肉、情感、性格、爱好、欲望和思想相结合的统一体，当这些东西被抽干以后，人就成为被肢解、被监禁、被规划的彻头彻尾的研究对象、劳动工具，甚至于成为囚徒。正如福柯在《词与物》的结论中所言："人将被抹去，如同大海边沙地上的一张脸。"② 这也恰恰印证了尼采的预言：上帝的谋杀者之死，主体的消亡，人的消失。

最敏感和最有思想创造能力的作家、诗人、艺术家及哲学家们都采取

① ［法］弗朗索瓦·多斯著，季广茂译：《从结构到解构：法国20世纪思想主潮》（下卷），中央编译出版社2005年版，第133页。

② ［法］米歇尔·福柯著，莫伟民译：《词与物》，上海三联书店2001年版，第506页。

了各式各样的方法去批判这种以"人"为中心的人道主义，甚至去颠覆它们，"反人道主义"的呼声不断高涨。纷争的结果最终也许可以使人们渐次达到一种共识，这就是德里达从哲学的高度得出的结论："今天难于思考的问题，乃是那无法用真理的辩证法与否定性来构想的人的终结，那不能成为复数第一人称的目的的人的终结。在《精神现象学》中使自然意识和哲学意识彼此统一起来的我们，确定地接近着它的不变的、内在的存在自身，重新占有精神的过程之所以发生就是为了获得这种存在。这个'我们'是绝对知识与人类学的统一，上帝与人（Man）的统一，本体的——神学的——目的论与人道主义的统一。"① 马利坦具有同样的远见卓识，他的伟大之处就在于他并没有声嘶力竭地高呼反人道主义的口号，而是心平气和地指出以"人"为中心的人道主义的没落与匮乏，并指明了方向。他力图在哲学、诗学、神学也即后来者解构主义哲学家德里达提出的"绝对知识与人类学的统一，上帝与人的统一，本体的——神学的——目的论与人道主义的统一"的基础上实现一种真正的人道主义，即"完整的人道主义"（Humanisme Intégral）。马利坦指出，在西方现代化的过程中，以"人"为中心的人道主义作为其文化特征，已将人类带到了文明的黄昏时分。人类开始全面反思"启蒙"，"理性在控制自然方面取得的压倒性成就让它忽略了获得这些成就所付出的代价"②，以至于让自己陷入对绝望的恐惧。处在"插花文明"阶段的现代人已离弃了自己文明扎实的、鲜活的根，拔离了自己精神的土壤，处于本性堕落的状态下，自然德行仅仅成为表面现象或是倾向，是一种偏爱的状态，而根本不可能变成严格意义上的德行，恶随之而来。恶，并非意味着纯粹的善的减弱，而是存在的隐匿或者不足，是从事生存行动的主体内在的一种丧失，它在存在中造成一种伤痕，而且这种恶并非自行地发生作用，而是借助于它在其中"实现虚无"的善。因此，存在的主体所蒙受的由恶借助于非存在加之于它的伤害也就越深重，而恶就越发具有主动性，越发强劲有力，并成为其自身所操持的一种更具有能动性和更高的存在。

---

① ［英］凯蒂·索珀著，廖申白、杨清荣译：《人道主义与反人道主义》，华夏出版社 1999 年版，第 5～6 页。

② ［美］詹姆斯·施密特编：《启蒙运动与现代性》，上海人民出版社 2005 年版，第 369 页。

面对这样一种人类处境，马利坦提出了一种新的人道主义思想，即他所命名的"完整的人道主义"或"真正的人道主义"（True Humanism）。"我们这个时代，'以人为中心的人道主义'的巨大幻灭以及反人道主义的残酷经历之后，世界所需要的是一种新的人道主义，一种'以神为中心'的即完整的人道主义，这种人道主义在考虑人时，要看到人所有的天生的崇高和软弱，要看到人的为神栖居的受伤的存在整体，要看到天性、罪恶和圣徒性质的全部实在性。这种人道主义承认人的一切非理性的东西，以便向着理性的方向驯服它，让人向着那下降而进入自己之中的神圣的东西开放。它的主要工作，是使福音的酵母和灵感，深入到生活的世俗结构之中——这是一种使世俗的秩序圣洁化的工作。"（After the great disillusionment of "anthropocentric humanism" and the atrocious experience of the antihumanism of our day, what the world needs is a new humanism, a "theocentric" or integral humanism which would consider man in all his natural grandeur and weakness, in the entirety of his wounded being inhabited by God, in the full reality of nature, sin, and sainthood. Such a humanism would recognize all that is irrational in man, in order to tame it to reason, and all that is supra-rational, in order to have reason vivified by it and to open man to the descent of the divine into him. Its main work would be to cause the Gospel leaven and inspiration to penetrate the secular structures of life—a work of sanctification of the temporal order. ①）"完整的人道主义"思想是马利坦提出的"以神为中心"的人道主义思想，"以神为中心"并不意味着完全放弃人，而是希望人将自身的目光调转方向，放弃主体与客体的对立，开辟另一空间。在这样的空间里，人既关注自身的人与非人，又接纳"他者"（God、The Wholly、The Other）——就是那下降而进入自己的神圣的东西，这样的人道主义才可称得上是完整的。人类面对同样一种道德行为所处的境况绝不会重复地出现第二次，每一次，个体都会发现自己处于一种要求自己有能力去对付新情况的境域，要求个体将一个在这个世界里是独一无二的行动带入存在。这独一无二的行动就是使福音的酵母（爱）和灵感深入到生活的世俗结构之

---

① Jacques Maritain, *The Range of Reason*, *Chapter Fourteen*: *Christian Humanism*, University of Notre Dame, 1952, p. 179.

中——这是一种使世俗的秩序圣洁化的工作。使世俗的秩序圣洁化就是使世俗生活无限渐近神圣化，也即将个体的内在性（人与非人）引向、导向、趋向他者（上帝）。实现这种新的人道主义——"完整的人道主义"，也即实现了超越。如何可能？

世俗生活中，没有一种德行会被认为是绝对意义上纯粹而完美的，除非有神恩和上帝的爱参与进去。神恩和上帝的爱是看不见、摸不着、不可言说的，却是可以通过你的心灵去感悟到、体验到、倾听到的。只要你时刻记念着：我并非世界的中心，也不是自然的主人，而是世界诸存在的牧者。人作为一种存在的牧者，在这种谦逊中他并不会失去任何东西，恰恰相反，他会因逊让而获得牧者特有的贫乏与丰裕。牧者的尊严就在于此，因为他的存在本身召唤来了看护存在的真理，这就是诗。因为诗预言的是事物内部存在与人类自身内部存在之间的相互联系。诗恰恰在这种贫困中突显了自身的崇高与伟大。

诗在本质上是一种精神的自由创造力的释放和驱动，它本身没有对象，只是一个超越任何目的的目的。而诗人本身并非是超然的，"诗人透过所有持续的、深远的、紊乱的、理性的感觉，而使自己成为预言者。……他成为超越所有其他人的伟大的病者、伟大的罪者、伟大的受诅咒者——以及至高的知者！"（The poet makes himself a seer through a long, immense, and reasoned out dislocation of all the senses. ... He becomes beyond all others the great Invalid, the great Criminal, the great Accursed One——and the supreme Knower！[①]）这是法国诗人兰波（Rimbaud）在《预言者书简》（*Lettre du Voyant*）中对自身的体悟，也是他对所有诗人的概括。如果诗人当之无愧就是预言家，那他就会在人类狂妄无度时昭示：这个燃烧而冰冷的世界之彼岸是崩溃与虚无而不是完满与天堂；如果诗人当之无愧就是最伟大的知者，那他就会在人类对酒当歌时告诫：这个残酷而血腥的世界之所以如此是理性的僭妄、欲望的膨胀、价值的失衡所导致的。这就是为何在事物的性质中，作为诗（处在智性自由的创造性路线上的诗）的那个绝对自动的倾向使人更渴求这一个绝对（绝对存在）——最初的诗人即存在

[①] Jacques Maritain, *Creative Intuition in Art and Poetry*, New York, Meridian Books, 1957, p. 142.

的创造者。不言而喻，正如诗人科克托（Cocteau）在《俄尔甫斯》
（*Orpheus*）末尾所吟："因为诗，我的上帝，就是你。"（Because Poetry,
my God, it is you.①）上帝是世界的创造者，诗在创造性功能上与上帝的
角色一样，具有神圣性，是一个绝对存在。诗在创造之初，它根本的效能
在于纯朴地传达那些通过直觉性的夜浸透在事物中的主观性直觉的夜和非
概念的含义。诗，表示被诗人直觉性情感在世界的神秘之中隐约地把握的
非概念化的现实之闪现。诗所创造的一切都是好的、美的、善的，人们渴
望融入其中，与它一体。

只有当人们的灵魂与神圣融为一体时，才能真正领会到"享受的是神
的快乐"。这是马利坦为根除当前世界最严重的弊害——神圣的东西与世
俗的东西彼此分裂的二元论——开出的药方。而人的灵魂通往神圣之路则
面临着深渊，这深渊是双重的困惑：诱惑与迷惑。诗则是这沟壑上架起的
桥梁，"诗扶助我们弥补自身的匮乏，而通导真理之途，诗之功效在于它
与智慧和救赎密切相关"。（Poetry is a means of aiding our deficient reason to
accede to the unveiled teaching of truth. Poetry has essentially ministerial
function, having to do with Wisdom and with the supreme contemplative Deliver-
ance.②）诗，扶助你进入真理之途，认识自我；诗，教诲你智慧与沉思之
道，获得自由；诗，承载你踏上通往神之路，赢得救赎。行走在路上的你，
只有去倾听，才可以无限接近想要通往的那另一端——快乐之乡、自由之
心、神秘之源。而这种渴望进入云中的另一端就是自由整全之天国。

诗使人们在行动整全之前就能将其作为整体来体验，这种整全成为这
种体验自身的一部分，由于这种同时性并非真能在时间序列中发生，因而
是诗建构了这种体验。比如在勇敢的例子中，本质上可能是痛苦的东西被
转化成了某种"愉悦"。或许诗对于道德德性乃是必要条件，让人们来沉
思自身死亡之可能性——那种让人们尝试将生命创造为一个整体的可能性
（由于人们从未真的体验过生命的整体）。这种沉思是一种虚构，是诗
性的。

---

① Jacques Maritain, *Creative Intuition in Art and Poetry*, New York, Meridian Books,
1957, p. 139.

② Jacques and Raïssa Maritain, *The Situation of Poetry*, New York, Philosophical
Library, 1955, p. 15.

诗，让人们看到一个人的内在世界，这样人们才能歌颂它对高贵的热爱。

作为有限的个体生命，人内在地、本能地充满着对无限的向往与渴望，这种渴望是人类生命的特征。这种需要和欲望的实现是可以凭借诗来完成的，却是在一定程度上的完成，因为有限与无限之间的沟壑是人类自身永远无法弥合的，短暂与永恒之间的张力也是人类自身永远无法平衡的，饥渴恰恰源自这种永远无法完全弥合与平衡的缺憾。诗作为人类精神的必需品和营养品，在一定程度上弥补了人类自身有限性的缺憾，同时也增强了这种缺憾，这就是诗对人类精神的提升作用和净化作用。诗，使人们可以最大限度地去临近无限、感受永恒、缓解精神的贫乏与困顿，却永远无法使有限与无限一体。促使人类这样不断地去追求的饥渴就是诗得以存在与永恒的秘密所在。诗以自己存在的价值最大限度地在卑微与崇高、有限与无限之间搭起了桥梁，促使人类与世界本身彼此契合，诗成为人类把握世界和实现自我的特殊方式。

诗是人的此在，也是人彼在的投光；诗是存在的絮语，也是我、你、他的精神交流；诗是神人以和的纽带，也是人神共享的琼浆。诗，在人类生存实践意义上必将承担拯救世界的使命。

第二章

诗人何为

诗在本质上是一种精神的自由创造力的释放和驱动，它本身没有对象，只是一个超越任何目的的目的。那么诗人何为？

诗人兰波曾言："诗人是真正的盗火者。……如果诗人盗回来的已经赋形，诗人就会赋予它存在；如果还未赋形，诗人就会赋予它非存在。"（The poet is really a stealer of fire. ... If what he brings back over there has form, he gives form; if it is unformed, he gives unformedness. [1]）这悖谬式的表达难道只是表明诗人仅仅是传递者而已？非矣。兰波在《预言者书简》中又宣称："诗人透过所有持续的、深远的、紊乱的、理性的感觉，而使自己成为预言者。……他成为超越所有其他人的伟大的病者、伟大的罪者、伟大的受诅咒者——以及至高的知者！"（The poet makes himself a seer through a long, immense, and reasoned out dislocation of all the senses. ... He becomes beyond all others the great Invalid, the great Criminal, the great Accursed One—and the supreme Knower! [2]）如果诗人就是当之无愧的预言家、最伟大的知者，那他就会在人类处于危难之时发出警告，以引起人们的关注与警觉；同样也会在人类安享宁静之时揭示隐含着的灾难以及潜在的悲剧性结局；更会在人类激情燃烧的时刻痛心疾首，启示人们在这个燃烧而冰冷的世界之彼岸是崩溃与虚无还是完满与天堂。如果诗人就是那盗天火给人类的普罗米修斯，那么他必然既是先知，也是人类日历中最高尚的殉道者。

荷尔德林唱道：

> 诗人如同酒神的神圣祭司，
> 在神圣的黑夜里走遍大地。[3]

圣洁的诗人赤足奔走在神灵隐没（缺失）的大地之上，不停息地寻

---

[1] Jacques and Raïssa Maritain, *The Situation of Poetry*, New York, Philosophical Library, 1955, p. 7.

[2] Jacques Maritain, *Creative Intuition in Art and Poetry*, New York, Meridian Books, 1957, p. 142.

[3] ［德］马丁·海德格尔著，孙周兴译：《林中路》，上海译文出版社 2004 年版，第 284 页。

访。诗人何为？在《诗人的天职》一诗中，荷尔德林道出：

> 但人必须毫无畏惧，孤独地
> 直面于神，惟纯真把他保护，
> 无需任何武器，无需任何巧智，
> 直到神之缺失发挥效力。

诗人的使命是艰巨的，诗人的命运是孤独的，诗人的灵魂是忧郁的，因为诗人担负着保护之责、返乡之使命。海德格尔解释道："诗人的天职是返乡，惟通过返乡，故乡作为达乎本源的切近国度而得到准备。"[①] 返乡就是返回本源、贴近本源，与本源的切近乃是一种神秘，更是一种神圣。诗人的使命就是毫无畏惧地临近于神、保护神，直至神之隐没。诗人承受着漫游的重负，向着本源穿行；诗人返乡，由此诗人切近而达乎本源。诗人道说那达乎临近之物的切近之神秘；同时，诗人又要守护那达乎极乐的有所隐匿的切近之神秘。因为：

> 歌者的灵魂必得常常承受，这般忧心，
> 不论他是否乐意，而他人却忧心全无。[②]

"他人"与诗人相对，是指生存于贫困时代的不愿倾听也无法倾听神圣与神秘诗语的人，因为他们处于一种双重的匮乏和双重的诱惑中：神灵的隐没和人心的麻木；物欲的膨胀和权欲的宰制。贫困时代的人处于迷茫之中，缺失了倾听诗人歌唱的心灵。为此，作为先知、祭司的诗人，其职责不仅艰辛，而且繁重。诗人里尔克也同样唱道：

---

① ［德］海德格尔著，孙周兴译：《荷尔德林诗的阐释》，商务印书馆 2004 年版，第 31 页。

② ［德］海德格尔著，孙周兴译：《荷尔德林诗的阐释》，商务印书馆 2004 年版，第 9 页。

啊，诗人，你说、你做什么？我赞美。

你怎样担当，怎样承受？我赞美。

但是那死亡和奇诡，

但是那无名的、失名的事物，

诗人，你到底怎样呼唤？我赞美。①

里尔克之所以高声赞美诗人，是因为诗人在死亡的重压下仍在承担着重任，在荒诞中仍在坚守着神圣之地，呼唤着那未名的真理启示给诗人的歌。在真理中唱出的歌，它不为一切；它是神灵，是一阵风。里尔克高声赞美诗人，是因为诗人不仅在倾听，而且在道说；不仅在道说，而且在呼唤他人倾听。里尔克期待着诗人能完成使命——那就是成为大地上的转换者，把陷入历史迷雾的大地转换成诗意的大地，这样，人们就可以诗意地栖息在这块土地上。但如此的转化需要诗人投入自己的全部生命，正如里尔克在死前写给友人勒维的一封信中所言："我们的使命是把这个短暂而羸弱的大地深深地、痛苦地、深情地铭刻在心，好让它的本质在我们心中'不可见地'复活。我们是不可见之物的蜜蜂……我们肩负着责任，不单单保持对它们的怀念，而且保持它们的人文价值和'守护神'的价值。除了变为不可见的，大地再没有别的避难所；这种变化在我们心中，正是我们以自己本质的一部分参与了不可见之物，它身上（至少）有我们分有它的凭证，当我们在此期间，我们能够增加我们在不可见之物上的份额；只有在我们心中才可能实施这种亲密的持续的转化，即把可见之物变为不可见之物……我们正是这些大地的转化者，我们整个的此在，我们的爱的飞翔和坠落，这一切使我们能够胜任这项使命（除此之外，根本没有别的使命）。"② 这是里尔克托付给诗人——"大地转化者"的，也是里尔克宣告的救世论，这就是诗人的使命，"除此之外，根本没有别的使命"。

诗人的使命是如此重大、如此神圣，它迫使每一位诗人反躬自问：作为诗人，自己能够胜任吗？作为诗人，自己内心的灵性是否还在？作为诗

---

① 转引自刘晓枫著：《诗化哲学》，华东师范大学出版社 2007 年版，第 239 页。

② ［德］里尔克、勒塞等著，林克译：《〈杜伊诺哀歌〉与现代基督教思想》，上海三联书店 1997 年版，第 181～182 页。

人，能否做到使所有可见之物转化为不可见之物？里尔克提出的可见事物与不可见事物之对立，是指人们意欲占有的物质财富与精神内在的灵性生活的对立。他想扭转人们一心意欲盘剥世界和生活的脾性，使人们的意向转入心灵空间最为内在的不可见，进入自由的、超脱的、诗意的生活世界之中。这与马利坦的诗学思想在一定程度上是不谋而合的。

马利坦认为："诗人肩负的第一个天命就是允诺他回到那个靠近灵魂中心地带的隐蔽处，在那里，这种整体存在于创造性之源的状态中。"（And the first obligation imposed on the poet is to consent to be brought back to the hidden place, near the center of the soul, where this totality exists in the state of a creative source. ①）诗人的使命是被赋予的，诗人的使命也是诗本身所要求于诗人的。人的实质的整体，是一个朝向自身的世界，指的是最深的本体意义上的主体。因而，诗所要求诗人的第一个职责是引导功能，引导自身靠近灵魂的中心，去认识那自身隐约的幽深处，倾听自身的内在世界，回归一种灵性生活。引导功能的效用决定了诗人更重要的职责在于创造。没有完美的创造性，也就无法言及引导性，二者是一体两面的。也就是说，没有创造性，一切都不可能。

马利坦认为，完美的创造性源于诗人完美的人格（personality）力量，而非诗人凸显的强烈的个性（individuality）。"人格扎根于精神之中，而精神制衡着在存在中的自身及其在存在中的过剩。人格是向人传送整个精神结构并协调统一人的精神结构的灵魂实体。"（Personality is rooted in the spirit inasmuch as the spirit holds itself in existence and superabounds in existence. It is the subsistence of the spiritual soul communicated to the whole fabric of the human being and holing it in unity。②）人格是人的精神的灵魂实体把持着的存在，是向人传送整个精神结构和协调统一的实体，它扎根于精神（spirit）之中，扎根于精神性的灵魂（spirit）之中。而个性作为把自身排斥在其他人之外的事物，其最初的本源是物质（matter 与 spirit 相对）；个性作为物质，渴望存在，又限制存在。人格与个性区别鲜明，但都与创造

---

① Jacques Maritain, *Creative Intuition in Art and Poetry*, New York, Meridian Books, 1957, p. 80.

② Jacques Maritain, *Creative Intuition in Art and Poetry*, New York, Meridian Books, 1957, p. 106.

性密切相关。马利坦关于诗人的人格与个性对创作的影响这一观点与"现代派诗歌教皇"艾略特关于"非个人化"的诗学理论思想有相似之处。艾略特认为:"诗人没有什么个性可以表现,只是一个特殊的工具,只是工具,不是个性,使种种印象和经验在这个特殊工具里用种种特别的意想不到的方式来相互结合。"① "诗不是放纵感情,而是逃避感情,不是表现个性,而且逃避个性。"② 因为"没有任何一位艺术家,想要通过有意识的努力来表现他的个性,能够创造出伟大的艺术作品"③。因而,诗人就得"随时不断地放弃当前的自己,归附更有价值的东西,一个艺术家的前进是不断地牺牲自己,不断地消灭自己的个性"④。在艾略特看来,诗人只是一种特殊的工具,一个与自己情感个性分离的中性媒介物。艾略特反对诗人在诗作中放任情感,这是他对 19 世纪浪漫主义传统诗学直抒胸臆的一种激烈反拨,也是其诗学的起点。对艾略特来说,更重要的是,他要求诗人归附于更有价值的东西,整个地把自己交付给他所从事的工作,而更有价值的东西就是艾略特所言的传统。这个传统是动态的而非静止的,是具有广泛得多的意义的东西,是诗人整体经验中可以时刻被感觉的、活的存在。对艾略特而言,传统不仅是对过去性和现存性、永久性和暂时性的一种历史意识,更为个人创作提供灵感源泉。只有在这种包含着传统的历史意识中,诗人才能找到自己的价值所在。艾略特要求诗人逃避感情、逃避个性,就是要求诗人不要阈限于小我,应关注大我,关注融入整个传统中的具有历史意识的大我,以此通过诗来传达一种普遍真理。纵观艾略特的诗歌创作,你可以深切地感悟到艾略特所言的传统是与西方文化传统中体现出的神圣性紧密联系在一起的。关于"非个人化"的诗学理论思想,在后期的诗学思想表述中艾略特给予了修正:"我曾在一些早期的论文中颂扬

---

① [英]艾略特著,王恩衷编译:《艾略特诗学文集》,国际文化出版公司 1989 年版,第 6 页。

② [英]艾略特著,王恩衷编译:《艾略特诗学文集》,国际文化出版公司 1989 年版,第 8 页。

③ [英]艾略特著,李赋宁译注:《艾略特文学论文集》,百花洲文艺出版社 1994 年版,第 85 页。

④ [英]艾略特著,王恩衷编译:《艾略特诗学文集》,国际文化出版公司 1989 年版,第 4 页。

过我所谓的艺术中的非个性化，而我现在似乎又自相矛盾地认为，如果要找出叶芝后期作品更为优秀的原因，那就是他的个性得到了更好的表现，乍看起来，我似乎矛盾了。也许是我表达得太糟，或是对这一观念认识得还不够成熟……有两种形式的非个性化：其中一种只要是熟练的匠人就会具有，另一种则只有不断成熟的艺术家才能逐步取得。……（他）能用强烈的个人经验表达一种普遍真理，并保持其经验的所有独特性，目的是使之成为一个普遍的象征。"① 艾略特作为"新批评"理论的教主和现代诗人能够如此赞誉同时代的另一位诗人叶芝（William Butler Yeats，1865—1939），就在于诗人叶芝不仅能够完美地体现一种基于诗人强烈的诗性经验（人格与个性的完美统一）所表达与传递的真理（这种真理就是诗性意义的显现），而且能将作品中的诗性意义置于艾略特所言的归附于更有价值的东西这个背景中。马利坦非常赞同艾略特修正后的"非个人化"诗学理论，之所以区分诗人完美的人格与强烈的个性之别，就在于这是一个涉及诗人如何处理诗性经验的问题。

完美的人格与强烈的个性造就诗人在诗中体现出两种类型——创造性自我和以自我为中心的自我，马利坦以此将诗人分为两大族类。

两大族类分别为："一类诗人比较关注他们自身内部的挖掘以及诗转化为自我意识的过程……他们同时也比较关注他们所处时代的典型效应。另一类诗人，他们更关注持续的诗性创作本身以及世代吟唱的缭绕，就如同大卫的诗篇一样，经久不衰，代代传唱。"（There is a family of poets who are more concerned with the **interior discovery of themselves** and the process of poetry's becoming self-conscious; ... they are also more concerned with the typical effort of their own time. And there is another family of poets who are more concerned with continuing **poetic action** itself and that effusion of the voice of which David speaks and which goes on from age to age. ②）第一类诗人比较关注自身的内在性发掘，关注其时代的典型意义。换言之，诗人的创作就是认识自身的介质与手段以及不断地探索自我、更新自身的一个过程。第二

---

① ［英］艾略特著，王恩衷编译：《艾略特诗学文集》，国际文化出版公司 1989 年版，第 167 页。

② Jacques and Raïssa Maritain, *The Situation of Poetry*, New York, Philosophical Library, 1955, pp. 38–39.

类诗人注重诗永恒不朽的诗性行为，关注完善人格与历史意识融为一体的大我，这样创作出的诗歌必将会流芳千古，经典万世，永恒回荡。

根据诗的效能，马利坦又将诗人作了两类划分，将诗人、诗效作平行对等的划分意味着诗人完美的人格力量必然体现在诗中，即表现为创造性自我的显现，诗人关注的必然不是小我，而是大我，这种诗才能世代相传，以至永恒。如果诗人在诗中凸显的是强烈的个性，则会导致诗中的形象是以自我为中心的自我，这样的诗必然体现出当代性、实用性而非永恒性。以自我为中心的自我是粗俗的我，是一种行为物质的主体，这种主体表现为利己主义的我的本质，个性是其凸显的标志。个性意味着对他者的排斥，而物质性是个性的本源，以自我为中心的自我渗透着物质的暗度和贪婪的特征。反之，创造性自我作为自然人（person），是作为非物质的个性出现的。自然人，具有精神的内在性，人格是其凸显的特征，慷慨和豁达是其精神原则，人格就扎根于此精神之中，煜煜闪光。创造性自我作为行动的主体，彰显出特有的透明度和达观性。创造性自我是一个具有献身精神的主体，既不断地展现自身，又不断地牺牲自身。诗人的超然性是引导诗人自身向往创造性的动力与根基，如同圣经中的《诗篇》，大卫的诗显现的就是创造性自我。

马利坦将诗人的品性与诗的功效作了对等的划分，究其质，这种划分的标准有其合理性的一面（"文如其人"就是例证），超然性往往导致无功利性、非物质性。反之则未必然，非超然性未必导致物质性，同样也可达到精神性。但不可否认的是，这种划分标准明显具有缺憾，绝不可"一以贯之"，否则，就无法阐释文学史上出现的另类作家与另类现象了。更何况，诗人的品性与诗的效能之间还关涉衡量创造之高下的"诗才"之分。

马利坦并不是没有意识到这个问题，在诗人趋向创造性的过程中，马利坦又提出，诗才之优劣可能导致诗人出现偏差与失误，甚至于"死无葬身之地"的窘境与恐惧。马利坦认为，创造是一种完美无缺的契合，是灵魂自身与造物的吻合，是天命与历史造就的禀赋，是人性与神性交融之际的瞬间闪光，不容许有任何外在的附加；否则，创造将转变成为死亡。在创造中，"诗人的首要职责就是尊重这种原创经验的完整性，对任何牵绕于此的天赋才能的有意否、反都将是一种自残"。（The first obligation of the poet is to respect the integrity of this original experience. Any systematic denial of any of the faculties involved would be a sort of self-mutilation. ①) 也就是说，诗人在创作中的诗性经验是独特的、完整的，诗人无权将其分割、简约甚至无权加以组合拼贴。如诗人兰波所言：诗人是一个盗火者。诗人可以保护火、持存火、传递火，却永远不可能改变火本身。但在保护、持存、传递中，诗人可让这火变得更美、更亮、更旺，也可让火在手中变暗、变弱、变冷。诗人作为特殊媒介，只是发挥着传递或搬运的作用，将诗性经验这种内在的、不可见的形式展现为外在的、可见的形态，在这里，诗人似乎完全没有创造性可言。非矣。恰恰是展现的这一时刻，诗人体现出尊重与有意否、反的两难窘境与恐惧，并能够认识到这种窘境与恐惧。惟其如此，才可能成为伟大的诗人；惟其如此，诗人才可能既诚惶诚恐又谨慎小心地穿行于创造的罅隙中。诗人既是被动者，又是主动者。被动性源于必须尊重这种独创经验的完整，主动性源于不能将天赋才能简约化。诗人的创造性就源于此，源于如何完美、完整地将这种独创经验展现给人们，让人们也能体验到这种独创经验。那么，何谓独创经验？何谓复杂才能？

独创经验即指诗性经验，这是每个人都具备的，但并不是每个人都能够将其传递出来。"我在这章的前一部分讨论中所使用的'诗性经验'一词，对我而言，它（诗性经验）多少有些不同。诗性经验具有更复杂更广泛的心理学上的意义。诗性经验涉及灵魂的某种状态，在此种状态中，'灵省'使我们思想的平常状态意义上的交流暂时中止，而与特别强烈的诗性直觉相连。"（The expression "poetic experience", which I used in the first part of the present discussion, has, it seems to me, a somewhat different, more complex, and more comprehensively psychological significance. It refers to a certain state of the soul in which "self-communion" makes the ordinary traffic of our thinking stop for a while, and which is linked with particularly intense poetic intuition. ②) 马利坦对诗性经验的界定表明，诗性经验是浮现在精神的前意识界限上的一种隐约的、无法表达而又动人的认识状态，它能使灵魂与诗人自身的精神处于一种联系状态中。诗性经验将诗人引回灵魂的种种力

---

① Jacques Maritain, *Creative Intuition in Art and Poetry*, New York, Meridian Books, 1957, p. 177.

② Jacques Maritain, *Creative Intuition in Art and Poetry*, New York, Meridian Books, 1957, p. 176.

量的唯一本源的隐秘处。在此，诗人的主动性可以说被聚集在期待而有效的创造性状态之中，诗人得以进入此状态，是通过所有的感觉、飞逝的回忆、自然的赐予、原始的授予、统一的宁静而达到的。诗性经验与诗性直觉都存在于灵魂之中，而并非柏拉图所言的另有诗神（诗性灵感）凭附诗人所致。诗性直觉与诗性经验的关系十分密切且繁复错综（详见本书第五章内容）。简言之，诗性直觉首先使诗性经验得以产生；反过来，诗性直觉又因诗性经验而得以增强，二者互为促进。

复杂才能就是诗人使诗性经验在作品中得以完美、完整体现的奇特能力，也就是常言所说的"诗才"。悖谬的是，诗性经验作为浮现在精神的前意识界限上的一种隐约的、无法表达而又动人的认识状态，诗人如何展现自身的这种创造性才能？能否完成这项创造性的任务使诗人处于内在焦虑和不安之中，"如拜伦的诗所言：'处在君王般孤独中的我，无力给他们加冕。'不足为奇，诗人生活在内心的焦虑和不安之中"。（No wonder that they live in inner solitude and insecurity. "To feel me in the solitude of kings, without the power that makes them bear a crown" as Byron put it. ①）诗人拜伦担心作为诗人的自己如果没有这种创造能力，就无法完成诗人所肩负的使命，因而倍感孤独不安。更甚者，当代一位法国诗人危言耸听道："诗人，危险的魔术师，只满足于寄人篱下，骨灰也没有人收留。"（Magicien de l'insécurité, le poète n'a que des satisfactions adoptives, Cendre toujours inachevée. ②）诗人如果只满足于做一个盗火者、传递者，那他必将"死无葬身之地"。换言之，诗人如果缺乏这种创造性或是无法完成这种创造性，那他必然"死无葬身之地"。

能否完成这项创造性的任务仅仅取决于诗人自身吗？抛开所有的外在因素，马利坦进一步提出在创造过程中诗人灵感的显现、诗人如何发挥其自身的作用以及这种作用所产生的效用问题。

从灵感显现的形态上，约翰·基布尔（John Keble）将诗人分为迷狂型诗人（ecstatic poets）和自制型诗人（euplastic poets）两类，马利坦基本

---

① Jacques Maritain, *Creative Intuition in Art and Poetry*, New York, Meridian Books, 1957, p. 184.

② Jacques Maritain, *Creative Intuition in Art and Poetry*, New York, Meridian Books, 1957, p. 184.

上是赞成约翰·基布尔的这种划分的，并对这两类诗人之间细微的区别作了说明。迷狂型诗人，或具有疯狂气质（a strain of madness）的诗人，其灵感是充分外显的，属于普遍渗透的运动型的灵感。自制型诗人，或具有天赋快乐人格（a happy gift of nature）的诗人，其灵感显现于诗人的诗性直觉幼芽中。相比而言，马利坦更欣赏自制型诗人，因为自制型诗人可能是更伟大的诗人，是更忠实于灵感的诗人。原因在于，以诗人灵感的显现差异来区分两类诗人可窥见其创造性的有无。马利坦认为，第一种迷狂型诗人就是借神灵凭附其身、代神立言之诗人，也即柏拉图"迷狂说"意义上的诗人。这类诗人作为"完美的工具"，就像技艺高超的匠人，其地位可想而知。被神凭附，只是神的代言人，无从谈起创造性。第二种自制型诗人，指处于创造性直觉中的被神性之光所笼罩而进行创造的诗人，即马利坦所言的能够完美地将诗性经验表达出来的诗人。这类诗人因触及神性之光而具备了主动性与创造性。所以，对自制型诗人马利坦大加赞赏，如意大利诗人但丁（Dante Alighieri, 1265—1321）；对迷狂型诗人马利坦则颇有微词，如法国诗人波德莱尔。而对于那些缺乏灵感者，马利坦认为他们根本就不能被称为诗人。

缺乏灵感者根本不是诗人，这样的判定标准未免苛刻，但也不失为一种审视诗人诗才高下的标杆。马利坦认为，如同最危险的罪犯是神志清醒的狂人一样，最完美的诗人是利用无穷无尽的理智的疯子。只不过诗人并非真疯，而是诗人意识到自身的痛苦所产生的分裂——不可思议的、反复无常的、无法满足的统一——使得自身不得不在自己的作品中实现统一。生活于内在的焦虑、不安、恐惧、战栗之中的诗人同时处在其感官与理性的灵魂两种不同的水平之上，如同航行在波涛汹涌的大海之上，要么勇敢地面对一切，掌握方向，伴随恐惧前行；要么屈服于风浪，葬身鱼腹，尸骨全无。既然灵感给予了诗人一切，那么灵感又是从何而来？灵感的形成与诗性直觉有何区别呢？它们之间内在的关联与差异留待本书的"诗性篇"再详细论述。

由对诗人品性、诗歌功效的划分，马利坦进而论述到"诗人"与"诗命"如何统一的问题，"诗命"与"诗人"能否融为一体，答案是明显的。

马利坦认为，"诗命"、"诗人"、"诗体"必须融合为一，这才是人类的幸事；否则，"诗命"与"诗"割裂为二，"诗"沉溺于私利和权欲之中，只能导致灾祸——灵魂的激情和抱负、内在的坦荡和豁达让位于人类欲望中的褊狭和贪婪，人类将狼狈不堪。因而，马利坦召唤这种统一。只有诗能阻挡人类的厄运，只有诗能拯救人的沉沦之心，只有诗能看护人的灵性，让灵性永存。惟其如此，诗化的人生才成为可能，感性个体的生存才可以渗透到富有深奥意味的存在中去，才可以存在于创造性的本源之中。诗人，其职责不仅重大，而且严峻。因为对于任何人特别是诗人而言，要和他所处的世界潮流作斗争是非常困难的。要想成就一个创造性自我，诗人必须是经历苦难的，同时又是刚毅的。"一个诗人，如果他要拯救他的诗，他必须对抗世界，至少也要持存或保有上述的那种基本的现身或存在的确实性，以便于保留和净化那些同马克斯·雅各布（Max Jacob）所强调的基督教的德行有血缘关系的审美的德行——换言之，如科克托所说的，以便成为他的天使的保护者。如果诗人要拯救他的灵魂，他必须做得更多。他将处于一种与世隔绝的状态，作为一个诗人，他必须得对他的世界和时代的一切变迁和骚动都保持开放和吸纳。他不可能避开创痛，但他可以不被毁灭。时代的所有忧虑都可以进入他的灵魂，并受到创造性天真的支配——这就是诗的奇迹；时代的所有忧虑也可以进入他的灵魂并受到心灵纯真的支配——这则是圣徒的奇迹。"（If he wants to save his poetry, he must resist the world, at least to preserve to reconquer the basic presences or existential certitudes discussed above, and to keep and purify those aesthetic virtues whose kinship which Christian virtues Max Jacob stressed—in other words, to be the guardian of his Angel, as Cocteau put it. If he wants to save his soul, he must do more. Then he will be in a state of separation, and obliged, however, as a poet, to remain open and permeable to all that moves and ferments in his world and his time. He cannot escape being wounded. He may not be destroyed. All the troubles of the time may enter the soul of a man, and the mastered by creative innocence—that is the miracle of poetry. And they may enter the soul of man, and be mastered by the innocence of the heart—that is the miracle of sainthood. [1]）诗人不仅要拯救自身，成为保护诗的天使，还要拯

---

① Jacques Maritain, *Creative Intuition in Art and Poetry*, New York, Meridian Books, 1957, p. 285.

救灵魂，成为对抗没有灵性世界的圣徒；诗人不仅要创造诗的奇迹，还要努力创造圣徒的奇迹。假如诗的奇迹与圣徒的奇迹能够在诗人那里合二为一，那么，马利坦所向往的"诗人"与"诗命"的完美结合就不仅能够拯救自身，还能拯救灵魂，更能拯救世界。

法国诗人波德莱尔以其诗性经验的非凡深度，以其在所有不纯洁之丑恶事物的包围中凸显创造性，出现在现代诗坛，却被他的时代所伤害和毁灭。他揭示了人类内在邪恶的永恒和超自然的东西，也在自己的心中展开了一场对抗其时代的无望的精神抗争。波德莱尔用畸变和冷酷的方式表现了人类之爱的眼光，是迷惘时代被腐蚀的眼光中最为深刻和犀利的一个；其心灵对于罪孽和灵魂的超越尘世的命运具实在感，是迷惘时代被腐蚀的心灵中最为迫切和焦虑的一个。波德莱尔徘徊于上帝与魔鬼之间，这就是诗的奇迹。意大利诗人但丁同样以其诗性经验的非凡深度，以其受到所有暴力的不公正对待却于丑恶事物的包围中显现创造性，出现在中世纪，他自身单纯的目光和天真的心灵并没有被他的时代所伤害和毁灭。但丁坚定地同他的时代搏斗，狂热、混乱、罪恶和丑行，没有在他的灵魂中留下污浊。诗人背负着死亡的威胁流亡他乡，返乡的愿望让他把存在于这世间的生活从痛苦的境地导向幸福的天堂。但丁用天真和单纯的方式表现了人类之爱的眼光，是分裂时代没有被腐蚀的眼光中最为深刻和博爱的一个；但丁对神性和人性世界的真理、欲望、暴力、罪孽进行总结，其心灵是分裂时代没有被腐蚀的心灵中最为纯洁和天真的一个。但丁由对神圣的美的热爱而步向天堂，这是圣徒的奇迹。马利坦认为但丁的诗篇完美地诠释了"诗人"与"诗命"的完美统一。

由此可见，诗人的使命并不仅仅是认识自我，诗人最本根的需要是创造，创造奇迹。这奇迹不仅可以拯救自身，更重要的是还可以拯救他人，拯救人类，拯救世界。而这拯救不仅需要刚毅，还需要受难。

诗人最本根的需要是创造，而创造是以诗人拥有他自己的本质认识作为先决条件的。悖谬的是，人对于自我的认识往往是无知，人的实质对于人自己来说是模糊的，人并不认识自己的灵魂，诗人又怎么可能将人们带回那个靠近灵魂中心地带的隐蔽处？这个命题本身就是"第二十二条军规"。诗人的双重职责置诗人于两难的困境。

"诗命"何为？诗人何为？

"诗是精神世界与现实世界磨荡之结晶，其本身却是无法言说的。"
（Poetry is the fruit of a contact of the spirit with reality, which is in itself
ineffable. ①）诗之为果，言说着"不可言说"的。诗人必须承担"不可言
说之言说"的使命，成为置身于无穷、无限和神人合一之中的创造者。

"对不可言说的，保持沉默。"（Whereof one cannot speak, thereof one
must be silent. ②）这是维特根斯坦在《逻辑哲学论》结尾部分的命题。维
特根斯坦想知会人们的并不是不再言说，而是说，在哲学领域中，逻辑言
说有其特定的领域，不同领域的言说都是有疆域的。有限的人面对无垠的
宇宙必有无能为"言"之时，这种无能为"言"的沉默，一方面可能来源
于词与物之间的断裂或悖谬，另一方面可能来自面对那不可言说的、人必
须保有虔诚的敬畏。人们必须承认自身的局限性，人们也必须知晓人自身
认识的有限性与天、地、神的无限性，不可言说的沉默既含有不可知论的
思想，更囊括不能言说的虔诚的敬畏。保有这份面对那不可言说的神圣者
之敬畏，人要沉于内心的静听。这种不可知论思想早已被柏拉图之前的智
者派思想家高尔吉亚（Gorgias, 485 B. C.—380 B. C.）以命题的方式提出
来了。首先，世界无物存在；其次，如果有某物存在，人也无法认识它；
再次，即使可以认识它，也无法把它告诉别人。悖谬的是，面对五彩缤纷
的大千世界，人们是无法保持沉默的，也不可能保持沉默，即使在无言的
边缘也不会沉默，因为生活不会停止，灵魂与自身的对白不会停止，灵魂
与自然的接触不会停止，这种存在必然存在。而此时此地，在此边缘，一
切都发生了。一切都在向人们昭示，"诗"一直在"说着"。诗人也无法保
持沉默，因为在无限的寂静深处，所有的能量都在交互作用。"诗中，诗
人沉醉于他所处的真实世界的深处。诗中，诗人可达于宁静，这是千真万
确的，绝不是一种幻象。诗人达于沉思中的一种虚静，在这种无垠的静笃
中，所有的能量都处于一种交互状态中。"（In poetry, man is concentrated
upon the depth of his human reality. In it he accedes to quietude; not at all, it

---

① Jacques and Raïssa Maritain, *The Situation of Poetry*, New York, Philosophical Li-
brary, 1955, p. 21.

② ［英］路德维希·维特根斯坦著，王平复译：《逻辑哲学论》，九州出版社
2007 年版，第 192 页。

is true, to the illusory quietude of inactivity and emptiness of thought, but to that infinite quietude in which all the energies are mutually in action. ①) 无垠的寂静背后，隐匿的是诗人内心的千变万化。老子言："致虚极，守静笃。万物并作，吾以观复。"（《老子》第十六章）诗人在保持虚静的状态下更容易观照宇宙万物的变化以及内在灵魂的波动。诗人苏轼也曾言"静故了群动，空故纳万境"（《送参寥师》）。

在无法认识自身的状态下，诗人如何将无法认识的存在言说给他者？马利坦提供的弥补这一断裂的方法是对情感契合的隐约把握。

如何隐约把握情感契合？这种把握不是以平常意义上的"认识"来认识这一切，而是通过把所有一切纳入诗人自身隐约的幽深处来认识这一切。诗人所预言的一切与他自身的情绪是融为一体的，这是一种在认识中通过契合或通过（精神的无意识中的）同一性（统一性）对他自己的自我和事物的隐约把握。这种同一性出自精神的无意识之中，包蕴在智性的自由生命的精神之幽夜中。这种认识即马利坦所说的诗性认识。诗性认识只有在作品中才能得到充分的表达，如布莱克（William Black, 1757—1827）的诗《天真的预言》（*Auguries of Innocence*）：

> To see a world in a grain of sand
> And a heaven in a wild flower
> Hold infinity in the palm of your hand
> And eternity in an hour②

> 一粒细沙观宇宙，
> 一朵野花悟天堂。
> 将无限握在手中，
> 让不朽永驻时空。③

---

① Jacques and Raïssa Maritain, *The Situation of Poetry*, New York, Philosophical Library, 1955, p. 21.

② Jacques Maritain, *Creative Intuition in Art and Poetry*, New York, Meridian Books, 1957, p. 116.

③ 此诗为自译。

相信阅读此诗的人都会意识或感悟到：有限文字之中产生的共鸣是无限的⋯⋯

诗人何为？诗人为不可为而为，这是他的使命，这是他的职责。"艺术家的首要职责就是永远面对他的作品。"（The first responsibility of the artist is toward his work. ①）这永远是一个未完成式，诗人将永远走在这荆棘路上，一路前行，将人们带回到那个靠近灵魂中心地带的隐蔽处。

---

① Jacques Maritain, *The Responsibility of the Artist*, copyright by the Jacques Maritain Center, University of Notre Dame, p. 3.

第三章

灵魂中心带

　　灵魂中心地带的隐蔽处存在于"精神的前意识或无意识"之中。

　　"精神的前意识或无意识"是马利坦的独创，无意识这一概念却并非马利坦的原创。无意识的概念在心理学研究领域运用得较早，由1890年美国心理分析学家威廉·詹姆斯（William James）在一篇关于研究叔本华、哈特曼等一批学者的论文中提出。此后，他的一位俄裔犹太弟子鲍里斯（Boris Sidis）在《暗示心理学：对人与社会的下意识性研究》（*The Psychology of Suggestion：A Research into the Subconscious Nature of Man and Society*，in 1898）一文中对无意识或下意识做了更进一步的研究，这为后来奥地利心理学家西格蒙特·弗洛伊德的精神分析理论的确立奠定了重要的基础。还有一说认为，早在1868年，是德国哲学家冯·哈特曼在研究天才的无意识时所写的《无意识的哲学》一文中提出的。英国文学批评借用了此概念，但并没有对无意识概念作任何创新的认识。把无意识概念引进艺术创造过程，德国哲学家谢林功不可没，这个变幻无定的术语最终成为艺术心理学中不可或缺的一部分。① 精神分析学的功绩在于，弗洛伊德不仅明确地揭示了无意识的概念，而且进一步完善、体系化了无意识理论。在《梦的解析》（或《释梦》，1899）一文中，弗洛伊德提出梦是通往无意识的捷径。弗洛伊德将前意识（preconscious）作为意识（conscious）与无意识（unconscious）之间的一个链接层，认为人们被压抑在无意识领域的痛苦性回忆以及创伤性经验可以通过梦的形式借助浓缩、置换或转移等功能得以显现、释放、疏通。后来，弗洛伊德又将其理论进一步细化（弗洛伊德将无意识细化为三种形式：the descriptive unconscious, the dynamic unconscious, and the system unconscious）、深化，并将其运用到精神分析治疗与文艺美学中。弗洛伊德用独特的方法研究人的无意识、本能、梦、人格、艺术、审美以及各种复杂的感受，强调人的无意识与本能冲动是艺术创造的决定因素，是精神现象中的深层动因。弗洛伊德无意识理论中的"性压抑"学说泛化后，促使其合作者卡尔·荣格（Carl Gustav Jung, 1875—1961）另辟新境。荣格将弗洛伊德的无意识理论拓展为"集体无意识"（Collective Unconscious），使之与"个人无意识"相对，在一定程度上完善了无意识理论。"集体无意识"就是人生来就具有的、自原始社会以来世

---

　　① ［美］M. H. 艾布拉姆斯著，郦稚牛等译：《镜与灯》，北京大学出版社1989年版，第330～335页。

世代代普遍性的心理经验、长期积累而保存在整个人类经验之中并不断重复的非个人意象。这种由遗传、沉淀、积聚而保留下来的普遍性精神机能就形成了人类经验的基本模式和形式，荣格称其为"原型"（archetype）。原型作为人类长期的心理积淀，作为被直接感知的集体无意识显现而进入创作。荣格用"集体无意识"来解释艺术和文化现象，一定程度上是将弗洛伊德的无意识理论扩展为普遍的生命力。荣格认为，艺术作品的感染力在于，"一旦原型的情境发生，我们会突然获得一种不寻常的轻松感，仿佛被一种强大的力量运载或超度。这一瞬间，我们不再是个人，而是整个族类，全人类的声音一齐在我们心中回响"①。荣格的"集体无意识"理论无疑极大地扩展了无意识学说，这种将无意识放到更大的历史背景及文化积淀中来分析人的意识的形成和展现的心理学研究领域的开拓为诗学理论带来了新风。弗洛伊德与荣格分别就无意识与艺术的关系做了探讨：弗洛伊德视艺术作品为创造者被压抑的无意识的升华；荣格则认为艺术是对这些无意识的激活与转变。无意识理论的提出不仅为第一次世界大战后欧洲人的精神症状找到了缘由以及医治的出路，也为现代派文学运动的蓬勃发展奠定了理论基础。

马利坦所说的"无意识"与弗洛伊德和荣格的"无意识"理论有着极大的区别。在继承前人研究的成果上，马利坦创造性地提出自己的独到见解。马利坦认为，人的精神深处存在着两种无意识，一种是弗洛伊德所说的无意识，另一种是精神的无意识（或精神的前意识）。第一种弗洛伊德式的无意识，是自动的无意识或聋聩的无意识，由"肉体、本能、倾向、情绪、被压抑的愿望、创伤性回忆"构成，这种无意识对智性充耳不闻，并远离智性去建造自己的世界。第二种精神的无意识是马利坦的独创，这种精神的无意识又被称作音乐的无意识（含有旋律的胚芽），它是一种非概念的智性活动，是一种非理性的理性活动。自动的无意识与精神的无意识往往同时发生作用，或多或少地会相互干扰和混杂。在精神的无意识中，隐藏着灵魂的全部力量的根源，存在着智性和想象，以及欲望、爱和情感的力量共同参与其中的根本性活动。这就是精神的无意识与自动的无意识在本质上的最大区别。

---

① ［瑞士］荣格著，冯川、苏克译：《心理学与文学》，生活·读书·新知三联书店1987年版，第121页。

　　为了阐明精神的无意识（精神的前意识）概念，不得已而为之，马利坦采用了图示①形式来说明灵魂的诸多力量之构成以及灵魂的诸多力量自灵魂中产生的形式（见下图），它包括智性、想象、外部感觉诸多力量。

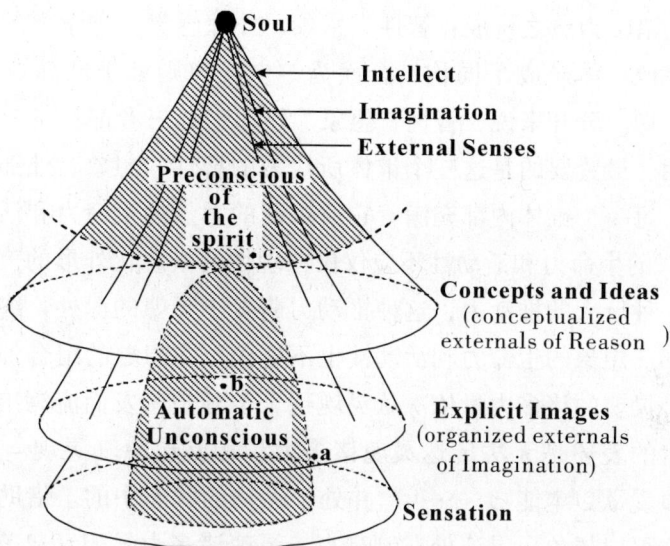

　　用逻辑语言来说，马利坦所言的意识领域 a 与无意识领域（包括自动无意识领域 b 和精神的前意识领域 c）既是相对又是相融的一对概念范畴。精神的前意识这一领域是马利坦关注的重点，这是灵魂中所有力量的诞生地与本源处。这一整体的构造如下：灵魂居于顶层，从灵魂中产生智性（或理性）②；智性（或理性）是第二层，形成第一个锥体；想象通过（或凭借）智性从灵魂中产生，是第三层，形成第二个锥体；外部感觉通过

　　① 灵魂的"诸多力量"之构成本身属于形而上的范畴，马利坦为"言说不可言说"的范畴而自陷形而下之阱，这本身就是悖谬。正如克尔凯郭尔所言：悖论，要么冒犯，要么信仰，或此或彼。

　　② Jacques Maritain, *Creative Intuition in Art and Poetry*, New York, Meridian Books, 1957, p. 3. "就智性和理性所指的是人类灵魂中的一种单纯的力量和能力而言，我是把智性和理性作为同义词来使用的。"（I use the words intellect and reason as synonymous, in so far as they designate a single power or faculty in the human soul.）马利坦的智性概念中强调的是其理性、非理性、超理性特征的三位一体，为区别世俗理论意义上的理性与非理性的二分范式，当言及智性概念时，应时刻牢记智性概念的三位一体性。

（或凭借）想象从灵魂中产生，是第四层，形成第三个锥体。第一个锥体的范围内代表理性世界，形成由概念和观念组成的理性的概念化外形；第二个锥体的范围内代表意象世界，形成由清晰的意象组成的想象的组合外形；第三个锥体的范围内代表外部感觉提供的直觉性材料，形成感觉世界。灵魂的诸多力量之构成：智性、想象、外部感觉与神学上的圣父、圣子、圣灵三位一体形成了同构，合而为一，灵魂则处于制高点而包有一切、蕴涵一切。分开来说，智性、想象、外部感觉三者都具备自身独特的力量与功用。最紧要的是这三个锥体所代表的智性、想象、外部感觉都不是空虚的，每一个锥体内都充满着它所象征的力量的生命力和活动性。智性（理性）的生命力和活动性不应仅仅在理性的概念化外形的范围内被考虑，它是一种巨大的推动力，这种推动力萌发于灵魂的深处，终止于这个范围的外部。想象的生命力和活动性也不应仅仅在想象的组合外形的范围内被考虑，灵魂的诸多力量依次从灵魂这个本源中萌发而流泻出来。图示与逻辑语言的表述是无法传达灵魂诸多力量相互包蕴（灵魂＝智性∪想象∪情感∪爱欲∪本能∪……①）并处于运动的状态中的。借助于这种表达方式，你可以想象出灵魂处在制高点，灵魂诸多力量相互包蕴，打破了相互之间清晰的壁垒，融为一团，同时，灵魂诸多力量又都蕴涵于智性的领域内，被启发性智性（The Illuminating Intellect）之光所激动、所驱动，朝着智性领域更大的利益而运动的一种状态，是一种波涛汹涌的状态，是一种熔浆沸腾的状态，也是一种涌泉喷发的状态。任何人都可以清楚地意识到，如此状态绝非可以由一张图来表达与涵盖。

那么，何为智性？首先，智性是精神的，智性同想象一样，是诗的精髓。智性在本质上与感官有别，它包含一种更深奥的——同时也是更为晦涩的——生命。诗来源于智性，它既神秘，又存在于我们内在的生命之中。其次，智性是超然的，同时又不是超然的。智性是每个单一的灵魂和智性结构的天生的一部分，是一种参与了创造的神之光的内在的精神之光。它通过不断移动着的纯精神的原始活动而存在于每一个人身上。人类自身具有这种启发性的智性，如同一轮不断地放射出光芒的精神太阳，这

---

①　灵魂＝智性∪想象∪情感∪爱欲∪本能∪……灵魂诸多力量的效能是趋于无限大的，其能量总和包括智性、想象、情感、爱欲、本能众多能量相互作用的结果。

种原始的光源是创造的神之光，不能被人们以自然的方式睹见，它隐蔽在精神的无意识之中。

　　"原诗篇"第一章"释诗"在论及诗之本源时，曾对"智性"这一概念做过比较详细的阐释。马利坦是在亚里士多德所言奴斯的意义上使用这一概念的。"奴斯是世间万物当中最空灵、最纯粹的，它囊括关于宇宙间的所有的知识以及最伟大的能量；奴斯凌驾于所有事物之上，包括巨细无遗的心灵。"（For it is the thinnest of all things and the purest, and it has all knowledge about everything and the greatest strength; and nous has power over all things, both greater and smaller, that have soul. ①）继笛卡尔之后的各种现代翻译，诸如"心灵"、"心智"、"理性"、"知性"、"智力"、"知识分子"等均属奴斯的派生词，这些派生词的种种译法都或多或少地隐没了奴斯本身所包含的最本根的或最紧要的"非理性"特征。现代人所用的这些派生词所暗示的往往是思索、推理、判断，并非奴斯的本源之意，现代版本的不同翻译导致人们对"智性"本根之意的错解和误解。奴斯的本源之意暗示给人们的是对实在的几乎直观的把握。② 通常心灵或理性所提示的某些含义虽不能与奴斯完全相符，但奴斯毕竟包含"心灵"所涉及、具备的 Noesis（纯形式思考、心智、理解力、认知）的所有含义，这是思想的更深沉、更单纯的形式，而非某种不同于思索的东西。概念 Noesis 作为认识，不仅仅指关于某些对象的认识，它同时意味着与被认识者的认同与结合。灵魂借助于奴斯，"渴望那直接联系到、感受到或触及到所见之物的知识，渴望这样的一种合一，其中两种有生命之物达成一种交融和贯通"③。马利坦就是在此意义上命名"智性"这一概念，并使用这一概念的。现代社会使用理性来趋近真理是一种途径，而倚仗着古人所称的奴斯所具备的那种直观来凑泊真理则完全是另外一回事。智性无异于灵魂的精细之处（无意识领域），与帕斯卡尔所言的心相暗合，其源泉处的神秘则来源于马利坦神学中的超然性因素。马利坦所使用的智性概念，其源泉深

----

　　① http：//en. wikipedia. org/wiki/Nous#Neoplatonism.

　　② ［英］安德鲁·洛思著，孙毅、游冠辉译：《神学的灵源》，中国致公出版社2001 年版，第 9 页。

　　③ ［英］安德鲁·洛思著，孙毅、游冠辉译：《神学的灵源》，中国致公出版社2001 年版，第 9 页。

处既包含理性的特质，也具备非理性的品性，又渗透超然性的基质。可以说，理性、非理性、超理性的三位一体共筑了智性这一概念。

智性等同奴斯，既包含理性的思索，又蕴涵非理性的直觉，还隐含超理性的感悟。作为人类智慧的核心，智性是人类灵魂中具有决定性的一个质子，虽然它是不可见的，却是可理解的与可感知的。可以说，智性是智慧中的无形生命体（incorporeal being）。"这智性生来就是内在于主体的，智性的禀性必然同样是内在的。"（This intelligence is the subject in which it inheres. It is a certain **quality** of this intelligence.①）智性是内在的，更是无价的，作为一种非概念的智性活动、一种非理性的理性活动，智性在诗的起源和诗性灵感中起着基本的作用。在灵魂的最高位，智力在启发性智性之光的照耀下所激起的想象的原始半透明的黑夜中，灵感，超然的缪斯将从这里降临于人类之中并留驻下来，成为人类精神有机体的一部分。

人的灵魂包蕴如此丰饶，灵魂这一概念在马利坦的诗学理论中又如此重要，灵魂来自何处？不言而喻，"人的灵魂来源于上帝"。马利坦诗学理论的根基与其神学思想上的坚定信念由此融合在一起。马利坦非常自然地将"人的灵魂来源于上帝"以及"人的灵魂是不朽的"这两个命题作为先验预设直接运用于其诗学理论中。立足于哲学，通过对智性知识、自由意志、无功利的各种情感的深入分析，马利坦认为灵魂就如同诗人爱伦·坡和波德莱尔所主张的永恒的（不朽的）美的直觉一样是不朽的。立足于实践，人在实践中的精神性（灵性）让马利坦得出"灵性优先"的第一原则，他坚信具有灵性的物性是永恒的。（The immortality of the human soul can be established in a demonstrative way by philosophical reason, through a sufficiently deep analysis of intellectual knowledge, of free will and of disinterested feelings such as that "immortal instinct for beauty", of which Poe and Baudelaire spoke.... the spirituality characteristic of the activity in question makes us to the spirituality of its first principle, that is, the soul. Now a substance that is spiritual is indestructible.②）实践中，每个人智性中直觉的、

---

① Jacques Maritain, *Art and Scholasticism*, translated by Joseph W. Evans, *Chapter Ⅳ: Art an Intellectual Virtue*, http：//www2. nd. edu/Departments//Maritain/etext/art. htm.

② Jacques Maritain, *Immortality of the Soul*, http：//www2. nd. edu/Departments//Maritain/jm312b. htm, p. 1.

非概念性功能在朦胧的可感的经验中的意向是实存的，并以某种我们所不知的方式穿越时空与现象之流而永驻在我们活生生的经验中。（A certitude born of the instinctive, non-conceptual functioning of intelligence in the obscure experience each man has of his own Self intent on existence and struggling with Time, which must be, in some unknown way, superior to the stream of Time and of phenomena. This natural, instinctive, pre-philosophical knowledge of immortality exists, I think, in each one of us in an unconscious or preconscious state, inexpressible in terms of conceptual reason, but rooted in vital experience. ①) 立足于宗教信仰，人的灵魂是不朽的，这是最本根的教义，因为灵魂的"太一"是上帝，这是基督教信仰的首要基石。坚信灵魂的"太一"是上帝，必然坚信灵魂的不朽性与超然性。灵魂的超然性就是对上帝的呼唤以及与上帝面对面的相遇。（The immortality of the human soul is a tenet of religious faith, particularly of Christian faith, which insists on the supernatural destiny of the soul, called to see God face to face. ②) 从哲学、实践、信仰三个层面上，马利坦不仅为"人的灵魂是不朽的"这个命题作了辩护，还指出人的自然性与超然性的完美结合。人的自然性与超然性完美结合恰是人的神秘性之所在，也恰是让帕斯卡尔深陷其中（几何之真与心灵之真的截然分离）而无力自拔的原因所在。（Man is both **in** nature and **transcending** nature; that's the mystery which struck Pascal so deeply in the human being. ③)

　　马利坦将"人的灵魂是不朽的"以及"灵魂的超然性"这两个命题作为其诗学理论中不言自明的基石来运用，诗学理论中的灵魂概念与其神学思想的紧密联系也就不言而喻了。马利坦自己坦然承认，如果人没有灵魂，那么谈论一切都是枉然的。他更公开承认："哲学在基督教的状态中被建立了起来，并且表现出一种特征，这种特征显然是基督宗教的，这要

---

① Jacques Maritain, *Immortality of the Soul*, http://www2. nd. edu/Departments//Maritain/jm312b. htm, p. 2.

② Jacques Maritain, *Immortality of the Soul*, http://www2. nd. edu/Departments//Maritain/jm312b. htm, p. 2.

③ Jacques Maritain, *Immortality of the Soul*, http://www2. nd. edu/Departments//Maritain/jm312b. htm, p. 3.

归因于基督宗教的启示，并归因于哲学具有可倾听启示的耳朵。""对灵魂观念的研究表明，这一观念已经走过了一个显著的历程，即从被视为肉体的形式和生物学的原则到被视为（如《福音书》中所说的）拯救的对象的历程，关于灵魂的最后一个观念——如果说失去了灵魂，那么，获得整个世界对我也不会有任何益处——已经进入意识和哲学概念的组织之中，而且现代哲学永远也不能去除这个观念。"① 哲学、神学与诗学三者因灵魂而走到一起。

灵魂，在古希腊语里是"psyche"，指的是人的存在的核心和最深处的激情。灵魂，拉丁语"anima"，不仅指灵魂，还指生命。荣格借"阿尼玛"来表达人类的精神或心理的三个构成部分之一，"阿尼玛"是生命力的原型，与弗洛伊德的本我类似，但与本我的性质相异。"阿尼玛"具有双性，是人物与阴影之间的调谐机制。灵魂，英文是"soul"，当它首字母大写为 Soul 时，则指上帝。抛开各种各样的书写，灵魂这些词都与呼吸（halitus）、气息（flatus）或生命力相关。灵魂"soul"是生命的第一因。在《圣经》中，人的灵魂来源于上帝最初造人时的圣灵（Holy spirit），上帝不仅创造了人这个主体，还赋予了人鲜活的灵魂。"上帝用尘土造好了人，将生命的气息吹入他的鼻孔，他成了一个具有鲜活灵魂的人。"（And the LORD God formed man of the dust of the ground, and breathed into his nostrils the breath of life; and man became a living soul. ②）奥古斯丁在《论灵魂及其起源》一书中，利用词源考证辨析，论证了希腊文讲述人在获得生命时所用的"ipnoe"这个词，它在拉丁文中的不同翻译分别为："flatus"是气息，"spiritus"是灵性，"inspiratio"是呼吸。"耶和华神将生气吹在人脸上"，"上帝创造诸天……赐气息给地上的众人，又赐灵性给行在其上之人的神耶和华"，"全能者的气使人有智慧"。③ 奥古斯丁选用的是七十子译本，由词源来看，其辨析与现代英语中的表述是一致的。"人是有灵的，

---

① ［法］雅克·马利坦著，尹今黎、王平译：《科学与智慧》，上海社会科学院出版社 1992 年版，第 84 页。

② King James version of the *Bible*, *Book of Genesis*, Chapter 2:7, http://www.jiii.com/word/Genesis/1.html.

③ ［古罗马］奥古斯丁著，石敏敏译：《论灵魂及其起源》，中国社会科学出版社 2004 年版，第 201～202 页。

全能者赋予的灵感使人具备理解力。"（But there is a spirit in man：and the inspiration of the Almighty giveth them understanding. ①）"那创造诸天、展开苍穹，铺延大地、产出万物，赐气息给众人、赐灵性给地上行的人的主，上帝这样说……"（Thus saith God the LORD，he that created the heavens，and stretched them out；he that spread forth the earth，and that which cometh out of it；he that giveth breath unto the people upon it，and spirit to them that walk therein... ②）人的灵（spirit）、灵感（inspiration）、气息（breath）、灵性（spirit）与灵魂之间的密切关系昭然若揭。圣灵赋予人气息，不仅是生命中的活力与呼吸，更是人灵魂中的活力与生机。既然人的灵魂是造物主（或圣灵）所赐，那么由灵魂而来的智性、想象、情感、欲望、本能……爱必然与造物主（或圣灵）相关。马利坦将基督教哲学中的灵魂命题（"灵魂之不朽"与"灵魂之拯救"是两个互为悖论的命题）原封不动地搬进了其诗学思想中。"灵魂之不朽"源于上帝，尘归尘，土归土，人的灵魂也必将归于上帝；"灵魂之拯救"归于上帝，同时又归于人之灵魂向上通往上帝的运动，诗就源于这二者之间的张力。马利坦诗学理论中关于灵魂的概念与其神学思想的紧密相连导致了一个无法弥合的矛盾。既然灵魂的"太一"是上帝，那么存在于灵魂中的诸多力量——精神的无意识——如何可能抛开上帝这个始基而开始另一番创造？其动力何在？在此，马利坦接管并沿用了托马斯·阿奎那对灵魂学说所做的辩护，那就是从意义辨析的角度来调和灵魂统一论与先验论之间的矛盾，走二元论的中间道路。由此，灵魂一跃成为一个潜在的具有生命形式的精神实体，灵魂获得了永恒的生命动力，灵魂诸多力量也皆处在活跃状态的本源生命中，处于不断的变化与流动之中。因而，灵魂也就永远不会满足于任何智慧，甚至不会满足于最高的超自然的智慧。不管如何被这种智慧所充盈，灵魂将永远处于异地他乡，犹如住在他乡，住在茅屋之中。因为智慧愈是增长，欲望也愈加强烈；智慧愈是完善，灵魂便愈是被悬在一个可怕的深渊之上。如希尔曼所言："灵魂是深不可测的，只能靠洞察力去启蒙，在一

---

① King James version of the *Bible*，*Book of Job*，Chapter 32：8，http：// www. jiii. com/word/Job/32. html.

② King James version of the *Bible*，*Book of Isaiah*，Chapter 42：5，http：// www. jiii. com/word/Isaiah/42. html.

个深不见底的洞穴里闪光。"①

灵魂、智慧和欲望永远都处在一种动态的不断攀升、下降的运动状态中，灵魂中的智性发展亦是如此。智性最先是因概念的胚芽而受孕的，它通过最重要的发展过程在自身之中生出它自己的生命之果，即它的概念和观念，但智性本身对这些由它所生出的胚芽无所知，也对赖以孕育出自己的概念的发展过程无所知，智性在以一种非理性的方式起作用。通过智性对它自己的反作用，它们才得以被认识。这种反作用就是自身所具有的启发性智性。启发性智性如一轮不断地放射出光芒的精神太阳，它的光使得人们所有的观念在心中得以产生，而且可以渗透到思想中的每一种作用中，这种原始的光不能被人们睹见，就隐藏在精神的无意识之中。

灵魂中所有的力量都渗透着智性，被启发性智性之光所驱动，并且不会因动物的无意识而与智性绝交。那么，智性与启发性智性是什么关系呢？启发性智性是精神无意识中察觉不到却可以理解的、无法被认识却能够渗入到意象之中的原始的精神之光和动力。它是每个人与生俱来的全部智性活动的动力源，艺术创造活动就是在这种精神动力的驱动下发生的。智性则是每个人与生俱来的一种认识之源，是以一种非理性的方式在发生作用的存在，处于前意识生命中，无法被认识，任何人的灵魂力量中都充满着智性。通过自身的反作用即启发性智性，智性就可以被认识。因为启发性智性不仅是每个单一的灵魂和智性结构天生的一部分，还是一种参与了创造的神之光的内在精神之光，是以一种混合了理性、非理性以及超理性的方式在发生作用的存在，它通过不断移动着的纯精神性存在于每一个人身上，成为每一个人全部智性活动的原始活跃之源。在灵魂的结构中，马利坦不仅突显了智性的重要性，更强调了存在于智性之中又超越了智性的启发性智性的重要性，原因就在于诗性活动的唯一动因是启发性智性而非智性。

启发性智性作为诗性活动的唯一动因，首先最重要的在于启发性智性对诗的形成起着重要的激发、催化和驱动作用。内属人本性的启发性智性使得马利坦在艺术创造性活动中肯定、认可、赋予了创造主体（个体人）

① ［美］大卫·艾尔金斯著，顾肃、杨晓明译：《超越宗教》，上海人民出版社2007年版，第41页。

独立的价值以及对创造主体自身的创造能力的充分认知和尊重。其次还在于启发性智性是一种参与了创造的神之光的内在的精神之光。创造的神之光与创造主体内在的精神之光冥合暗会，是马利坦将其神学思想融汇到诗学思想的又一次体现。基督教神学中，创世之初上帝所言的光成为照亮诗人心灵的永恒之光。这种神学光照既是一种客观的光照，又是真正的启示之光。这种光照在形式上是自然的，实质上是超自然的。马利坦以光照的形式来比拟启示之光对人类灵魂中智性的主导作用，自然光照便于人们理解与感受，超自然之光利于人们期待与信仰，其良苦用心绝非一般，其用心良苦昭然若揭。在肯定了人的创造性行为之后，马利坦又将创造之源交还给了神秘的上帝创世之光，他试图在人的灵魂结构中弥合可见的自然之光与不可见的超自然之光之间的差异与分裂，将自身置于一种张力之中。

马利坦不仅肯定了超自然作为精神现象的现实所具备的强度，让人看到了诗命里注定在死亡的边界投射出的最后的奥秘火花，还改造了柏拉图关于艺术创作的"迷狂说"。柏拉图认为优秀的抒情诗人只是在神明的催促下工作，被动地听凭神明的驱怂，神明夺走了诗人的心智而陷入迷狂，诗人成为神明的传声筒和代言人。柏拉图的诗神（诗性灵感）入于诗人之灵魂的"凭附说"，实质上剥夺了诗人自身的创造性与主体性。诗人成为神明手中的俘虏，成为神明的代言人。被动的盲从造就了诗的产生，诗人却不知诗为何产生、诗何以产生。马利坦宣称：诗，作为精神无意识中原始的光源以非逻辑的方式起作用，这种原始的创造之光存在于灵魂之中，却不能为人们所知悉，就像人们知道自己在想什么却不知道怎么在想一样。诗的直觉就是创造性直觉，启发性智性在此意义上，就是创造性直觉。它既源于自身，又源于上帝。在这一点上，诗人在继续着上帝对世界的创造，而绝非上帝手中一件被动的工具或媒介。马利坦用启发性智性阐明了诗的形成以及其所担负的重要的激发、催化和驱动作用。由此，马利坦断言："灵魂之外不存在诗神缪斯。"（There is no Muse outside the soul. ①）可见，在诗人的灵魂中居于主导地位的不是诗神，而是一种浸透着神性之光且内属于人的本性之中的启发性智性。

---

① Jacques Maritain, *Creative Intuition in Art and Poetry*, New York, Meridian Books, 1957, p. 179.

总之，是智性统率的灵魂力量的整体创造了诗。诗不是智性的产物。也不是想象的产物，它是出自人的整体即感觉、想象、智性、爱欲、本能、活力和精神的大汇合。诗意味着一种对于整体或完整性的基本要求。

灵魂的内在生命相对于合法、外在的形式的优势在于，人类的精神凝视着最有生气和最神秘的自我的无底深渊。除了在灵魂中出现或多或少被沉思的意识明显地获得的稍纵即逝的现象流动复杂性中，人并不认识自己的灵魂。美国作家麦尔维尔也认为，除非是在闭目冥思之时，否则，没有谁能正确地感觉到自己的本体——黑暗就是我们的本质所特有的要素。这样一个不可知的深渊，被黑暗所笼罩之地，它将如何彰显自身呢？诗人又如何能够窥视、认识、捕捉如此的不可知呢？换言之，诗人怎样来表达这不可知的深渊？诗人又怎样来传递给人们？

诗人处于困境之中，诗也处于这种困境之中。作为创造者，诗人要达到创造的本质，认清自己的主体目的；作为与自身灵魂不相识的人，诗人不可能明晰地认清自己的本质和目的，只能在一种精神无意识中感受到自己的本质。一方面，诗人要让外在事物服从于主体创造的目的；另一方面，诗人又需要从外在事物中体悟那象（things）外之相（Eidos）。对诗人的创造来说，无论在主体方面还是在客体方面，他都面临着一个隐幽的地带。诗人既要体会自己无意识中的直觉感受，又要倾听事物中断断续续跳出来的秘语。诗，作为创造性之果，必须将这种无意识中的直觉感受与大自然中的幽鸣密语以言（langue）的形式传达给人们，让人们能够在倾听同一首歌的过程中产生共鸣（meaning）。

诗 性 篇

俄罗斯语言学家、诗学理论家雅各布森（Roman Jakobson, 1896—1982）在一份划时代的学术报告中曾就"诗学"理论中一个问题提出了疑问——是什么使包含信息的字句变成了一件艺术品？这是研究"诗学"的目的首先要回答的一个问题。雅各布森给出的答案是建立在作为语言艺术的诗的内部原理基础之上。这个问题可以转化为这样一个表述——怎样的文字表述才可称为诗？当人们大谈诗所具备的凝练性、跳跃性、节奏性时，自以为就是牢牢抓住了诗的本体。岂知熟知非真知。马利坦认为："只有诗性意义，只有内在旋律才能将诗性本质及其存在……给予诗歌。""诗性意义（poetic sense）之于诗，恰如灵魂之于人——它是诗性直觉（poetic intuition）本身运用其天生的直接的效力传达给作品的。"（The poetic sense is to the poem what the soul is to man—it is the poetic intuition itself connunicated to the work in its native, pure, and immediate efficacy. ①）只有诗性意义才能给诗以真正的存在和实际的意义。诗性意义是内在的本体论的诗的圆满实现，这是马利坦给出的答案。"诗性意义是内在建设性的模式（form）或原理、诗的极致（entelechy）。"（The poetic sense is the inwardly constructive "form" or principle, the entelechy of the poem. ②）（言外之意，诗性意义的存在还有外在建设的"模式"或原理，详细论述见第六章"诗性意义"。）诗性意义是诗的灵魂，是诗性智慧的呈现，它类似一种神境的完美呈现。而诗性意义的真正实现又离不开诗性直觉与诗性认识，因为是诗人潜意识中以诗性认识把握的创造性直觉最终以词语的形式固定为诗性意义。

可见，诗性认识、诗性直觉（创造性直觉）、诗性意义是把握马利坦诗学核心的三部乐章。

---

① Jacques Maritain, *Creative Intuition in Art and Poetry*, New York, Meridian Books, 1957, p. 191.

② Jacques Maritain, *Creative Intuition in Art and Poetry*, New York, Meridian Books, 1957, p. 288.

第四章

诗性认识（poetic knowledge）

"诗性认识是一种经由意向性（inclination）和同一性（connaturality）的特定认识，一种经由表达情感（affective）的同一性认识，与精神的创造性相关，它倾向于在作品中表达自身。"（Poetic knowledge, as I see it, is a specific kind of knowledge through inclination or connaturality—let us say a knowledge through affective connaturality which essentially relates to the creativity of the spirit and tends to express itself in a work. ①）

马利坦所言的诗性认识（poetic knowledge）是一个具有特殊意义的概念术语。诗性认识存在于智性的精神的无意识之中，是某种先于概念的或非概念的然而又处在智性的确凿的驱动状态中的东西。它是一种胚芽，被幽闭在精神的无意识的黑夜之中，这种东西是动作上的而非概念化的认识。诗性认识本身是模糊的（obscure），是无以名状的（unheard-of），是不能阐明自身的（ineffable），是难以命名的（unnameable）。它不是一种理性的认识，不是一种可以通过概念、逻辑、推论、理智运用的知识。诗性认识就如同老子的"道"一样，具有"道可道，非常道；名可名，非常名"的复杂性与非概念性，因而马利坦采用描述性的语言来表达诗性认识。描述就不是简单地界定诗性认识的确切内涵，而只能描述诗性认识中的认识（knowledge）是异于常识的某种状态。"诗性认识（poetic knowledge）中的认识（knowledge）是一种类比性术语（analogical term），这种知识（knowledge）是隐秘的（secret），是精神源（spiritual germ）中生死攸关的德行（vital virtue），是精神胚芽中的神秘生机（the secret vital force of this spiritual seed），也是古代所称的作品的理念（idea）。它处在朝向某物（having become the things），处在朝向使事物成为存在之中（having produced a thing in being）。"② 这种状态，近似于柏拉图称之为神灵附体后的狂喜（enthusiasm），这是一种难以形容的、丰饶的经验（indescribable and fecund experience）。马利坦非常清楚地意识到将诗性认识中的认识作为知识（knowledge）来用时会产生不得已的后果——自乱阵脚。迫于无奈，马利坦只能举例来说明何谓诗性认识。这种非概念化的诗性认识，既内在于

---

① Jacques Maritain, *Creative Intuition in Art and Poetry*, New York, Meridian Books, 1957, p. 86.

② Jacques and Raïssa Maritain, *The Situation of Poetry*, New York, Philosophical Library, 1955, p. 51.

诗中，又与诗同体。内在于诗，意味着诗绝对不能没有诗性认识；与诗同体，意味着诗性认识只有在作品中才能得到充分的呈现。这种呈现就是"一粒细沙观宇宙，一朵野花悟天堂"（威廉·布莱克的诗）。这观、这悟，既是对事物之观、之悟，使事物呈现灵性，又是自我在观、在悟，悟中自悟体悟，让灵魂得到提升。从对世间的造物——细沙与野花中感悟到宇宙的秩序、和谐、宁静、美善、永恒……生命的偶然、珍贵、坚韧、温馨、短暂……这既是对物的把握，也是对自我情感的认知与升华，二者在一瞬间契合融通。谁能说清楚诗人是在观沙、观花还是观宇宙，是在悟人、悟生还是悟天堂？却不知这"一"字了得，既是全有，也是全无。前一句可穷理，后一句可穷形，情貌无遗矣。在诗性认识中，情感把灵魂体验到的实在——细沙和野花——带入主观性的深处和智性的精神的无意识的深处。

　　这就是诗性认识在诗中的呈现，它的表达（指概念意义）是清晰的、和谐的，它的意义（指诗性意义）却是朦胧的、模糊的。朦胧与模糊并不是说没有意义，而是词语的概念意义、想象性含义以及词语之间和词语所承载的意义内涵之间的音乐关系引出的众多意义太丰富，完全不可能用逻辑的语言将其尽数表达出来。阅读诗歌者只能不断地去观诗、悟诗、悟情、悟理，回荡在灵魂中的只有情感旋律，体验者往往捉不到、摸不着这种情感旋律，只能用心去倾听。这种认识是如此具有诱惑（temptation），又是如此绝对（absolute），充盈着人的整体（engage the whole of man）。诗性认识使人全然地投身其中，享受其中，生发出骇人的欲望（an appalling appetite）。在这种欲望的深渊中，诗人可以在瞬间的眩晕迷失（an instant of vertigo）中窥视其灵魂。这样，诗人就可以抵达这个无法命名者（for he arrives at the **unknown**），这个无法命名者（the **unknown**）就是马利坦所言的诗性认识。[①]

　　马利坦描绘的这种隐约的认识（an obscure knowledge）就是诗人对客观事物（Things）的把握，而这种把握是与诗人（Self）的情绪、情感（emotion）不可分割的。事实上，这些事物与诗人自身是融为一体的，诗性认识中的情感是一种内在的、本能的、同质（与 subject 共鸣）的情感。

---

　　① Jacques and Raïssa Maritain, *The Situation of Poetry*, New York, Philosophical Library, 1955, pp. 53 – 55.

作为媒介功能的情感，马利坦不排除它的工具性；作为诗性认识所特有的情感，更重要的在于它是意向性和创造性的情感，而不是艾略特所言的那种情感——"诗不是一种情感的释放，而是一种情感的逃避"。艾略特要求诗歌表达中要逃避的那种情感，是一种物质的、兽性的或纯主观性的情感。对这一物质的、兽性的或纯主观性的情感的逃避，马利坦是极为赞赏的，因为这种情感的状态仅仅是诗人本人情感的一种放纵而已，而不是创造性的意味深长的情感的表达。当诗人让自己的灵魂和世界在作品中得以表现的天赋通过作品的情致和愉悦使自己上升为一个自由创造者、上升到物质的个人得以解脱并胜过人类生活的爱的精神愉悦的自由创造者时，诗人所表达的才是一种使"诗"得以存在并永恒的情感；反之，当艺术家把自己的心灵裸露在其作品中使个体情感得以发泄时，那是淫秽的作品，艺术家则成为精神的娼妓，艺术也就被玷污了。对创造性的意味深长的情感的注重与对诗人的德行的注重和灵魂的净化，在马利坦这里是并行不悖的。马利坦对浪漫主义作家特别是情感主义者卢梭（Rousseau，1712—1778）的批判以及对某些现代派文学颇有微词，原因就在这里。卢梭自我忏悔性的精神冒险，是偏向于一种"单独的爱"，即一种完全个人化的情感宣泄与放纵。这种所谓真诚地披露自己的心灵的英雄被某些现代派作家所礼赞甚至推崇备至的行为是极其畸形的，这是导致现代艺术家的心灵呈现荒芜的、貌似庄严的、最深沉的泄露之源的范本，这也恰是艺术中的创造性自我出现的毁灭或大灾难。马利坦认为，卢梭开创了从创造性自我到以自我为中心的自我的偶然的转移，也卷入了从诗性认识的媒介物的创造性情感到兽性的或纯主观性的情感的转移。两次转移的结果导致现代派文学受到双重疾病的夹击：一是唯情论，艺术传播那些弄混或取代智性的创造性和诗性直觉的纯正的兽性般的感情；二是肤浅的唯理智论，艺术求助于疏远的心灵、纯建设性或批评性理性的发明以补偿创造性理性的衰弱、创造性情感的衰弱。第二章"诗人何为"中，对两类诗人的划分依据——自制型诗人表现的是创造性自我，迷狂型诗人表现的是以自我为中心的自我——从诗性认识中的情感性质角度再次得到佐证。

通过对诗性认识的纯粹描述后，我们可以勉为其难地用逻辑语言对马利坦所言的诗性认识归纳如下：首先，诗性认识是认识的一种，但不是认知模式的一种，而是通过情感的契合（by affective connaturality）在作品中表达自身（express itself in a work）的一种认识，是通过本能的（instinct）、意向性的方式，在主体中共鸣（resonance in the subject）的一种朝向创造作品的认识。① 其次，诗性认识是精神的和意向性的。诗性认识指的是这样一种入侵：事物通过情感和情感方面的连接进入靠近灵魂中心的精神的前意识之夜，它只是认为事物是一种在主观性中回响着的东西，即一种意向性的但又是唯一的、带有自我的东西。在诗性认识最同一、最纯粹、最基本的要求上考虑，它是通过意象——不是通过朝向理性思想状态的概念，而是通过仍浸泡在意象中的概念——来表达自身的。可以说，诗性认识介于抽象（abstract）认识和巫术（magic）认识之间，是两种不同认识之间的桥梁（intermediary），处于居间状态。转变为绝对认识的诗性认识就是巫术的认识。

　　诗性认识与以下三种审慎的同一性认识既有区别又有关联。其一，"诗性认识扮演类似哲学思考的角色，因为它是对于事物的最本质的深层认识。"② 完全凭经验得来的认识不是诗性认识，诗性认识也完全不同于哲学和科学所特有的理论性认识。虽然哲学和科学这两种理性认识也是从智性的本体中发展而来的，但是它们属于概念化认识（conceptualisable）而非非概念化认识（non-conceptualisable）。其二，关于冥想（或沉思，the contemplative）的认识。虽然冥想属于非概念化认识，但冥想通过对超概念（supra-conceptual）或辟概念（para-conceptual）③ 的智性活动超越了现实而难以表达自身，通过爱的契合（union）或通过主体的感应而成为一种可能。其二，自身被唤醒的主体的创造性深渊中的非概念化认识。这种超自然的冥想是一种诗性直觉的觉醒，它尚处于一种未完全发展、未成形的阶段（rudimentary and virtual manner），可称为神秘经验（mystical experience）。当它能够用比喻和象征（similitudes and symbols）表达自身时，也可称为诗性经验。诗性经验自身是一种自然的沉思，这种沉思是隐约的，

---

① Jacques and Raïssa Maritain, *The Situation of Poetry*, New York, Philosophical Library, 1955, p. 64.

② Jacques Maritain, *Creative Intuition in Art and Poetry*, New York, Meridian Books, 1957, p. 175.

③ 此处 para-conceptual 一词译作"辟概念"，源于栾栋先生《文心雕龙——辟文学之美学思想刍议》一文，载《哲学研究》2004 年第 12 期。

又是感情方面的，指的是沉默而活跃的可接受的瞬间。诗性经验与诗性认识是有差别的，当沉思的内省歪曲诗性认识的本质时，它会给诗带来堕入歧途的严重危险。反之，大面积获得和发现诗性认识，将使诗交上好运。诗性经验与诗性认识的相互关系决定着诗的命运。

可见，诗性认识在诗和艺术的领域、在自然或超自然的神秘经验领域、在道德实用认识领域起着基本的、重要的作用。

诗性认识既是对人的精神性基本的表现之一，又是沉浸在想象和情感中的精神的创造性的最初要求。换言之，没有诗性认识，根本无从谈起艺术创造，也就没有诗。

诗性认识从何而来呢？"诗性认识萌生于无意识或精神的前意识中。"（Poetic knowledge arises in an unconcious or preconcious manner. ①）"诗性认识从智性中产生，……感觉②，感觉，感觉是必不可少的媒介。"（And poetic knowledge proceeds from the intellect in its most genuine and essential capacity as intellect, through the indispensable instrumentality of feeling, feeling, feeling. ③）关于精神的前意识和智性，第三章"灵魂中心带"已做过详尽的阐释，在此不再赘述。诗性认识中的感觉（feeling）从词性上就可看出其所具备的动词性与名词性的共在关系。感觉的内涵与刘勰《文心雕龙·物色篇》中的"流连万象之际，沉吟视听之区"有相和之处，也有相异之别。在马利坦诗学理论中，这种感觉在最高处则成为一种权力和特权，而这种权力和特权只有上帝才有。原因在于，在本质起源的次序中，感觉是从智性中脱胎而来，继智性而存在。换言之，感觉是通过智性的参与从灵魂的本质中得到发展的。这样的话，感觉与智性一样，也成为艺术

---

① Jacques Maritain, *Creative Intuition in Art and Poetry*, New York, Meridian Books, 1957, p. 86.

② 英文 feeling 在此译为"感觉"，容易造成误解，以为"感觉"是名词。实质上，它是以动词 feel 为根基的分词性名词。在理解过程中，感觉（feeling）既是动态的表达（feel），也是静态的描述（emotion）；既包含主体灵魂中的情感运动，也包含这种运动的各种情状。

③ Jacques Maritain, *Creative Intuition in Art and Poetry*, New York, Meridian Books, 1957, p. 87.

创造之源。① 从外部世界感知所攫获的一切事物通过感觉的生命和活动会径直涌向灵魂的中心区域，如爱伦·坡所言："艺术是感觉在自然中通过灵魂的面纱对感受到的事物所进行的再创造。"（The reproduction of what the sense perceive in nature through the evil of the soul. ②）

诗性认识也源于人的灵魂深处。从诗的发生来看，在人的灵魂深处隐藏着全部灵魂力量，各种力量都被智性（非概念理性）所渗透，当灵魂力量偶然捕获了自我存在的生命信息时，主体还无法认识它。出于进一步认识的需要，诗性活动被启动了，主体通过情感把握和自我产生内在交流，内在的本质与客观事物的存在引起共鸣，进一步来反观自己、认识自己，由此，"诗"得以萌芽。灵魂深处这种非概念、非逻辑、直觉性的诗性认识活动看似是自动发生的，似乎和外物无关，完全出于人认识自我的本能冲动。外物的作用只是作为诗性认识的工具，并非引起主体去努力认知自我的诱因，马利坦关于诗性认识中物与我的观点恰与刘勰的诗学观念形成了对照。从表面上看，刘勰认为文学创造活动的诱因是外在的、自然的，"物色之动，心亦摇焉"（《文心雕龙·物色篇》）。实质上，心摇（内因）、物动（外因），诗人感物，物合心宜，内外因二者的关系是互动的、共时的、合一的，无法区分内外先后，或者说是不分彼此、自然而然的，因为"人禀七情，应物斯感，感物吟志，莫非自然"（《文心雕龙·明诗篇》）。"莫非自然"，即所有这一切（人、物、情、志）都是自然而然的。而马利坦则强调主体内在精神的觉醒是文学创作的最主要诱因，先有主体认识的冲动和欲望，才会有与客体事物相契合后表达的创作活动。这种观点与马利坦对自我（Self）与事物（Things）的二分法是密切相关的。"诗的第一要求是诗人对他自己主观性的隐约认识，然后才是这一要求与另一要求——对于外在世界和内在世界客观实在的把握——不可分割的、通过隐约的认识即情感契合（事物和自我）一道被隐约地把握所达到的认识。"（The primary requirement of poetry, which is the obscure knowing, by the poet, of his own subjectivity, is inseparable from, is one with another require-

---

① 作为心灵的派生物，感觉与智性同源，在灵魂的构成中，它们有位格之分，详见第一章。

② Jacques Maritain, *Creative Intuition in Art and Poetry*, New York, Meridian Books, 1957, p. 308.

ment—the graping, by the poet, of the objective reality of outer and inner world: not by means of concepts and conceptual knowledge, but by means of an obscure knowledge which I shall describe in a moment as knowledge through affective union. ①） 马利坦认为，诗人首先要有对自我内在认识的自主性，然后才可能引发主体在客观世界中去把握这种自我内在认识的可能性。刘勰认为："诗人感物、联类不穷。……写气图貌，既随物以宛转；属采附声，亦与心而徘徊。"（《文心雕龙·物色篇》） 心与物的关系是融合的而非分裂的，心随物而宛转，物与心共徘徊，这是一种心物交互作用的情状，物与心、心与物相互融合的过程是共时的、瞬间的。这种物我之间的和谐互动，正是"神与物游"的写照，正是艺术创造精神活动的本质规律，也是物我交融、和谐默契境界的表达，无所谓外因与内因之分，更无所谓"神"与"物"的主客观对立，这种契谐的完美境界就是马利坦所言的同一性的认识。所谓同一性的认识，是指先天具备的人与自然之间的情感融通，"岁有其物，物有其情，情以物迁，辞以情发"（《文心雕龙·物色篇》）。这种人与自然的本根融通是"莫非自然"。中国古典美学中天人合一的"物化论"就是最明显的同一性的认识，"天地与我并生，万物与我为一"（《庄子·齐物论》）。天人合一的"物化论"不仅道出了超越文明的达观心态，更表明了物与人本根同一的原始形态。作为世俗之物的人，以有限的"物"的形态存在，同时也是有感知灵性的生命之物，随物宛转，与心徘徊，情往以赠，其乐融融，莫非自然。虽然马利坦也高扬这种物（Things）我（Self）之间的情感契合与情感融通，但他仍将认识主体（subject）内在精神的觉醒作为文学创作的诱因，这种矛盾的不可融合既是西方形而上学二元论造就的弊端，也是马利坦神学思想笼罩下的诗学理论之必然。

古希腊爱智者缔造的辩证法导致了西方"以人为中心"的人本主义精神，更促成了暴殄天物的手段论心态。辩证法利器不知不觉中割断了与母体自然之间的脐带，将自我作为主体凌驾于自然之上恣肆妄为，甚至将这种残暴发展到极端，两次世界大战对同类的灭绝性屠杀就是绝好的证明。辩证法的倾轧性、宰制性、诡辩性导致了阿多诺片面的取舍。阿多诺言：

---

① Jacques Maritain, *Creative Intuition in Art and Poetry*, New York, Meridian Books, 1957, p. 83.

奥斯维辛之后，写诗也是残酷的。这种对人性悲观绝望到了极点的言论不能不说是西方文明发展过程中的病态之病态。马利坦也对这种以"人"为中心的人道主义提出了质疑、批判，但他表现更多的不是绝望而是救赎。救赎的起点就是自我，救赎的手段就是净化。抛弃那个以自我为中心的自我，高扬那个创造性自我；涤除兽性的或纯主观性的情感，提升创造性的意味深长的情感；让灵魂无限地处于渴望向上的运动之中，处于渴求与上帝面对面的相遇中。灵性优先原则是马利坦提出的医治世界重症的良药，也是其神学思想在诗学领域中的借"诗"还魂。

马利坦的救赎方案始终没有脱离其神学思想的框架，也没有脱离西方对于主体性的高扬意识，只是他的主体性被附于一个更神秘的主宰力量，引导主体性中的灵性而非物性向着最高的德行（善的可行性与可能性）发展。主体性中的灵性就是对神秘性、神圣性的感受、相见，这种感受、相见将使人获得一种诗性智慧。而诗性智慧，无疑就是世界中最初的智慧（维柯语）。① 维柯将诗性智慧对应于世界中最初的智慧，这是有道理的。马利坦的诗性认识就是诗性智慧中的一种，最高的诗性智慧是神圣智慧，神对智慧的呈现是指与神相见，"与神相见是一种这样的个人活动，是一种这样不能传达给别人的认识，甚至幸福的人的灵魂都不能用内心的语言表达自己——这个与神相见，乃是同神的最完美、最神秘、最神圣的融为一体"②。马利坦在此要表达的并非真的要导向与上帝的神秘同一，而是导向与上帝面对面的凝视。他强调的是沉潜和内心化，并导向实践。如果所有的人类都可以达到这种最高智慧，进入这样一种状态，那么世界本身就是天堂；如果进入人类视野的全部宇宙都被赋予了生命，那么宇宙的无限性与人生的有限性之间的对举与张力将荡然无存。

神圣智慧赋予了人敬畏宇宙、敬畏神明、敬畏自然的生命智慧，又使人憧憬与宇宙、自然、神明的合一。在不知不觉中，马利坦的救赎方案走向了东方智慧——天人合一、物我齐一。这绝不是对马利坦极力宣扬的"以神为中心"的人道主义的解构与嘲讽，而恰恰说明了东西方智慧的共同之处与艺术创造的同源性。

---

① ［意］维柯著，朱光潜译：《新科学》，商务印书馆 1989 年版，第 9 页。

② ［法］马利坦著：《个人与公益》，见陈麟书、田海华著：《神圣使命》，四川人民出版社 1997 年版，第 49 页。

第五章

诗性直觉（poetic intuition）

"诗性直觉，来源于精神的无意识中，本质上它是一种智性的闪现，通过一种精神化的情感而诞生。"（It is by means of such a spiritualized emotion that poetic intuition, which in itself is an intellective flash, is born in the unconscious of the spirit. ①）"诗性直觉源于无意识……它是诗人的艺术的善的最初规则和最宝贵的光。"（Poetic intuition is born in the unconscious, ... it is his most precious light and the primary rule of his virtue of art. ②）马利坦认为，诗性直觉（poetic intuition）作为一种智性的闪现，同样源于精神的无意识中。如果没有诗性直觉这最初和最宝贵的光之照耀，诗性经验（poetic experience）绝不可能结出具有诗性意义的果实。

可见，诗性直觉与诗性经验的关系十分密切且繁复错综。相关的是，首先，诗性直觉、诗性经验二者均萌生于精神的无（前）意识中；其次，诗性经验作为浮现在精神的前意识界限上的一种隐约的、无法表达而又动人的认识状态，它与特别强烈的诗性直觉是联系在一起的；再次，诗性直觉是诗性经验得以产生的先决条件，反过来，诗性直觉又因诗性经验而得以增强，它们一道得以发展，几乎可以说无分轩轻。对于诗的创造来说，二者缺一不可。

在艺术创造过程中，诗性直觉与诗性经验所产生的功效还是有很大区别的。为了阐明这个问题，首先必须区分诗性经验与诗性认识，毕竟诗性经验与上一章所谈的诗性认识多少有些不同。

"诗性经验具有更复杂更广泛的心理学意义。诗性经验涉及灵魂的某种状态（a certain state of the soul），在这种状态中，自省或自我交流（self-communion）使我们思想的一般性的交流暂时中止，它与特别强烈的诗性直觉（poetic intuition）联系在一起。"③

作为浮现在精神的前意识界限上的一种隐约的、无法表达而又动人的认识的状态，在这一点上，诗性经验与诗性认识是同一的。不同的是，诗

① Jacques Maritain, *Creative Intuition in Art and Poetry*, New York, Meridian Books, 1957, p. 89.

② Jacques Maritain, *Creative Intuition in Art and Poetry*, New York, Meridian Books, 1957, p. 76.

③ Jacques Maritain, *Creative Intuition in Art and Poetry*, New York, Meridian Books, 1957, p. 176.

性认识是一种智性的前意识中的胚芽（spiritual seed），即诗的奥秘的胚芽。如果没有诗的奥秘的胚芽，就没有诗性经验。诗性经验把诗人带回灵魂的隐秘处、众多力量的唯一本源处，全部的主体性（entire subjectivity）被聚集在期待而有效的创造性状态之中，诗性经验的强大力量在此似乎表现出主体的完全被动性。诗人被诗性经验吸引进入灵魂的隐秘处，处于创造性状态之中，并不是凭借自身自发的专心的努力，而是通过所有感觉可能的、稍纵即逝的回忆以及自然的恩赐、原始的授予、统一的宁静。诗性经验的宁静状态，好比一股清泉，使沐浴在它之中的思想得以更新、恢复活力、净化，而诗人必须无条件地赞同和接受这种恩赐和授予。只有在这种清新、宁静处，在没有任何紧张感的平静、镇定、专心中，灵魂才能得到自己的宁静，像天使般死去，然后又在兴奋和热情中复活。这种灵魂中一切力量唯一本源的隐秘处的宁静中的激活、死亡中的再生、瓦解中的革新，这种精神前意识的心理状态，就是诗性经验。任何一首真正的诗都是以内在的必然性自诗性经验中长出的果实。

　　"诗性经验源于精神和智性的创造性本源中，涉及的是一种具有直觉性的、意向性的、被赋予的情感。"（Poetic experience is the **intuitivity** and **intentionality** with which emotion is endowed when it is involved in the creative sources of the spirit and of the intellect. ①）诗性经验同样源于智性的无意识创造性本源之中，但它并非创造性主体先天就具有的，或是后天凭借自身的修养而获得的一种状态。诗性经验是诗人无条件地接受的一种恩赐，而这种恩赐来源于诗性直觉这最宝贵的光之照耀，就如同植物接受阳光的照耀而生长一样。诗性认识是胚芽，诗性直觉是照耀之光（light），诗性经验则是在这种光照耀下的生长状态（a certain state of the soul）。你看不到诗性经验是怎样生长的，却可以感觉到它在慢慢地成熟。诗性经验成熟的过程并不是一蹴而就的，它具有情感的直觉性和意向性。马利坦将诗性经验的这两个特征对应于两个阶段：第一个称为聚拢（systole）的阶段；第二个称为扩

---

　　①　Jacques Maritain, Poetic Experience, *The Review of Politics*, October, 1944, Vol. 6, No. 4, pp. 387 – 402.

散（diastole）的阶段。① 第一阶段的聚拢，取决于两个方面：一方面是预先设定的心理状况（presupposed psychological condition），另一方面是动因（determining cause）。预先设定的心理是一种梦幻般的状态，既不与智力紧密联系，又不与智力相脱离。在这种梦幻般的状态中，灵魂的外部世界和外部感觉没有能力支配灵魂；同时，灵魂的内部平衡和智性与内部感觉之间的联系处于静态（intact）中。这一阶段，即沉默、宁静的聚拢阶段，灵魂的全部力量在平静中聚集在一起，处于一种实质性状态和休眠的活力状态。此时，智性前意识生命中形成的行动（action）仍然只是前意识的诗性直觉（此诗性直觉即动因），此诗性直觉是为这种沉默的专注（silent concentration）效劳的奥秘的智性。在特定瞬间（at a given moment），这同一诗性直觉不再以催眠（hypnotic）的方式起作用，而是以催化的方式（catalytic agent）发生作用，使聚集在自己周围的众多效能（virtual energies）开始传递行动。如此，灵魂中的所有力量的驱动（actuation）退回到它们根本的生命力之中，一种瞬间运动（transient motion）产生了。这种瞬间运动通过"障碍的瓦解"或者否定自身而呈现自己，或者由诗性直觉而肯定地进入意识领域，这便出现了沉默、宁静聚集后的喘息（breath），这种喘息也是一种形象化比喻，喻指其最初的效能的积聚（先吸入），然后才是巨大效能的释放（再呼出）。这种喘息不是来自外界，而是来自灵魂的中心。有时一个喘息几乎感觉不到，却是强劲有力的，通过这种喘息，一切事物是在从容和愉快的扩展中被给出的；有时一个喘息像陡然发作的一阵风暴，通过这阵风暴，一切事物是在激烈和狂喜中给出的。这便是第二个阶段——扩散阶段，也即灵感阶段②。诗性经验中的扩散阶段又可以表现为两种方式：舒缓型和狂喜型。这也可以说是灵感显现的两种方式。

马利坦以自己欣赏的诗人霍普金斯的一首十四行诗为例，说明了诗性

---

① 刘有元将马利坦所使用的这两个术语译为"收缩"（systole）和"舒张"（diastole）采用的是字面上的含义，没有心领神会地将生命的活力赋予这两个词语本身。马利坦所用的是类比性描述，systole 与 diastole 本义指人体心脏功能的收缩与舒张，在此喻指诗人诗性经验的积聚、收拢、扩大。诗性经验携裹着众多效能朝向固定方向扩散（也即诗性经验的意向性）而不是任由这种状态散漫开去。

② Jacques Maritain, *Creative Intuition in Art and Poetry*, New York, Meridian Books, 1957, pp. 178 – 180.

经验的两个阶段：

God's Grandeur

By Gerard Manley Hopkins

The world is charged with the grandeur of God.

It will flame out, like shining from shook foil;

It gathers to a greatness, like the ooze of oil

Crushed. Why do men then now not reck his rod?

Generations have trod, have trod, have trod;

And all is seared with trade; bleared, smeared with toil;

And wears man's smudge and shares man's smell: the soil

Is bare now, nor can foot feel, being shod.

And for all this, nature is never spent;

There lives the dearest freshness deep down things;

And though the last lights off the black West went

Oh, morning, at the brown brink eastward, springs—

Because the Holy Ghost over the bent

World broods with warm breast and with ah! bright wings.

上帝的荣耀

杰拉尔德·曼利·霍普金斯

奇伟的上帝掌管着世界。

大地光华四射，灿烂如锡箔舞动；

大地流向荣美，缓流如墨油汩汩。

为何人类不敬畏他的权杖？

一代又一代，践踏、践踏、践踏。

交易生贪婪，苦劳生污秽，

披污戴秽的大地臭气漫弥；

如此"贫瘠"的大地，穿鞋的脚怎能触知。①

尽管如此，自然仍尽情奉献

至爱、新奇、深层的东西，生生不息。

即便最后一线光从漆黑的西方离去，

哦，晨光，在东方褐色的天际跳动，

因为，那神圣的灵俯身，

以他温暖的胸膛、光明的翅膀拥抱天地。②

　　这是一首典型的五音步抑扬格十四行诗，霍普金斯采用了"ABBAAB-BA CDCDCD"这一完美的韵脚形式。前八行诗节提出问题，后六行诗节给出结论。矢志不渝的信念让诗人由衷地告诫人的灵魂：世界万物由上帝掌握，万物彰显上帝的奇伟。丧失灵性的世人并没有按此信仰去行动，而是沉溺于物质主义不肯罢休，贪婪、掠夺、霸占不仅蒙蔽了世人的心灵，也亵渎了上帝的荣耀。堕落的世人已无法感知上帝的恩典，他们漠视造物主的馈赠，玷污造物主的馈赠，蹂躏造物主的馈赠。尽管如此，上帝仍不断地赠予，太阳每天从东方升起，即使太阳的最后一丝余晖落下，更辉煌的晨光又再次升起。面对这一切，霍普金斯感叹：自然之光与神之光耀又怎可分离？人怎能再怀疑上帝的奇伟？看到夕阳与晨光的那一刻，也许就是诗人霍普金斯诗性经验的扩散阶段。诗性经验的扩散阶段就是灵感最明显的表现阶段，灵感显现，让诗人挥笔写就如此发自内心的赞叹与感慨，作为灵感的最初成分和催化剂——诗性直觉也瞬间闪现。

　　马利坦对诗性直觉的肯定，就是对灵感存在的肯定。他不仅大胆肯定了灵感的存在，而且阐明了灵感的出处以及状态。马利坦认为，灵感是最真实、最自然的，也是最内在、最必要的。他不仅嘲讽了那些以"科学的"心理学自居并否定灵感属于非智性的学者们，还批判了那些把灵感视

---

　　①　这个意象源自 *Exodus*, 3:3-4, in *Holy Bible*, The Worldwide Bible Society LTD, May, 2003, p.92. 摩西说："我要到那边去，看看这大异象，这荆棘为何烧不掉呢？""耶和华"见摩西要到那边去看，就从荆棘里呼叫说："摩西，摩西。"摩西说："我在这里。""耶和华"说："不可到这里来，要把你脚上的鞋脱掉，因为你所站之地是圣地。"

　　②　此诗歌为自译，欠妥之处，敬请专家指正。

为言辞敏捷、自我情感的强烈释放等的"拙劣的浪漫主义者"。更甚者，马利坦还挑战了柏拉图的"灵感说"。将灵感解释为诗神凭附的柏拉图认为灵感来自诗人灵魂之外，而马利坦认为："灵魂之外不存在诗神缪斯。"①柏拉图认为，诗神缪斯入于诗人的灵魂之后，就不再是诗神，而是创造性直觉；灵感入于诗人的灵魂之后，与想象结合在一起，来自灵魂的灵感就成为来自概念理性的灵感即诗性经验。对诗和所有伟大的作品来说，没有什么东西比灵感更真实、更必要，也没有什么东西比灵感更自然、更内在，因为"灵感的形成与诗性直觉是相一致的"（inspiration is made identical with poetic intuition②）。

在《艺术与诗中的创造性直觉》致谢语中，马利坦曾说过这样的话："我深信一个哲学家如果不仰仗一个诗人直接的经验，他一定不敢斗胆来谈论诗歌。"③这既是马利坦对其诗人妻子拉伊莎的感谢之语，也是自身作为哲学家在捕获、感悟过诗性经验后斗胆来谈论诗歌的谦逊表达。因为诗性经验处在灵魂中宁静的神秘的幽深处，获得诗性经验并非易事。马利坦所言的直接经验就是指诗性经验。可见诗性经验对于诗歌创作与诗歌评论都是不可或缺的。作为哲学家，马利坦有过诗人的直接体验；身为天主教徒，马利坦有着自身的宗教经验。作为个体的主观体验，诗性经验与宗教经验必然会发生某种程度的共鸣，因为二者最大的共同性就是神秘性。那么，诗性经验与宗教经验二者之间有着怎样的区别与联系？它们对马利坦的诗学理论会产生怎样的影响？

宗教经验是某种宗教传统的信仰者对其信仰对象（神秘的观念、超自然的实在、人格神、自然存在物等）的个体感受。在大量宗教研究的文献中所见的事例，大多表现为人与自然神秘地或迷幻般契合，而不是其信仰对象或终极实在的直接显现或启示。宗教经验最大的特性是神秘性，这种神秘性体现为信仰者与其信仰对象之间相遇的状态——一种交感或合

---

① Jacques Maritain, *Creative Intuition in Art and Poetry*, New York, Meridian Books, 1957, p. 179.

② Jacques Maritain, *Creative Intuition in Art and Poetry*, New York, Meridian Books, 1957, p. 182.

③ Jacques Maritain, *Creative Intuition in Art and Poetry*, New York, Meridian Books, 1957, Acknowledgements.

一感。

　　在宗教学的研究领域，威廉·詹姆斯的《宗教经验种种》堪称经典。他在书中宣称："个人的宗教经验，其根源和中心，在于神秘的意识状态。"① 这种宗教经验表现出四个方面的特征：超言说性（Ineffability）、知悟性（Noetic Quality）②、暂现性（Transiency）及被动性（Passivity）。超言说性，指对于终极实在和真理、个人经验的特性和意义都不能由语言来充分表达，必须直接经验它。知悟性，指宗教经验并非仅是外在的或感觉愉悦的，它还有一定程度的知识蕴涵，同时又是理性智慧所无法探及的对深层真理的洞察，这两者体现了宗教经验的基本特征。暂现性与被动性，同样是宗教经验常见的特征，用来说明其时间的短暂、空间的无常与经验的主体因过分执著或沉醉于其中而失去自我意识，交由神秘的客体控制的一种状态。首先，宗教经验的四个特征都与神秘的意识状态相连，而这种神秘状态是推理理智无法探测的。这些状态是洞明、是启示，虽然完全超乎言说，但充满着意蕴与重要。威廉·詹姆斯对宗教经验特征的解释是通过宗教传统中的典型事例来揭示的，这些典型事例常见于印度教、佛教、伊斯兰教和基督教的信仰系统中。威廉·詹姆斯所要证明的就是，尽管有个体的差异与不成熟性之分，宗教经验中的神秘状态是真实的、可信的，甚至是有权威性的，虔诚的信徒都可以从中获得精神享受。其次，神秘的经验之所以可以挑战人们建立在常识和理性之上的权威或信念，在于它提供了一种证明真理在其他方面的内容存在的可能性以及提供了一条超越人们主观经验的信息的可能性途径。

　　威廉·詹姆斯从宗教经验的神秘性出发总结出的四个特征——超言说性、知悟性、暂现性及被动性，似乎极力证明了宗教经验的非理性特征。实际上，在威廉·詹姆斯论述的背后，隐藏着一个没有说明的结果，即巴尔那德（G. W. Barnard）的看法："神秘经验是经验到与超自然的实在相

---

　　① ［美］威廉·詹姆斯著，尚新建译：《宗教经验种种》，华夏出版社 2003 年版，第 226 页。

　　② 唐钺先生将 Noetic Quality 译作"知悟性"，尚新建先生译为"可知性"，溥林先生将其称为"纯粹理性"。笔者认为，此词中 Noetic 源于希腊语 noēs，即奴斯 nous，译为"智性"更妥帖。这样同时可见诗性直觉与宗教神秘体验之间的关联。

接触，力量强大，改天换地，并包含个人的理解。"① 神秘经验作为完整的意识状态（既包含超理性，也包含理性）、一个不间断的流，其意识场的边缘实质上是模糊的，这种模糊性开拓了最为奇特的可能性和视野。宗教经验的非理性特征往往会被那些没有这种宗教体验或对宗教经验持否定态度和批判态度的人们误解，认为宗教经验的神秘性是心理上的幻觉。对宗教经验的理性批判早在浪漫主义诗学时代就已产生了，对宗教经验的非理性特征进行的辩护也同时存在了。弗利德里希·施莱尔马赫（Friedrich Daniel Ernst Schleiermacher，1768—1834）著有《论宗教：对蔑视宗教的有教养者们的演讲》（On Religion：Speeches to Its Cultured Despises，1799）一书，就是最好的辩护例证。其宗教哲学思想的主要依据是人类宗教生活的基本特征就在于它的非理性。宗教并非起源于人类的智力禀赋，而是起源于人类面对自己有限的生命在无可奈何的情况下所产生的绝对依赖感（feeling of absolute dependence）。绝对依赖感就是本真的宗教经验。虔敬之自我同一的本质就是绝对依赖意识，即意识到人与上帝之间有关系。这种关系就是在无限者和永恒者面前承认个性的有限，这种感觉不能够和由此岸世界中的事物激起的惊奇相混淆。因为绝对依赖感不是偶然因素，而是生命中的一种普遍因素，否定拒绝它就是否定构成人性的东西。绝对依赖感作为一切宗教的基础，可以弥合无限与有限的鸿沟。因而施莱尔马赫强调人类生活中最根本的东西不是推论或理性，相反，最根本的东西是主观和体验。施莱尔马赫虽然没有明确提出人性的构成要素是理性、非理性、超理性，但他明确地强调了人类生存的本根是体验与主观，这种观点与当时的主观唯心主义哲学思潮密切相关。不可否认的是，施莱尔马赫明确地意识到人性中的非理性力量作为一种普遍的、必然的因素而存在的重要性。

施莱尔马赫将宗教体验作为其神学出发点，他认为，宗教就是直觉，宗教就是感觉（Gefühl）。哲学绝不能够判断体验的有效性，人类生命中的情感和神秘感将成为哲学之外的一个独立领域。施莱尔马赫的思想同浪漫主义的诗学理论发生了强烈共鸣。浪漫主义诗人弗·施莱格尔（Karl Wilhelm Friedrich Don Schlegel，1772—1829）认为："一个人只有具有自己

---

① ［美］威廉·詹姆斯著，尚新建译：《宗教经验种种》，华夏出版社 2003 年版，第 20 页。

的宗教信仰，具有自己对无限者独特的视力（直观、直觉），才能够成为艺术家。"① "诗歌和哲学是……宗教的不同层次、不同形态，甚至是不同因素。如果真想把二者联结在一起，那么所得到的不是别的，而是宗教。"② 宗教成为弗·施莱格尔追求两极综合的终极目标，"使两极（指诗学与哲学）结合吧，你们将获得真正的中心"③。面对当时浪漫主义审美力的危机，弗·施莱格尔想发动一场"美学革命"，没有预料到的是，他的思想在 20 世纪马利坦的诗学理论中实现了。

　　身处浪漫主义旋涡中的施莱尔马赫，因时代所限，其宗教思想中的重要概念如绝对依赖感、敬畏感、奉献精神等，偏重于信仰者主体的情感状态，对信仰者主体情感投射的信仰对象却较少涉及。反之，近代神学家鲁道夫·奥托不仅指出了施莱尔马赫的缺陷，还强调了宗教经验中的信仰对象作为"神圣者"（numinous）④ 而存在的神圣性。这种神圣性对体验者来说具有至高无上的理想价值——完善的道德或精纯的伦理。它的要义在于：神圣者是与人类相区别而又不能为人类所接近的自存在，如卡尔·巴特所言的"绝对的他者"（wholly Other）。尽管对"神圣者"的体验不易描述（ineffable），但奥托坚信只有与"神圣者"相遇的经验才能够称为宗教经验。奥托用来描述宗教经验的核心词汇是令人战栗的神迹（mysterium tremendum）。这个词汇将宗教经验中的敬畏感、无限威力和能量等内涵一并表达出来，与体验者的主观感受——恐惧、渺小和无能为力——对应起来。敬畏感就是难以表达的宗教经验的一种情感体验，使人们产生此种情感的客体往往是常识和理性无法充分理解的神秘性存在。如樊迟问"知"，孔子曰："务民之义，敬鬼神而远之，可谓知矣。"（《论语·雍也》）"不语怪力乱神"的孔子之智慧在于：世人对自己不能认知的东西不要去谈

---

① ［俄］加比托娃著，王念宁译：《德国浪漫哲学》，中央编译出版社 2007 年版，第 41 页。

② ［俄］加比托娃著，王念宁译：《德国浪漫哲学》，中央编译出版社 2007 年版，第 43 页。

③ ［俄］加比托娃著，王念宁译：《德国浪漫哲学》，中央编译出版社 2007 年版，第 42 页。

④ "神圣者"（numinous）这个词来源于拉丁文 numen，含义是"神"、"鬼"、"令人敬畏的神秘东西"。这种神秘者既是理性的又是非理性的，而且非理性的成分居多。

论；即使想谈论不可谈论的东西也要有一种适当的态度。孔子没有向弟子樊迟正面回答他所无法回答的问题，而用了一个"远"字，表达了人们的认知局限与作为认知对象（鬼神）的距离。其真义在于，此问题不在人们理性或常识的认知范围之内，应该对它的存在表示一种敬畏态度。其实，我们完全可以将孔子的回答视为古代哲人对神秘经验的一种表达，也可以将之视为孔子对自身无法把握的一种神秘存在的情感态度的某种表态。奥托的神学要义传达的同样是：神圣者是人们无法认知的对象，如果将主体的探索精神转为对它的敬畏和向往，就可以在这种宗教经验中体验到神圣者（绝对的他者）带来的精神慰藉，而不是精神折磨。

作为一名虔诚的天主教徒，马利坦所拥有的宗教经验与其诗学理论中的诗性经验必然产生共鸣。但马利坦并不是直接将宗教经验嫁接为诗学理论中的诗性经验，而是将宗教经验中的神秘经验与诗性经验作了严格的区分，因为二者毕竟是两种性质截然不同的经验。宗教经验中的神秘经验与诗性经验的区别是相当明显的。首先，诗性经验涉及创造的世界以及高深莫测、不可胜数的相互依存关系；而神秘经验只涉及个体自身莫名其妙、超然物外的个体中的事物原理。其次，诗性经验中特有的同一性认识是借助激起人灵魂中奥秘的幽深处的主观性（subjectivity）而产生的；神秘经验中更隐约、更具有决定性和稳定性的认识是通过自我的不可言喻被触动的虚空智性的透视而发生的，通过博爱的恩赐———一种连接灵魂与上帝的、不但超越情感而且超越人的幽深处的主观性而发生的。再次，诗性经验往往以一部作品的产生作结；神秘经验则常常趋于沉默，结束于一种绝对的内在完成中。① 虽然诗性经验与宗教神秘经验在性质上完全不同，但它们都源于精神的前意识概念中，源于超概念的活力生命之源中，它们都靠近灵魂的中心，通过无数的方式彼此接近、交流。宗教神秘经验作为信仰者个体对不可知的神圣存在的一种神秘性体悟，具有不可超越、无法言说的特性。而诗性经验作为浮现在精神的前意识界限上的一种隐约的、无法表达而又动人的认识状态，一种短暂而转瞬即逝的经验，在一定程度上，却是可以超越并给予言说的，这就是艺术创造中诗性意义的呈现。虽

---

① Jacques Maritain, *Creative Intuition in Art and Poetry*, New York, Meridian Books, 1957, pp. 172 – 173.

然诗性经验的获得地是宁静的神秘的幽深处，但诗性经验中体悟的主体（self）与认识的客体（things）却是可以同时被隐约地把握的，即产生一种交感或曰契合感，而非一种失去主体（subjectivity）自我的沉醉与迷失。

宗教神秘经验与诗性经验都以人类的体验为起点，但获取的路径方向却是不同的。宗教神秘经验的获得是单向、由上而下的；诗性经验的获得路径却是双向、互动的。诗性经验的获得的积极方面或曰肯定方面是通过感觉、回忆、恩赐授予的；诗性经验的获得的消极方面或曰否定方面是强大的习惯障碍的突然瓦解。

诗性经验是一把双刃剑，在赢得广泛赞誉的同时，它必然受到来自理性的怀疑，原因就在于其本身与生俱来所蕴涵的极大的主观主义因素，马利坦试图将诗性经验中的主观主义因素降至最低点。首先，以人类的体验（感觉）为起点的诗性经验，其终点被还原为感觉、回忆、恩赐授予的双向运动。在运动过程中，模糊了主观性与被动性、理性与非理性之间的界限，或者说，融汇理性与非理性，将二者合为一体，使之共存于具有"主观性的我"之内。"我"作为认识的主体，本身又是被认识的客体，"我"作为一个认识实在的中介联结着万物。其次，通达最深刻的实在的路径总是间接、神秘的，因而神学也不再可能以上帝为起点，体验成为起点。如此一来，传统中尖锐的二元对立模糊了，甚至消失了，启示不再是从完全超验的领域传递下来，而是起源于所有人内心的上帝意识。

诗性经验一旦蜕化为一系列冗长的空洞的习惯、蜕化为抽象的观念和理论体系，当人们省察那些在源头的原初因素时，必然会发现，这些僵死的废物正是内在火焰熔化曾经流出来的东西。

内在的火焰就是诗性直觉。可以说，所有的人都潜在地拥有这种诗性直觉，而那些不曾意识到自己拥有诗性直觉的人，往往会在自身中压抑或扼杀它。在一定程度上说，诗性直觉是灵魂的一种特权。诗性直觉作为一种源于灵魂中的自然和崇高的自发运动，它既是认识性的，更是创造性的。

诗性直觉的第一个层面就是认识性的诗性直觉，也称为诗性认识；诗性直觉的第二个层面就是创造性的诗性直觉，即创造性直觉。诗性认识，即诗性直觉的认识性，是一种经由"同一性"的认识。这种诗性直觉是智性形成和完成的动作，但它并不凭借概念、逻辑的方式，而是通过一种产生于精神无意识中的"同一性"认识对主观自我和客观实在的隐约把握。（诗性认识在第四章已专门论述，此处不再赘述）本章主要就诗性直觉最突出的特征——创造性，也即创造性直觉——进行论述。

创造性直觉，发端于智性的最深层。创造性的诗性直觉作为智性的非概念生命幽深中的一种创造冲动，源于智性的前意识生命最初的源泉中，取决于灵魂的某种天生的自由和想象力，取决于智性天生的力量。

诗性直觉的内容包括两个方面：一是世界的事物的实在，二是这实在同时也包含诗人的主观性，二者都通过一种意向性和精神化的情感而被隐约地传达。诗性直觉是诗人寻常的精神状态，一般情况下，它可能长期被珍藏在灵魂中潜伏着，以一种优越的状态和突出的方式包藏和蕴涵在它自身之中。诗性直觉处在无意识的边缘上，一开始它就是充实的和完整的，而且包含着大量的效能。在创造过程中，诗性直觉的效能依靠专注于形式的完美和智力的不懈劳动，得以发挥自己的效能、实现自我。不过这种实现通常并非一定展露它的全部功效，因为创造在灵魂的结构中采取了不同水平的形式，诗人越是成熟，渗入其灵魂的创造性直觉的密度就越高。可见，马利坦所言的创造性直觉与诗人不断成熟的创造性自我是紧密地联系在一起的。如此，马利坦再次模糊了先天具备的创造性直觉与创造性主体（先天因素与后天因素的合体）之间的界限。

诗性直觉潜伏性的存在，随时随地会成为智性的前意识生命幽渊中的一种创造冲动，直至某刻，它从沉睡中醒来，不得不进行创造。这就是说，创造是人的必然，不创造则成为人的偶然。对诗性直觉的界定再次表达了马利坦对作为创造性主体的自我的肯定与强调。诗性直觉作为诗人"艺术的善的最初规则和最宝贵的光"①，它决定了诗人最本质的需要是创造。对诗和所有伟大的创作者来说，没有什么东西比创造性直觉更重要。因而马利坦认为，使柏拉图的缪斯入于诗人的灵魂之中的不再是诗神，而是创造性直觉。

既然灵魂之中的创造性直觉与灵感对诗人来说如此重要又必不可少，那么灵感与创造性直觉之间是一种怎样的关系？它们与创造性艺术的关系

---

① Jacques Maritain, *Creative Intuition in Art and Poetry*, New York, Meridian Books, 1957, p. 67.

又如何？

灵感与创造性直觉均出自人的灵魂，来自精神前意识的非概念领域。一方面，"诗性直觉是最本质、最精神化的，是灵感的最初成分和催化剂"。（Poetic intuition is the most essential and spiritual, the primary element and catalytic agent of inspiration.①）另一方面，"灵感的形成与诗性直觉是相一致的"。（Inspiration is made identical with poetic intuition.②）看似矛盾的两个命题，并非语言表述上的逻辑混乱，而是马利坦针对灵感的产生以及灵感产生时的状态两方面而言的。

上文已论述的诗性经验的扩散阶段，也即灵感最明显的表现阶段，它与诗性直觉的形成是一致的，只不过灵感显现的状态方式不同，被分为舒缓型和狂喜型两种。从诗性直觉入手，马利坦把与诗性直觉同时形成的灵感显现也表述为两种类型：一种是"处在诗性直觉幼芽中的灵感"，或者说"作为诗性直觉的灵感"；一种是"充分显露的灵感"，或者说"赋予理性和想象以翅膀、作为普遍渗透运动的灵感"，这种"充分显露的灵感"即处在诗性经验扩散阶段的灵感。"诗性直觉是灵感的最初成分和催化剂"，是指当处在诗性直觉幼芽中的灵感进一步发展时，就会使灵感获得其他所有特性，从而使灵感真正获得特性。也就是说，灵感的获得同诗性经验的两个阶段是相吻合的。只有经过宁静后的喘息再舒展开来的灵感才能够在作品中得以展现；否则，"处在诗性直觉幼芽中的灵感"如果没有诗性直觉的触动，它永远都会处于睡眠状态，如同一座没有喷发的活火山。对两种灵感显现状态的区分，就作品的意义及存在地位而言，所有的作品都必然是出自灵感的。灵感可以给予艺术作品一切，没有灵感的诗人是创作不出作品的。由此，马利坦断言："缺乏这两种灵感的诗人根本不是诗人。"（But those who lack both kinds of inspiration are no poets at all.③）作为诗性直觉的灵感是普遍渗透的灵感的基础，它永远是必要的；而普遍渗透运动的

---

① Jacques Maritain, *Creative Intuition in Art and Poetry*, New York, Meridian Books, 1957, p. 180.

② Jacques Maritain, *Creative Intuition in Art and Poetry*, New York, Meridian Books, 1957, p. 182.

③ Jacques Maritain, *Creative Intuition in Art and Poetry*, New York, Meridian Books, 1957, p. 181.

灵感则赋予理性和想象以翅膀，它永远是最吸引人的。这就是创造性直觉的显现。马利坦强调的运动—想象—创造是三位一体的，普遍渗透的灵感如同玻璃罩下的死蝴蝶，而普遍渗透运动的灵感则是飞舞的活蝴蝶。它舞动的翅膀告诉你：色彩、生命、舞动就是一切，就是创造。

既然灵感对于艺术创造如此重要，那么，诗人艺术家是否可以通过后天的学习与磨砺而获得呢？对于这一点，马利坦并没有持否定态度，而是给予了肯定，只是对给予的肯定没有展开论述。灵感的形成与诗性直觉是一致的，但马利坦承认只有一种源泉的力量是远远不够的，灵感的形成还必须灌注对净化思想的泰然关注、对艺术的善的理性、辛劳和一切逻辑与机敏、工作的智力的自我约束和自我入迷。这就是说，后天的磨砺与才、胆、气、识的培养对灵感的形成也具有极其重要的作用。其中对净化思想的泰然关注，与老子的"涤除玄鉴"、刘勰的"澡雪精神"有异曲同工之妙。对自我的约束与自我入迷则与王国维的"有我之境与无我之境"有冥会暗合之处。遗憾的是，马利坦对灵感后天的培养并没有给予过多的关注，只是给予了肯定，至于如何磨砺以加速灵感的来临或显现，他都没有具体提到。

马利坦对灵感的认知可以说是比较全面的，但我们也不否认其认知是有偏颇的，甚至有悖谬之处而无法自圆其说。这与他游走于先天赐予的诗性直觉与后天的创造性自我主体之间的张力有关。马利坦极力想弥合二者之间的张力，不想自身却跌落其中，几经挣扎而险象环生。马利坦一方面承认灵感是可以通过后天的功力来蓄养的；另一方面，他更认为灵感是自然而然产生的，这两种观点显然是矛盾的、不相融的。对于灵感的显现，除了上文提到的两种状态或方式之外，马利坦又讲到灵感显现的其他一些表现特征：间歇性、非正常性与突现性。"灵感的产生虽是自然而然的，但其出现却通常既不连续，也非频繁。"（Inspiration is natural，but neither continuous nor frequent as a rule.①）两相比较，马利坦更强调灵感的产生是自发自然的，绝非外力所致。但同时他也不否认灵感显现的方式是多种多样的。灵感的来袭通常出人意料之外，既不连续，也不频繁，它可能以各

---

① Jacques Maritain, *Creative Intuition in Art and Poetry*, New York, Meridian Books, 1957, p. 180.

种各样的伪装形式出现，让人无法知晓。它可能由愉快和兴奋而来，也可能因烦恼和不幸而发；它可能会强化诗人因良心受到折磨而遭受的悲痛，也可能使诗人不断与词语的贫乏作斗争。当灵感特别深沉的时候，它的存在有时并不被觉察；有时，它必须为在贫瘠土地上的辛勤耕耘和徒劳挖掘付出代价。马利坦描述了如此之多灵感显现的原因以及灵感显现的方式——激动、狂喜、谵妄和狂暴，但他马上又否定说这些丝毫都不是灵感的本质。泼墨似地描绘灵感众多的显现方式，说明马利坦对灵感的关注与重视，归根结底，是马利坦对创造性直觉的重视，马利坦坚信创造性与超然性是一体的。出于体系的需要，马利坦认为灵感出自前意识生命，是在最宝贵的诗性直觉之光照耀下得以产生的，灵感自始至终都应与诗性直觉整个发展进程同时存在，每时每刻都要依赖这永恒的源泉。此外，他又认为，灵感没有超越而处在对各种工具理性的寻求中。在某种意义上而言（就作品的意义及存在的地位而言），灵感给予一切，它在性质上是超然的、难以捉摸的；在另一种意义上（就表现方式而言），灵感并非超然的，而是一种理性的显现，否则，它不可能给出形式。当区分普遍渗透灵感和普遍渗透运动的灵感这两种形式的时候，马利坦就已经在自然与超然、必然与偶然、静与动、存在与敞亮之间构建了桥梁。这既说明了马利坦诗学的全面综合性特征，也显示了他在诗学理论中试图克服而无法克服的二元分裂性。作为诗性直觉的灵感如何可能发展为"普遍渗透运动的灵感"这一过程，马利坦始终都没有给予正面的解答。或许，他根本无力也不可能给予解答。

诗性直觉或创造性直觉是马利坦诗学的核心，诗性直觉与诗性认识、诗性经验、灵感以及诗性意义的联系是如此紧密。诗性直觉对于人的精神，就像鸟儿栖息巢穴那样自然，而且是世界和精神一道返回灵魂的神秘之巢。人的灵魂保有深厚的未被开垦的精神储备，诗性直觉就是最重要的一个。诗性直觉的功能之一，是把握世界中的事物的实在；另一个功能就是展现诗人的主观性。在诗性认识中，情感把灵魂所体验到的实在带入主观的深处和智性的精神无意识深处，并扩展到整个灵魂中。一方面，浸透灵魂的生命，将事物的某些方面与受到影响的灵魂构成同一；另一方面，流入生命源泉中的情感在智力的活力中被获得，在主观性中被启发性智性的光芒所照耀，朝向珍藏在灵魂中的所有经验和记忆，朝向有关流动着的意象、回忆、联想、感觉和潜在欲望的世界的所有智力。情感被激动，以一定方式趋向或倾向整个灵魂，从而在未开垦的丰饶的精神中被获得，这样，情感被转化为客观意向性状态，被精神化，从而具有意象性。所有这一切，都是通过成为智性工具的情感而被隐约地把握、认识。由此，智性、想象和灵魂诸力量在协调中，体验意向性情感带给它们的某种存在的实在。

诗性直觉不能通过运用和训练学到手，也不能通过运用和训练加以改善，因为诗性直觉取决于灵魂的某种天生的自由和想象力，取决于智性天生的力量。诗人只可以捍卫和维护它，以加快诗性直觉力量的自发进展和自身净化。诗人诗性直觉的内在质量，关键在于诗人的内在经验和这内在经验向主观性幽深处的日渐渗入。马利坦一方面将诗性直觉归入神秘的赋予（天生的），另一方面又将诗性直觉归于诗人内在经验的渗透。这种徘徊于模棱两可的立场与马利坦对灵感的看法是一致的，与他的神学思想进路（双向运动）也是一致的。但最终，马利坦还是偏向了超然性。对于诗人来说，最高的境界是对诗性直觉的倾心专注和服从，在自身与事物的契合中倾心聆听存在，聆听有限之中的无限。

诗性直觉既是认识性的，更是创造性的。诗性直觉朝向与被特定的情感所打动的灵魂同一的具体存在，朝向某种独特的存在，朝向具体而个别的实在的某种复合物。它不停留，不断超越，无止境地超越。诗性直觉没有概念化的客体，永远倾向于扩展到无限，这才是马利坦诗学理论中诗性直觉的真正内涵。在看似充分肯定了创造主体的重要性和主导性的基础上，马利坦将诗性直觉——精神无意识领域中的智性行为——艺术创造活动的原动力提升到了完全精神化、超然性的高度，以貌似简单实则错综复杂的解析探讨了这个永恒的难题。

第六章

诗性意义（poetic sense）

"诗有一种独特的意义，在我们心中引起一种诗性状态。诗是十足的个性行为，因此，它是无法描述的、无法界定的。……诗人通过诗而产生种种灵魂状态、画面和直觉。诗是唤醒情感的艺术，它反映整个内部世界。一首诗的个性程度、地方色彩、现实性和独特性愈强，便愈接近诗的核心。"① 这是德国浪漫主义诗人诺瓦利斯（Novalis）在《断篇》中对诗与诗性的描述。对诗的界定或描述，大多数诗人将诗理解为产生美感的东西以及来自审美满足的印象，将诗性的同义词理解为朦胧（暗示）或神秘。"真正的诗最多只能提供一种笼统的寓意，像音乐那样，发挥间接作用。……诗的意义与神秘论的意义有许多共同点。"② 对诗与诗性的认识，诗人诺瓦利斯太过于感性，他结合自身的创作将诗感言为一种人类的个性行为，认为诗所具备的暗示性、象征性为人们提供了一种接触最隐秘、最真实的思想的机会。这种将诗性与象征性、暗示性混淆在一起的诗学观为其后的唯美主义和象征主义诗学提供了依据，但缺失了对诗性的全面解读。马利坦对于诗性意义（poetic sense）的全面阐释，为人们更好地理解诗性提供了一个独特的角度。

"诗性意义之于诗，恰如灵魂之于人——它是诗性直觉本身运用其与生俱来的（native）、纯粹的（pure）直接效能（immediate efficacy）传达给作品的。这意味着，主观性连同回响在主观性之上的某些超表面的实在（transapparent reality），通过作品的全部要素和特性的复杂结构（configuration），在它的黑夜中被隐约地把握。这样一种最先的、原始的意义或含义（primordial sense），赋予诗以诗的内在一致性、必然的结构，而首要的是它的真正生命和存在。"③ 马利坦认为诗性意义是诗歌的灵魂，是诗歌真正的生命和本质存在。

对作品而言，诗性意义是内在于客体（即作品或诗的同体）中的。"作品中的诗性意义，呼应着诗人的诗性经验。"（The poetic sense, in the

---

① ［法］让·贝西埃等著，史忠义译：《诗学史》（上、下册），百花文艺出版社2001 年版，第 533 页。

② ［法］让·贝西埃等著，史忠义译：《诗学史》（上、下册），百花文艺出版社2001 年版，第 535 页。

③ Jacques Maritain, *Creative Intuition in Art and Poetry*, New York, Meridian Books, 1957, p. 191.

work, corresponds to the poetic experience, in the poet. ①) 诗性经验源于精神和智性的创造性本源中，涉及的是一种具有直觉性和意向性、被赋予情感和灵魂的某种状态，是浮现在精神的前意识界限上的一种隐约的、无法表达而又动人的认识的状态。诗性意义是诗人与事物相互内在交流、渗透、契合而生成的意义，这种意义将被欣赏者通过作品的全部要素和特性的复杂结构"在它的黑夜中"隐约地把握。可见，只有将诗性经验物态化，作为接受者的主体才能体悟到诗性意义的存在。诗性意义在黑暗中闪光，是诗性智慧的呈现，类似一种神境的完美呈现。

马利坦声称，所有伟大的诗人在创作实践中总是将诗性意义摆在首要位置。诗性意义对作品本身、对创造者的重要性是不言而喻的。

诗性意义的呈现离不开"从内部使之有生气的词语形式（the verbal form），离不开使之存在的整个词语结构（the whole fabric of words）"②。诗性意义离不开词语，这里的"词语"不单是表示意念的概念式符号，而是具有自己特有发声性质（sonorous quality）的客体。词语在相互关系中的符号功能（sign），既依赖这种物理的发声性质自身，又依赖它们所传达的意象（images），同时还依赖与它们相关联的"无法表达的氤氲（fog）或韵味（aura）"③，依赖它们的可理解的（intelligible）或逻辑的（logical）含义，因此，表达观念的概念意义，对诗性意义而言只是一种易变的掺杂之物，它完全属于诗性意义，仅仅是诗性意义全部含义的一部分而已。诗是通过"整个词语结构"（the whole fabric of words）而存在的。

诗性意义是三位一体的，由三个内在含义组成。其一是词语的概念意义，由概念或意象传达的意义，也就是平时所言的字面意义，马利坦称之为媒介意义；其二是词语的想象性含义，也可以说是隐喻意义，马利坦称

---

① Jacques Maritain, *Creative Intuition in Art and Poetry*, New York, Meridian Books, 1957, p. 191.

② Jacques Maritain, *Creative Intuition in Art and Poetry*, New York, Meridian Books, 1957, p. 191.

③ aura 一词，有气味、风味和圣象头部的光环等含义，本雅明将其译作"光晕"，用来泛指传统艺术的审美特征，也有学者将 aura 一词译作"气韵"。笔者将其译作"韵味"一词，理由有二：一是统观马利坦的诗学思想而定；二是 aura 一词确实与我国古典文论中的"韵味"有共通之处，笔者将在第十章"形神之辩"中给予论证。

之为意念价值意义；其三是更神秘的含义，即词语之间和词语所承载的意义内涵间的音乐关系，简言之，即音乐式的无法用概念表达的深邃朦胧的含义，马利坦称之为"被创造性直觉捕获的超现实意义"。三种意义三位一体，共铸成为诗性意义。马利坦看重的是词语之间和词语所承载的意义内涵间的音乐关系，这是一种"无法表达的氤氲或韵味"。这种音乐关系的构成同样需要三方位的共筑。其一，对于审美主体而言，他要努力去创造这种音乐关系；其二，对审美欣赏者而言，创造的这种音乐关系只可感觉、用心倾听、意会而无法言传；其三，这是（人的）生命与（创造的）生命之间的通感交流，是真正的生命和存在。在对音乐关系的审美过程中，马利坦强调了直观感悟的重要性。马利坦认为："音乐是感觉而不是声音。"（Music is feeling then, not a sound. ①）此处马利坦强调的是感觉（feeling），是旋律。（"诗乐合璧"是马利坦一个重要的诗学思想。在音乐中，旋律是诗性直觉即音乐作品的诗性意义的天生的、纯粹的、直接的生命力。具体论述详见"启示篇"第八章"音乐性"。）音乐回荡激起的情感体验是无形的，是缥缈的，是要用心去感觉、去体悟的。

人类的感觉中包蕴听觉、视觉、嗅觉、味觉、触觉，在论及诗性意义中的第三种意义时，马利坦剔除了人类感觉中的听觉、视觉、嗅觉，独独留下了味觉，虽不敢言此举为创制，但也可算是原创者的先驱之一。借用"味"来说明音乐中的美感并不是西方古已有之的理论，恰恰是西方唯心主义美学的鼻祖柏拉图最先将味觉从审美领域里放逐，"美是由视觉和听觉产生的快感"，"如果说味和香不仅愉快，而且美，人人都会拿我们做笑柄"②。黑格尔同样将味觉从审美领域里剔除，"艺术的感觉只涉及视听两个认识性的感觉，至于嗅觉、味觉和触觉则完全与艺术欣赏无关"③。可见，剔除味觉在审美艺术中的功效是西方诗学传统中的审美理念。

诗性意义的呈现，既依赖符号意象表达的逻辑概念意义，更离不开弥

---

① Jacques Maritain, *Creative Intuition in Art and Poetry*, New York, Meridian Books, 1957, p. 205.

② ［古希腊］柏拉图著，朱光潜译：《文艺对话集》，人民文学出版社 1963 年版，第 199～200 页。

③ ［德］黑格尔著，朱光潜译：《美学》（第一卷），商务印书馆 2008 年版，第 48 页。

漫其间的"无法表达的韵味"。这种韵味就是指诗性意义，也即"味外之旨"（"suggested" sense）①。诗性意义不仅包含表面的有生气的词语意义，更包蕴背后的"味外之旨"。"味外之旨"出自诗人拉伊莎（马利坦的妻子）之语，在《意识与无意识》中，她表述道："诗性意义并非'字面'意义，而是'味外之旨'……除非借助意识体验才能感觉到这种韵味旨意……韵外之意不同于'字面'意义（同样也不同于象征、比喻的意义）……除非借助智性的持续活动才可体悟'味外之旨'……这种'味外之旨'能够激起一种赞美之情（进而充满喜悦之情）。"[The poetic sense is not the "literal" sense but the "suggested" sense … The "suggested" sense will not be perceived except by conscious experience … The "suggested" sense is different from "literal" sense (and as well from the figurative sense) … While the whereas the "suggested" sense will not be seized except by activity of an exercised intelligence … whereas the "suggested" sense provokes Admiration (therefore the enjoyment of the savo r).]

"味外之旨"是隐约的，是要激起感觉的（cause to feel）。而感觉包含的不仅是听觉、视觉、嗅觉、触觉，还有味觉。感觉是丰富多彩的，感觉的方式是多种多样的。诗性意义显现能够让体验者在感悟、体悟、领悟后形成一种激起自身的钦赞、羡慕、喜悦之情，这种情感就是一种"无法表达的韵味"。"无法表达的韵味"与充满喜悦的滋味（savor）② 融为一体，这种给予人们的一种精神上的审美感受就是诗的价值所在，也是诗性意义的价值所在，即诗的真正生命力所在。而诗真正的生命与存在——"韵味"（aura，诗性意义的显现）——的最高境界是精神性的。

"诗的真正生命与本质存在是'滋味'。"（Poetry is a word of which the savor is the essence.）"这种滋味是纯粹精神性的。"（We say that this savor

---

① "suggested" sense 译为"味外之旨"，系笔者借唐代诗人释皎然《诗式》言"两重意以上，皆文外之旨"而译。马利坦强调的诗性意义至少有三层意义，最高的是难以表达的韵味，故译为"味外之旨"而没有译为"文外之味"是有原因的，见第十章"形神之辩"。

② savor 一词源自拉丁语 Sapor，指味觉能感觉到的特性，有滋味、气味、食欲、特殊性质或感觉等含义。

is entirely spiritual.①）诗是有"滋味"的形式，而"滋味"又是纯粹精神性的。这与克莱夫·贝尔的美学命题"艺术是有意味的形式"有很大的相似之处。有学者阐释道："有意味的形式"，英文词为"significant form"。"significant"是"富有意义的"或"意味深长的"，用在语言词缀方面指某种带有实义、有效、重要的性质。"significant"还有"重要的"、"重大的"（important）多种解释，内中还有"suggestive"等含义②。马利坦与克莱夫·贝尔都强调、重视艺术（诗）的形式。其一，因为离开了艺术（诗）的外在形式，艺术（诗）无以存在；其二，这种形式必须是有"意味"的形式，有"意味"意味着诗不仅要表达意义，而且要能引人深思，换言之，要能够激起感觉，而不可以"为形式而形式"；其三，有意味的形式与有形式的意味应该是统一的，即形式性与意味性是统一的；其四，二者高扬的都是审美情感，注重的都是精神性。他们观点的差异之处在于，作为崇尚原始艺术、拜占庭艺术、东方艺术的克莱夫·贝尔，他的命题是从反对再现、反对传统艺术出发，针对现代绘画艺术即视觉艺术而言的。克莱夫·贝尔认为艺术创作应该运用简化原则，去掉一切不必要的细节及卖弄的技巧而使作品具备"意味"，突显艺术家的审美情感。突显的"意味"就是指消除了所有利害关系、不同于一般日常情感的审美情感，"在各个不同的作品中，线条、色彩以某种特殊的方式组成某种形式或形式间的关系，激起我们的审美感情。这种线、色的关系和组合，这些审美的感人的形式，我称之为有意味的形式。而'significant form'则是所有视觉艺术中普遍存在的性质"③。这种完全非功利、完全超越的情感——审美情感——是由对艺术的纯粹的形式关系的凝神观照所引起，而不是由艺术品的种种表现、再现和思想内容唤起的。克莱夫·贝尔的艺术定义包含两个方面：一是艺术的形式性，二是艺术的有意味性。形式性与有意味性两者相比而言，克莱夫·贝尔更重视后者。克莱夫·贝尔如此标榜艺术的审美情感，一定程度上反而割裂了艺术的形式性与艺术的有意味性二者之间

---

① Jacques and Raïssa Maritain, *The Situation of Poetry*, New York, Philosophical Library, 1955, p. 14.

② 程孟辉著：《西方美学文艺学论稿》，商务印书馆 2007 年版，第 492 页。

③ ［英］克莱夫·贝尔著，周金怀、马钟元译：《艺术》，中国文联出版公司 1984 年版，第 4 页。

的内在关系。马利坦所言"诗是有'滋味'的形式"，同样内含以上两个方面，并且同样适用于现代绘画。"是否可以在现代绘画潮流中找到类似于现代诗所透露出来的东西。这样的比较总是危险的。然而在我看来，似乎可以说，关于诗人的概念—想象—词语的三合一相当于绘画中自然的外形—感觉—线条与色彩的三合一。"① 可贵的是，马利坦不仅没有将二者割裂开来，还强调了艺术创造中想象的重要性。克莱夫·贝尔在论画谈艺过程中恰恰遗漏了想象这一环节。在强调诗性意义首要性的基础上，马利坦更强调其内含组成的三位一体性。

诗性意义就是马利坦所言诗的"滋味"，就是诗本身所具备的不可言传的韵致、神秘魅力。诗的"滋味"不仅由形式体现，而且诗的"滋味"是纯粹精神性的。英国诗人雪莱（Percy Bysshe Shelley）也表达过类似观点："同其他艺术一样，诗歌中也有某些东西是不可言传的，它们（仿佛）是宗教的玄秘。诗的那些潜藏的韵致，那些觉察不到的魅力，以及一切神秘的力量，都注入心中。这些东西是没有什么教导方法可以使人学会的，正如无法教会人如何使人愉悦一样，它纯粹是造化的神功。"②

诗性意义与精神性密切相关。"以味论诗"的诗学思想背后凸显了马利坦强调的潜意识中的感觉。这种"以味论诗"的独创显然打破了西方由柏拉图以来至黑格尔建立的诗学传统。

在《大希庇阿斯篇》中柏拉图将味觉从审美领域里放逐，美的产生由形而下走上了形而上之路，直到鲍姆嘉通的《美学》诞生后，人们仍将其"感性学"误译为"美学"，强调其理性特征而将感觉这一本根审美质子排挤在外。鲍姆嘉通在其《形而上学》一文中写道："一个不清晰的观念，即模糊的或混乱的观念是感性的，而这类东西存在于我的灵魂里。"③ "不清晰的"意识就是"感性"意识。在人类最初的原始意识状态里没有理性的意识，只有感性的意识、经验的意识，随着人类不断高涨的对理性意识

① Jacques Maritain, *Creative Intuition in Art and Poetry*, New York, Meridian Books, 1957, p. 200.
② ［美］M. H. 艾布拉姆斯著，郦稚牛等译：《镜与灯》，北京大学出版社1989年版，第305页。
③ ［美］维塞尔著，贺志刚译：《启蒙运动的内在问题》，华夏出版社2007年版，第174页。

的认知与赞颂，理性意识开始逐渐排挤甚至抹杀感性经验这一领域。直至20世纪，柏格森的生命哲学才将人们从虚幻的形而上深渊中拉回来，揭开了感性直觉革命的序幕。弗洛伊德的精神分析学说更彻底地将人们的生命带入了一个无意识的深渊。在此基础上，马利坦对"直觉革命"和"无意识革命"进行了翻天覆地的改造。直觉作为对生命绵延状态的一种认知方式，可以穿越时空；同时，它又是一支残忍的芝诺之箭，刺痛人们去看清不断创造的生命与意识的非一致性，"弦响使我生，箭到就使我命丧！太阳啊！……灵魂承受了多重的龟影"，瓦莱里的这首诗穿透了马利坦的心窝。

意识连续不断的生命之光，构成了既无法退回又不能忽视过去的全部积淀物，这是一个流动的整体。一首诗，同生命一样，是一个整体，是活着的、有生气的整体。诗，只能从直觉开始而不能从分析开始，飞舞就是一切，创造就是人的生命，也是艺术的生命。从某种意义上来说，这就是使精神功能和生命本身同一化。

生命原本是受情感与本能支配的，但在合理化的掩饰下，情感和本能已被歪曲并伪装起来。这不但不利于人类生存，更甚者，生命反而借助于理性发展的技术，获得了空前残暴的被滥用的手段。马利坦独具慧眼地认识到在公开表示的理想与人类生活的肮脏和凶残之间的巨大差距，他毅然拒绝接受"一只眼的理性"的指使，寻求能够表示真实的人类经验的解答，这就是翱翔于智性边缘的创造性直觉。对康德来说，所有的直觉都来源于感觉；对马利坦来说，所有的直觉是情感与本能的结合体，源于概念的前意识生命中。

直觉源于概念的前意识生命本能中。在人类生命本能中，食则是本根之本根，这是生存的第一需要。"民以食为天"，这既是人的本能，也是人的天性。饮食对于中国人而言，更是非比寻常，食与天齐。在中国文化中，不论是古代的祭祀活动（祭品）、宗教迷信思想（随葬品），还是政治活动领域（宴请），无不与饮食密切相关。饮食作为中国文化现象中的一种特殊样态，它在文学领域里烙下的深深印迹就是"以味论诗"。"以味论诗"这一命题不仅积淀了华夏民族的审美情趣，而且彰显了审美艺术的经验性思维特征。马利坦关于诗性意义中"无法表达的韵味"指的就是这种艺术上的审美特性。

　　在中国古典审美体验的范畴中，"味"居首位。将"味"与精神生活联系起来的是先秦诸子。"治大国若烹小鲜。"（《老子》第六十章）老子将治理国家比作烹饪，言下之意是要讲究方法与火候。"为无为，事无事，味无味。"（《老子》第六十三章）老子将味与其哲学观念"无为"、"道"联系在一起，"无味之味"指的就是与个体绝对自由境界相连的一种体验。"'道'之出口，淡乎其无味，视之不足见，听之不足闻，用之不足既。"（《老子》第三十五章）"味"第一次作为美学范畴由老子确立，为后世古典美学中"味"的规定性开辟了方向。孔子听韶乐三月而不知肉味，这种将音乐之美与美食味之美类比联系的方法，不仅表明了音乐之美要以感觉为基础，而且开了"以味论乐"之先河。在先秦，诗乐一体，后世"以味论诗"的滥觞显而易见。马利坦虽然没有如孔子般将饮食之中的肉味与诗乐作比，但他在"以感觉为本"去体悟诗之"无法表达的韵味"这一点上与其是相通的，二者都强调了感觉的重要性，而不是理性分析的重要性。在体悟诗之味的道路上，最高的境界是"精神性"。马利坦的目的是将人们引回自身的灵性生活，这同古代先秦诸子的观点是不谋而合的。只不过，老庄的最高境界是"道"，目的是"无为"、"超脱"；而孔子的最高理想是"仁"，目的在于"教化"、"平天下"。儒、道都言味，儒家讲"遗味"（"清庙之瑟，朱弦而疏越，一倡而三叹，有遗音者矣。大飨之礼，尚玄酒而俎腥鱼，大羹不和，有遗味者矣。"《礼记·乐记》），与伦理道德境界的体验相联系，个体必须与之合一，而不能超越它。道家谓"无味"之味，则与个体对绝对自由的体悟相联系，它要求个体与道合一。马利坦取儒道两家之长合而用之，既要求个体的绝对体验、体悟之自由，又要求这种体验、体悟必须极力和与之相对的最高精神性相吻合。这种最高的精神性既包含伦理道德之意（化人），又蕴涵与神相和（神人以和）之韵，是以人自身为起点的一种双向无限接近运动，而不是一种能够完全达到的合二为一的境界。这不是一般的行动所能解决的问题，而是要用创造性直觉去不断地努力的一个方向和终极目标。

　　精神的体悟只可意会（在意识经验中感悟），不可言传（只在字里行间）。这种无法表达而只能从感觉直观中去体味艺术之美的理论就是"以味论诗"。虽说"诗性意义"绝对无法囊括中国古典诗论中的"气"、"韵"、"味"、"境"、"神"五个范畴，但多多少少都与这五个范畴有意会与相和之处。可见，"东海西海，心理攸同"，东学西学，本根一学。面对虚无主义和否定一切的精神状态，马利坦高扬起诗性意义，试图用有机统一整体的观点来挽救文学创作中日趋没落的崇高感，来修复诗学理论中的碎裂现象，这不能不说是一种敢为天下先的精神。

总之，诗性意义是诗的内在旋律，它只能被心（智性、感觉、情感）所领悟。正如马利坦所言："读者要么经过一段时间的细心复读或智性的专心之后（特别是针对那些'难懂'的诗或是那些本质上晦涩朦胧的诗），要么经过一段时间敞开他的思想和感觉被动地专心于有意义的情感之后，直觉地加以领悟。"［And which the reader intuitively perceives, perhaps after a time of careful rereading, and either of intellectual concentration (especially when the poem is "difficult") or (especially when the poem is obscure in nature) of passive attention opening his mind and feelings to significant emotion. ①］

作为诗歌的灵魂的诗性意义，不仅是诗歌的真正生命和本质存在，还为人们理解古典诗歌与现代诗歌的差异提供了一个切入的角度。这不仅很好地解释了现代诗歌的模糊性，还厘清了人们对诗歌的明晰性、朦胧性的错误认知，一定程度上为人们鉴赏诗歌提供了指导意义。

首先，对诗歌进行"清晰诗"与"朦胧诗"的二分划法，马利坦是不赞成的。所谓诗歌是清晰的抑或朦胧的，是相对于概念意义而言的。诗歌的灵魂——诗性意义应该是所有诗歌的真正生命与本质存在。从这种意义上来讲，没有哪一首诗歌可能是完全朦胧的，也没有哪一首诗歌能够绝对清晰。同样，没有哪一首诗歌能完全摆脱概念的或逻辑的意义，也没有哪一首真正的诗歌仅仅是从概念的或逻辑的意义中而不是从诗性意义中获得它的生命的。诗性意义的丰富性和模糊性源于诗歌的创造本源——诗性直觉的丰富性和模糊性。这种内涵丰富的创造性直觉不仅是现代诗歌的创造源泉，也是古典诗歌的生命之本。一切诗歌皆由精神无意识领域中的创造性直觉催生而存在于精神世界中，一首诗歌既可是朦胧的，也可是清晰的，关键只在于诗性意义。

其次，强调诗性意义的首要性便于马利坦对古典诗歌与现代诗歌的弊

---

① Jacques Maritain, *Creative Intuition in Art and Poetry*, New York, Meridian Books, 1957, p. 192.

病进行反思批判。马利坦不仅批判了古典诗歌中的僵死创作，而且对现代诗歌对诗性意义的首要性完全认可而走向极端付出高昂代价的创作也同样给予了批判。古典诗歌创作中强调概念明晰的原则，成为造成无数的平庸诗（概念意义优于诗性意义的诗）存在的理由，而且常常会导致古典诗歌为了概念明晰的理论原则而遮蔽了诗性意义；同样，现代诗歌为追求诗性意义的首要性而漠视了其他意义，导致诗歌自身无论如何永远都不知道其所传达的含义，造成现代诗歌不知所云、晦涩难懂。现代诗歌一反古典诗歌直抒胸臆或白描景物的传统内容，转而表现现代社会中扭曲的心灵、异化的人性、悲观绝望的情绪和虚无主义的生命感受，醉心于开掘直觉、本能、幻觉、无意识等心理层次，大胆采用自由联想、意象、隐喻、意识流等反陈述艺术手法。这是一种创新，也是一种革命，但绝对不可以如麦克利什（Archibald Macleish，1892—1982）的一首诗所言：

A poem should not mean
But be.

一首诗不应意味着什么
可它存在。

所有伟大的诗人在创作实践中总是将诗性意义摆在首要位置，马利坦认为这是无可厚非的，也是极其必要的。某些现代诗人为反传统而走向极端，为形式而形式，造成现代诗歌难懂、难以卒读的做法是极为不妥的。为此，马利坦就现代诗歌的朦胧性作了进一步的阐释。

现代诗歌中的朦胧诗，情形也不尽相同。从大处可分为两类：

一类是诗本质上并不朦胧，即外形上并不朦胧，却深奥、难懂。导致"朦胧"情状的第一个原因，是诗歌本身承载的沉重、集中的逻辑内涵所拥有的能理解度和复杂性，如马拉美、瓦莱里、霍普金斯、庞德、艾略特等诗人的诗歌，他们的诗可称作"深奥的"诗。导致"朦胧"情状的第二个原因，是诗人对逻辑意义的力量十分关心甚至到了紧张的程度，以至于想用一个单一概念来解释诗的全部结构。法国诗人阿波利奈尔（Apollinaire）的诗集《醇酒集》（*Alcools*）中的一首诗就属于第一类。

Je n'ai plus même pitié de moi

Et ne puis exprimer mon tourment de silence

Tous les mots que j'avais à dire se sont changes en étoiles

Un Icare tente de s'élever jusqu'à chacun de mes yeux

Et porteur de soleil je brûle au centre de deux nébuleuses

Qu'ai-je fait aux bêtes théologales de l'intelligence

Jadis les morts sont revenus pour m'adorer

Et j'espérais la fin du monde

Mais la mienne arrive en sifflant somme un ouragan. ①

我对自身已不再有同样的怜悯

没有什么可以表达我无声的苦痛

我想说的所有言语都变成了星星

伊卡洛斯企图飞到我的眼前

我将手持太阳者放在两片阴云中燃烧

对智慧的神学家我该做什么

之前的亡魂显现艳羡我

我希冀着世界末日

可我的末日如飓风般呼啸而至。

　　阿波利奈尔的这首诗写于"一战"期间，战争中他负了伤，死神正悄悄地走近他，这首诗因隐喻（希腊神话中为逃离困境、向自由飞翔却堕入死亡的伊卡洛斯②）的运用而使诗本身是极度浓缩的，但它却是一首清晰的现代诗，因为它表达的概念意义——死亡——是明晰的；同时，它又是开放的，而不是封闭的，因为它用意象（无声—苦痛、言语—星星、末日—飓风）来表达痛苦、恐惧、绝望的心情，不再受限于任何表达概念的

---

　　①　Jacques Maritain, *Creative Intuition in Art and Poetry*, New York, Meridian Books, 1957, p. 196.

　　②　伊卡洛斯，法语 Icare，同英语的 Icarus，希腊神话中的人物，代达罗斯的儿子，他乘着父亲做的人工翅膀逃离克里特时，由于离太阳太近以致粘翅膀用的蜡熔化而掉进了爱琴海。

中介。

　　另一类是伴随着感情的朦胧而导致诗歌在本质上是"朦胧"的，在这类"朦胧"诗中，诗人与词语意义、建设性力量的智性奥秘无关，而与摧毁每个符号的意义功能的神秘掩饰物或障碍相关。诗人想通过使词语贬值和弄混它们而从这种固有的掩饰物中解放出来，使词语成为表达诗性意义更灵活、更透明的手段。这类诗能迫使人们更深地进入诗之奥秘的创作中。

　　马利坦把现代诗的"朦胧"分成两种类型：一类是概念和概念的言词可能大量存在，但由于它们不是听命于逻辑关系，而是听命于想象力的精神统治，服从主宰意象活动的夜曲规律，因此几乎不传达任何明晰的概念意义；另一类是概念的言词要么已经消失，要么被减少到最低限度，要么只不过是隐喻，从意象中可慢慢感知的概念含义只是含蓄的，再没有哪怕是通过意象传达的明晰的概念意义。这类朦胧诗又可分为两种情况：其一，这种含蓄的概念意义仍是限定的，它指向一个对象，尽管只是以含蓄的方式。如哈特·克莱恩（Hart Crane，1899—1932）的诗集《桥》（*The Bridge*）中的《弗吉尼亚》（*Virginia*）：

High in the noon of May

On cornices of daffodils

The slender violets stray.

Crap-shooting gangs in bleecker region,

Peonies with pony manes——

Forget-me-nots at windowpanes.

五月的正午

在黄色的檐口上

纤细的紫罗兰凋零了。

布利克区冒险的一伙，

芍药伴着小马鬃毛——

勿忘草在窗玻璃上。

诗中通过紫罗兰、芍药、小马鬃毛、勿忘草之类的动植物意象传达了一种含蓄的概念意义，这些意象既可指向对温馨的乡村生活之回忆或向往，也可指向神秘的大都市，诗人的情感直觉由此被激动。其二，概念意义是未定的，它没有对象，只是从某个方向来推动读者的智性，而这个方向在诗中并没有什么东西使之清晰可辨，只是激励读者朝向它，从而使读者感到虽然什么都不可见，却有些东西应被看见。如约翰·皮尔·毕晓普（John Peale Bishop）的诗《景色是绝壁》（*Perspective Are Precipices*）：

> I see a distance of black yews
>
> Long as the history of the Jews
>
> A road sunned with white sand
>
> Wide plains surrounding silence. And
>
> Far-off, a broken colonnade
>
> That overthrows the sun with shade.

> 我看见远处的黑紫杉
>
> 长如犹太人的历史
>
> 一条笼罩着阳光的白沙小路
>
> 一片寂静的旷野。而且
>
> 远处，一根折断的廊柱
>
> 阴影颠覆了太阳。

诗中有黑紫杉、历史、白沙、旷野、廊柱、阴影、太阳众多概念，但是人们不能确定诗歌存在的真正含义是什么。只有通过与直接的理解力毫无关系的深沉反思，才可能推测出它的某些意义，被意味的事物蕴涵的诗性意义似乎仍是未知的。作者是感慨历史，还是关注未来？是写眼前的景色，还是表达一种情怀？也许兼而有之。对诗歌来说，能拥有黑宝石般的光辉就够了，更何况，智性从这种光辉中得到了愉悦。

马利坦将精神前意识中的非概念、非逻辑的诗性经验与作品中的意象概念、逻辑理性蕴涵的诗性意义联系起来分析现代诗朦胧晦涩的原因，是鞭辟入里的。他不仅阐明了现代诗诗性意义的丰富性和模糊性，而且溯源了丰富性和模糊性的诗性意义之本源——诗性直觉的丰富性和模糊性。诗性意义是创造性直觉的第一次顿悟，诗性直觉的丰富性和模糊性导致了诗性意义的丰富性与模糊性。内涵丰富的创造性直觉不仅是现代诗的创造源泉，也是古典诗的生命之本。以现实逻辑的思维去理解现代诗自然感到难懂，摸不着头脑。古典诗的创造本源——诗性直觉——在意识领域中已经被明确表达为成熟意象和理性概念，意识中这种诗性认识的清澈澄明近似于形象的理性认识，只要运用通常的、非陌生化的语言形式，通过明确传达事物所需要的逻辑组合，古典诗的诗性意义就会呈现出来。换言之，由精神无意识领域中的创造性直觉催生、存在于精神世界的诗性意义，通过语言的媒介将其物化，诗人潜意识中以诗性认识把握的创造性直觉便得以以词语形式固定为诗性意义。与现代诗相比而言，古典诗之诗性意义包括的想象性含义和概念意义相对比较凸显，在明亮清晰的理性光芒照射下，诗歌内在的神秘意义显得大大萎缩甚至隐遁，退化为词语外在的音乐形式，也即常说的诗的韵律、节奏。从接受角度来看，古典诗的意义是双重的，最初的意义是理性的，其次才是最终表达的诗性意义。经过理性概念意义的诠释后，古典诗的诗性意义自然清晰明了。现代诗的创作太过于专注诗性意义，源于灵魂深处神秘地带的精神活动往往只推进到潜意识就裹足不前了。其表现形式的意象和概念还处于初生状态，尚未成形，进一步的词语表达也只是一种自由的直觉化表达，导致想象性含义和概念意义的模糊与个性化，从而增加了理解的难度，晦涩感自然凸显出来，诗歌所传递的诗性意义必然朦胧且晦涩。如爱尔兰诗人乔伊斯的作品，他以人间所有的词语为基础创造了一种传达可理解意义的"新"语言，不过这种"新"语言只有他自己才能透彻理解，其他探索者只能被迫在由意象所构成的语言中将逻辑的或概念的意义隐藏起来。尽管古典诗和现代诗的来源一样，但是，由于创造性直觉一直深入到诗人的意识领域，当诗性直觉被清晰地把握后，再加上清晰的逻辑语言表达，通过一组具有理性化和社会化特性的明确事物得以表现，古典诗就很容易为人们所理解和接纳，而现代诗则在一定程度上遮蔽了这种清晰性。

导致现代诗的可理解性与模糊性的原因是多种多样的。从诗的本源处——诗性直觉与诗性意义——探讨古典诗与现代诗的清晰性（可理解性）与模糊性是最本根的。此外，马利坦还从文化发展过程中人类生存的处境与状态这个角度探讨了现代诗的可理解性（清晰性）与模糊性。他认为，导致现代诗歌朦胧性的主要原因还在于一种对内在生命的纯粹自由的绝望，"首要的是被本真现实攫扣的绝望与内心生活对纯粹自由的渴望之间的悖论"。(It is first of all——the despair of seizing absolute reality，the interior life in its pure liberty.①) 绝望与渴望之间的悖论造就了现代诗无与伦比的晦涩与模糊，这正是现代人灵魂的绝妙写照。绝望与20世纪人类的生存状态密切相关。面对上帝不存在，一切都是许可的西方社会，现代人并没有体验到绝对自由，相反，自由早已与人类的生存毫不相干了。纯粹的自由是绝对不可能的，相对的自由也是极其有限的，真实的人类生存状态处于禁锢与麻木、残忍与断裂之中。失去灵魂与情感的内在生命发出对纯粹自由的绝望之声，仅存的自由只能在艺术这一超然的领域显现出来，这就是现代诗传达出的支离破碎的情状。其次，绝望之余的挣扎与超越同样是现代诗朦胧的原因。诗人处在对任何发生的事物想表达却又无法言传的欲望中，或是源于一种感觉、梦想而无法说出的神秘、启示，或是一种以不寻常的类比来表达不能言说的超越之梦幻。"一定程度上，诗歌本身所表现的晦涩基于诗人的灵感源于一种情感，那种对神秘事物无法表达的情感或是梦幻，基于诗人一种对不寻常事物类比的发现或者启示，基于诗人一种对任何发生的事物想表达却又无法言传的欲望，这些灵感、感觉、发现、欲望都是不容置疑的，又都是超然物外的。"（A certain obscurity follows on an inspiration which proceeds from sentiment or from dreams，the sense of the unsoundable mystery of things，the revelation，the discovery of unwonted analogies，the desire to express，come what may，the ineffable，are the positive and transcendental cause of the obscurity in poetry.②) 最后，从文学史变迁的角度看，出于对因循守旧的传统诗歌形式的创新，现代诗走向朦胧晦涩也是必然。换言之，这是现代诗对古典诗进行革新、反叛的必然结果。"诗歌朦胧的另一个原因在于革新形式上的必然结果。当这种晦涩经历了诗歌长期的因循守旧之后，现代诗的朦胧性尤其不可避免。"（Another

---

① Jacques and Raïssa Maritain，*The Situation of Poetry*，New York，Philosophical Library，1955，p. 9.

② Jacques and Raïssa Maritain，*The Situation of Poetry*，New York，Philosophical Library，1955，p. 11.

source of obscurity is found in the extreme necessity of renovating forms. This obscurity is especially inevitable in the inventors who arise after a long period of conformism. ①)

综上所述，"诗性意义"这个范畴不仅阐明了诗歌（无论是古典诗还是现代诗）的清晰性与模糊性的原因，而且对现代诗的可理解性与模糊性作了精辟的阐释，为人们正确理解、欣赏现代诗提供了指导意义。质言之，对于现代诗，要善于运用一种不同于解读古典诗的方法去品味它，直觉地领悟它。现代诗在某种程度上较好地保持了诗歌先天的特质，是诗性直觉更自然、更本质的一种表达，更具有真正纯粹的诗的品格和精神。在探讨诗性意义的过程中，马利坦不仅从作者、作品、读者多方面的关联中切入，还从文学史的角度入思，可见马利坦诗学研究思路之开阔、灵活与深刻。难能可贵的是，马利坦的诗性意义理论还为现代绘画与现代诗歌的一体性找到了契合处，印证了诗画一体说。

总之，诗性意义是诗的内在旋律，它在黑暗中闪光；诗性意义是诗之内在本体论的圆满实现，它给予诗真正的生命和存在的意义。同时，诗性意义的存在不能与诗性作品的形式结构相分离并实实在在受到形式的约束。

诗性意义（精神）使诗呈现了存在的形体与灵魂、价值与意义。其丰富性体现在诗是形与质的统一，诗是逻辑理性与启发智性的合一，诗是形而下与形而上的同一，诗是真正意义上生命的自行敞开。通过纯粹的直觉观照，诗能使人们的心灵变得超脱，能祛除物质世界实用性和功利性的障碍，能超越语言符号抽象的一般性，能抛弃掩盖个体生命体验的社会道德准则，能在无遮无碍的瞬间进入物我无间、精神互通的美的境界，自由体悟生命的奥秘。诗性意义的模糊性呈现为主体性与他物性界限的消除，意识与前意识生命的连续，理性与神秘性的一体。

---

① Jacques and Raïssa Maritain, *The Situation of Poetry*, New York, Philosophical Library, 1955, p. 11.

启　示　篇

　　一切诗歌皆由精神无意识领域中的创造性直觉催生，并存在于精神世界。存在于精神世界的诗，严格意义上还不能称其为诗，还要通过语言媒介将其物化，诗人潜意识中以诗性认识把握的创造性直觉最终以词语形式固定为诗性意义。诗性意义的最终呈现离不开诗语，离不开从内部使之有生气的词语形式，离不开使之存在的整个词语结构。诗中词语表达的诗性意义是一种超现实、非理性的单一意义，其中包括尚处于初生状态的由意象表达的概念意义、处于前概念的想象性含义和神秘的音乐意义。它们彼此交织渗透，你中有我，我中有你，最后以"摆脱任何有规律的先确定的形式的束缚"而呈现。由此观之，马利坦诗学语言物化论中诗性意义的显现呈现为以下三个特征：想象性（包含意象）、音乐性和启示性。

第七章

想象性

何谓想象（imagination）？想象的作用，想象在整个诗歌史中的地位，想象与幻想的异同，想象与意象的关系等，这一系列问题完全能够写就一部想象诗学史。

在艺术批评领域中，想象已被公认为是艺术家进行艺术创造必不可少的才能之一。在马利坦的诗学思想中，想象同样占据着非同一般的地位。马利坦关注的不仅是诗人的创造力源泉问题，还涉及了想象与诗之创造的关联，更深层的关注是想象与人类的生存状态。

在《艺术与诗中的创造性直觉》（*Creative Intuition in Art and Poetry*，1957）一书中，马利坦并没有单独拈出"想象"这一术语用一章专门论述，他是在论述"灵魂诸活力的唯一本源"这一小节中提出"想象"这一概念的。"想象同智性一样，同为诗的精髓。"① 马利坦认为，"想象"是构成唯一本源的众多活力之一，与之同在的还有智性、想象、感觉（sense）、本能、爱欲、欲望、活力、精神等，其中最重要的是智性、想象、感觉，这三者依次从灵魂的本源中萌生以至流泻而出，从其源出而言，智性、想象、感觉是三位一体的。智性（Intellect）概念已在"原诗篇"第一章"释诗"和第三章"灵魂中心带"做过比较详细的阐释，不再赘述。

想象、感觉、智性三者同处于灵魂统摄下的精神的前意识领域。它们的关系只有域的、次序上的区别而没有量的差别；它们是同一灵魂派生出的既处于不断扩展中又相互作用的众多活力，混沌一团，共同协作，成为艺术创造诞生的源泉处。

想象介于感觉与智性之间，它通过智性从灵魂中萌生并为智性服务；感觉则通过想象同样从灵魂中萌生并为想象服务，也为智性服务，三者共存于精神的前意识领域。想象作为介于感觉与智性之间的一个重要环节，是感觉与智性之间的桥梁与介质，是灵魂深处上下运动的一种巨大推动力；没有这种推动力，诗绝无可能诞生。这种巨大的推动力即想象力，也是"诗"得以存在的源泉。"在灵魂力量的单一本源上，在这种包含想象的自由生命的智性的自由生命中，在精神的无意识中，诗获得了自己的源泉。"（Here it is，in this free life of the intellect which involves a free life of the

---

① Jacques Maritain，*Creative Intuition in Art and Poetry*，New York，Meridian Books，1957，p. 4.

imagination, at the single root of the soul's powers, and in the unconscious of the spirit, that poetry, I think, has its source. ①）想象（imagination，也可译作"想象力"）在马利坦诗学理论中的地位非同一般。马利坦将想象抬至与智性并重的位置，这似乎与他在灵魂的构成表述（见第三章的图）上有相左的地方。其实不然，我们要考虑到语言表述的局限性与图示的僵化性，更要能够完全理解马利坦所要表达的主要思想。在不同的章节中，他将智性、想象、感觉的重要性排列顺序打乱，正应合了其三位一体的神学理念。三个位格都重要，不可或缺；三个位格都在发挥着作用，担当的重任有别。前文马利坦提到缺乏灵感的诗人根本不是诗人，也就是说，有无灵感是判定是不是诗人的一个标志；同样，想象力也是区别诗人与非诗人的一个重要标志。驰骋的想象是诗得以自由飞翔的翅膀，没有想象，也就没有诗。马利坦对想象（想象力）给予非同寻常的重视无可厚非，对想象定位的矛盾表述同样发人深思。首先，想象与智性并重且同源，均从灵魂中萌生，而人的灵魂是不朽的且是上帝赋予的，那么，想象必然也是上帝赋予的且为所有人所拥有。那诗人与非诗人（凡人）的区别何在？其次，想象力作为灵魂深处上下运动的一种巨大推动力，为何可以因人而异？马利坦并没有就这个问题给予正面回答。他只强调，为了释放心灵中的创造性能力，必须运用智性中富有活力的能力——想象力。

想象（想象力）是人类一切知觉中的永恒力量和第一动力。想象力作为评价诗人地位价值高低的一种标志已是浪漫主义诗学兴盛之后的事；在此之前的诗学理论中有关想象的论述并不多见，想象作为诗人最重要的才能之一并没有引起诗学理论家足够的重视。古希腊诗人品达在谈论《荷马史诗》的魅力时说："俄底修斯其实并没有经历那么多的苦难，我相信他的声名是靠荷马的诗得来的，荷马的想象和技巧有无限魅力；诗人的艺术迷惑了我们，使我们把虚假的事当真了。"② 诗人品达认为，虚假的事物经过巧妙的想象加以装点，人们就信以为真了。这是诗人品达对荷马想象艺术魅力的评价，这种想象的魅力只因与技巧并置而得到重视；也就是说，

---

① Jacques Maritain, *Creative Intuition in Art and Poetry*, New York, Meridian Books, 1957, p. 79.

② ［美］韦勒克著：《近代文学批评史》，中国社会科学出版社 1980 年版，第 8~9 页。

在某种程度上，想象只是艺术创作的技巧之一，作为为艺术功效服务的手段，艺术家使用想象这种技巧，其目的只有一个——为真。如亚里士多德《诗学》所言："荷马能把谎话说得圆。"而能把"谎话说得圆"的技巧凭借的就是想象，将想象视为艺术技巧，从而使艺术显得更"真"。正是出于此因，柏拉图在《理想国》中对诗人的想象（也即虚构）提出了最有力的谴责。首先，柏拉图认为，诗并非对事物本原的理解，诗制造影—象（images），假象被伪装成了真实。也就是说，诗是对可能存在的状态和行为的创造。其次，柏拉图认为，诗作为一种摹仿，而非本真，有政治上的缺陷。因为诗怂恿放纵，怂恿满足欲望，尤其是爱欲。从政治意义上来看，诗是作为有益的谎言、高贵的谎言才被允许进入理想国的，否则诗只能从理想国里被流放、被驱逐。柏拉图举例说，"从小就摹仿适合保卫者事业的一些性格，摹仿勇敢，有节制、虔敬、宽宏之类的品德；可是卑鄙丑恶的事就不能做，也不能摹仿"①。可见，想象作为一种非本真，不仅不被柏拉图所推崇，而且只是作为诗歌的创作技巧之一被接受，成为西欧诗学发展至 18 世纪末最重要的诗学观点。

与之相关的另一个诗学观点是，人对美的判断与鉴别最主要的器官是眼睛，即视觉，而不是味觉。"美只起于听觉和视觉所生的那种快感"②，"只有循着这条路径，一个人才能通过可由视觉见到的东西窥见美本身"③。由柏拉图开创的只对视觉、听觉的审美重视，排挤了其他感觉器官对审美的功能。视觉成为最接近人的心灵的感觉，也最为美所吸引，因而人们时常会谈到美的景象和声音，而很少提及美的滋味和气味。"以味论诗"在诗歌创作、审美过程中的作用，本书在第六章"诗性意义"里已作出论证，不再赘述。

想象成为衡量艺术作品是否具备生命力的最重要标志源于 19 世纪的浪漫主义诗学。华兹华斯（William Wordsworth）在《抒情歌谣集》（*Lyrical Ballads*，1798）序言中将想象力界定为：想象力"是和存在于我们头脑中

①　[古希腊] 柏拉图著，朱光潜译：《文艺对话集》，人民文学出版社 1963 年版，第 52 页。

②　[古希腊] 柏拉图著，朱光潜译：《文艺对话集》，人民文学出版社 1963 年版，第 200 页。

③　[古希腊] 柏拉图著，朱光潜译：《文艺对话集》，人民文学出版社 1963 年版，第 273 页。

的，仅仅作为不在眼前的外在事物的忠实摹本的意象毫无关联的。它是一个更加重要的字眼，意味着心灵在那些外在事物上的活动，以及被某些特定的规律所制约的创作过程或写作过程"①。华兹华斯不仅提高了想象的地位和价值，还力图使想象与联想、幻想区别开来，因为 18 世纪以来的诗学传统基本上将想象看做联想、幻想的代名词。华兹华斯认为，想象应该完全脱离被动的、消极的地位，通过自身的能力进行创造。华兹华斯将想象力界定为具有不同世界观的诗人对于世界的把握能力与方式，心灵在处理那些外在事物的活动上所遵循的"特定的规律"。这表明想象已不是对已有的观念、意象进行归类或区别，而是具备了与联想不同的创造功能。这种能力使诗人的心灵之眼可以对天上、地下的东西无所不见。华兹华斯力图在审美创作中将想象从视觉权威中扩展出来的努力是相当成功的，以柯勒律治（Samuel Taylor Coleridge，1772—1834）对他诗歌的评价为证："一个有视觉、听觉、触觉的主体在与外界大自然的接触中，从心灵传递各种感觉，而不是从感觉中组成一个心灵。"② 由视觉审美扩展到听觉、触觉审美，这不仅是对传统美学有意识的反叛，更是人们对主体认知的加深与反思。心灵在华兹华斯的诗学中不仅是能动的，而且是先验的。想象之所以能有创造的力量，是因为灵魂庄严地意识到自己强大的、几乎神圣的力量，想象就是被这种庄严的意识所制约的。在此层面上，华兹华斯试图将想象与幻想区别开来。首先，幻想过程所遵循的规律和偶然的事物一样变化多端。想象与幻想"同样也具有加重、联合、唤起和合并的能力"，但在本质上，它们是分属于不同世界观的诗人对生活的把握能力。其次，想象激发和支持人们天性的永恒部分，而幻想则刺激和诱导人们天性的暂时部分。实质上，华兹华斯最终并没有能够将想象与幻想二者泾渭分明地分开，他由衷地感叹"幻想怎样野心勃勃地力求和想象互争短长，而想象又怎样屈身于处理幻想的素材"。虽然华兹华斯提高了想象的地位和价值，但想象也只是作为诗人的创作能力之一被认知的。关于想象与幻想的异同，柯勒律治与华兹华斯产生了争执，彼此观点的分歧显现出柯勒律治的美学理念与马利坦的诗学思想的一致性。

---

① 刘若端编：《十九世纪英国诗人论诗》，人民文学出版社 1984 年版，第 42 页。
② ［美］M. H. 艾布拉姆斯著，郦稚牛等译：《镜与灯》，北京大学出版社 1989 年版，第 83 页。

柯勒律治在《文学生涯》（*Biographia Literaria*，1817）中言："幻想实际上只不过是摆脱了时间和空间秩序的拘束的一种回忆"①，"假如华兹华斯先生所说的感发和结合的能力，同我所说的聚集和联想的能力是一个意思，并且只止于此的话，那我仍然要说，它根本不属于想象……"② "我主张，占首位的想象是一切人类知觉的活力和原动力，是无限的'我存在'中的永恒创造者在有限心灵中的重演。同时我认为，居第二位的想象，则是占第一位想象的反响……只有在程度上和产生功能的方式上才与它有所不同。它溶化、分解、分散，以便于再创造……"③ 在柯勒律治看来，幻想是被动的，是一种映照活动，是聚集在一起的联想能力；而想象是创造，具有一种"同化力"和"合生能力"，是有生命力的，是充满活力的，能够生成和创造出自身的形式。拥有想象力的诗人像神一样"以自己理想的完美形式描述，启动人的整个灵魂，根据灵魂中的各种能力的价值与真谛，使一部分服从另一部分。他所发出的声调和统一精神把上述能力混淆（mêler）在一起或（至少）融化（fondre）在一起，正是得益于这种综合能力，我宁肯专门使用想象力这个词来表达这种神奇的能力"④。柯勒律治对想象的隐喻表达同心灵最高活动方式的隐喻表达是一致的，由此形成柯勒律治诗学理论中的三层隐喻理论。在诗人与永恒创造者（上帝）这一类比之上，柯勒律治增添了知觉中的心灵，产生了一个三层类比。心灵在感知中不再是被动的，而是依照上帝的形象而造的。诗的想象也是创造的一个隐喻类比，诗成为现实世界内在的无限自生的理式之种子，"在每一粒种子、每一棵植物中，生长和个别形态的内在原则是一个主体"⑤。想象成为超越时间存在于理想之中的可能性之物。马利坦的创造三部曲"感觉——

---

① ［美］M. H. 艾布拉姆斯著，郦稚牛等译：《镜与灯》，北京大学出版社 1989年版，第 259 页。

② ［美］M. H. 艾布拉姆斯著，郦稚牛等译：《镜与灯》，北京大学出版社 1989年版，第 277 页。

③ ［美］M. H. 艾布拉姆斯著，郦稚牛等译：《镜与灯》，北京大学出版社 1989年版，第 453 页。

④ ［法］让·贝西埃等著，史忠义译：《诗学史》（上、下册），百花文艺出版社 2001 年版，第 473 页。

⑤ ［美］M. H. 艾布拉姆斯著，郦稚牛等译：《镜与灯》，北京大学出版社 1989年版，第 266 页。

想象—智性"与柯勒律治的三层隐喻理论"知觉—想象—心灵"非常相似。这样一种观点势必造成一种命运决定论，即艺术创造本根上是心灵的无意志、无意识的过程。一方面，柯勒律治承认，创造带有无意识的成分；另一方面，他又决然地否定了这个观点，因为柯勒律治的美学思想和其神学思想都将重点放在了为自由意志辩护上。马利坦则毫不掩饰地宣称艺术创造源于潜意识，源于前意识生命。更进一步，在心理学与文化人类学发展的基础上，马利坦还提出了与弗洛伊德完全不同的"精神的无意识（或精神的前意识）领域"这个范畴。

　　在浪漫主义诗学中早已产生而今成为当代诗学理论领域中的一些中心命题，当时并没有能够作为主流思潮并居于主导地位予以确证和高扬。英国哲学家布拉德利（Francis Herbert Bradley，1846—1924）在1901年的牛津演讲"为诗而诗"中道出诗的真谛：诗不是模仿，其"本身就是目的"，"诗意价值仅仅是这一内在价值"。这同马利坦的诗学本体论是完全一致的。换个角度重新表述，是马利坦让浪漫主义诗学中提出的有关"无意识理论"的萌芽在当代开花结果了。布拉德利认为，纯粹的诗"是因为想象中有堆东西模糊不清，需要阐发和界说，由此产生创造冲动而致……这也就是为什么这样的诗使我们觉得是创造，而不是制作……"诗"是创造，而不是制作"，这完全颠覆了古希腊的艺术观念。想象是创造力，是无意识领域中创造的原动力，这无疑将想象的地位大大提高了。在此种意义上说，每一首诗都是一个微型宇宙，是一个分离的独立的宇宙，而诗人则是这个宇宙中的法律制定者。"诗人是世间未经公认的立法者"①，诗人说什么，那就是什么，可以随心所欲。这就是浪漫主义的诗学观。浪漫主义诗学因为高扬主体性、情感性、想象性而将诗人的地位无限抬升，俨然成为宇宙中的创造者，如诗人塔索的赞美："没有人配受创造者的称号，唯有上帝与诗人。"② 在这个大前提下，情感、想象自然成为浪漫主义诗学衡量诗歌审美价值的标杆。马利坦赞同浪漫主义诗学将想象提升为诗歌的创造原动力的观点，但他并不完全赞同浪漫主义诗学中对主体性情感的无度张扬，因为诗毕竟担负着拯救的使命。雪莱在《为诗一辩》（*A Defence of*

---

① 刘若端编：《十九世纪英国诗人论诗》，人民文学出版社1984年版，第160页。
② 刘若端编：《十九世纪英国诗人论诗》，人民文学出版社1984年版，第156页。

Poetry）中曾言："诗独能战胜那迫使我们屈服于周围印象中的偶然事件的诅咒，无论展开它自己那张斑斓的帐幔，或者拉开那悬在万物景象面前的生命之黑幕，它都能在我们的人生中替我们创造另一种人生。……诗重新创造一个宇宙。"① 是的，诗不仅可以创造一个宇宙，还可以"使世间最善最美的一切永垂不朽；它对捉住了那些飘入人生阴影中转瞬即逝的幻象，用文字或者用形象把它们装饰起来，然后送它们到人间去……诗拯救了降临于人间的神性，以免它腐朽"②。雪莱为诗歌辩护的原因之一是，诗歌可以为人们幻化出另一个美丽的世界，暂时满足人们对美的追求而忘却现实的黑暗与丑陋。原因之二是，诗人能够借助诗歌的力量来挽留诗所具备的可怜的神性在世间的微弱生命。启蒙运动后 19 世纪的欧洲文坛，理性狂飙已将神性驱逐扫荡。从更高的整体视野来看，雪莱所处的那个世界与为诗一辩的世界已相去太远了，重新创造的宇宙带给人们的毕竟是虚幻的、暂时的安慰。换言之，浪漫主义诗学在那个时代可称得上是一种逃避的诗学，反叛式的逃避诗学。反之，马利坦的诗学则可以说是革命式的拯救诗学。他不仅要直面惨淡的世界与人生处境，还要直面诗歌领域中理性的缺失、非理性的高涨、神性的隐退，更要劝慰人们接受那必须要接受的无奈、困惑、迷惘。马利坦期待的并非重新创造一个宇宙，而是要独独通过诗来拯救文学、拯救宗教、拯救人的灵魂、拯救世界。

　　马利坦不仅将诗的创造之源推至精神无意识领域，而且非常细致地阐述了精神无意识的结构，回答了浪漫主义诗学中"模糊不清，需要阐发和界说的某堆东西"。在精神无意识领域中，想象占据着重要的一席之地。想象中的模糊不清、需要阐发和界说的正是主体自我的心灵，心灵中的错综复杂与丰富多彩呈现出诗性意义的五彩缤纷。

　　想象作为创造力，作为诗歌的真正生命力，这一命题体现出马利坦诗学理论的开放性与革新性。马利坦诗学理论的开放性体现在他对现代诗歌的理解与宽容，他没有因为现代诗歌审丑的胆识与袒露而拒绝它们，也没有因为现代诗歌极度的张狂与偏激甚至颓废而唾弃它们。因为马利坦深刻

---

　　① 　Jacques Maritain, *Creative Intuition in Art and Poetry*, New York, Meridian Books, 1957, p. 109.

　　② 　刘若端编：《十九世纪英国诗人论诗》，人民文学出版社 1984 年版，第 155 页。

地意识到现代诗歌中的想象力才是诗的真正生命力之所在，意识到在诗与精神无意识之间想象的重要性以及人类心灵的复杂性与丰富性。开放性并非无原则性；革新性并非解构性。马利坦诗学理念的革新性就体现在他也想重新建立一个理想国——诗的国度的愿望。高扬柏拉图建立理想国的理念，马利坦也试图建立一个全新的理想国，只不过他试图建立的是一种宗教诗的理想国度，或者说是建立具有宗教意识的诗的国度，也可以说是建立一种将人的心灵引向基督精神——爱的国度。"想象"作为马利坦诗学思想中的重要范畴，一种属灵的分辨能力把人类从物质束缚中解放出来，洞察超然的、属灵的真理。浪漫主义诗人威廉·布莱克言："异象或想象是对永恒存在的表征，真实而又不可改变。"① 通过想象，人们超越了自然中的已知事实，提升为神圣的实在。想象力的理性提升人们超越自然，将人和上帝连为一体，使有限的心灵成为无限的、自有永有的、永恒创造行动的副本。

想象力既是诗的主旨又是诗的实现形式，这是马利坦对想象力的最高评价。借诗人沃尔多·弗兰克（Waldo Frank）对诗人哈特·克莱恩作品的评价，马利坦表达了自己对诗歌想象力的推崇："哈特·克莱恩的诗是独特的想象力的多面体；它们关系到一个中心想象力，一种独一无二的评价力，这个中心想象力既是诗的主旨又是诗的实现形式。"② 对想象力的推崇在诗学领域并非独有马利坦一人，自浪漫主义诗学将想象推至首位以来，几乎没有诗人不注重想象力的，如狄尔泰就将想象力定位为创造性精神科学家的标志……可见想象力在现代诗学理论中的地位与价值所在。

与马利坦诗学理论中"想象"领域相匹配的是意象（image，图像/影像/形象）这个术语。意象是想象得以在诗中实现的对应物。马利坦认为意象有三种可能的状态和存在条件：第一种是作为"外部想象力"之组成部分的意象；第二种是处在自动的或聋聩的前意识里的意象；第三种是作为智性前意识生命之组成部分的意象，是被诗性直觉所激动和驱动的意象。这三种意象存在的前提条件，与灵魂中诸多活力——"情感—想象—

① ［英］阿利斯特·E. 麦格拉斯著，高民贵、陈晓霞译：《天堂简史》，北京大学出版社 2006 年版，第 4 页。

② Jacques Maritain, *Creative Intuition in Art and Poetry*, New York, Meridian Books, 1957, p. 250.

智性"——的构成相对应。这三种意象运用在诗歌创作中被划分为"有目的的比较意象"（Purposive Comparison Image）和"直接启发性意象"（Immediately Illumination Image）两类。有目的的比较意象，其运用方法属于逻辑思维方法。这种意象是根据人们对外部世界的理性认识和观察得来的，每一件事物都集中在理性外部和想象力外部的水平上，比较容易交流与分享，古典诗歌大都使用这种方法。如英国诗人雪莱的诗《灯碎了》（*When the Lamp Is Shattered*）：

> When the lamp is shattered
> The light in the dust lies dead—
> When the cloud is scattered
> The rainbow's glory is shed.
> When the lute is broken
> Sweet tones are remembered not;
> When the lips have spoken,
> Loved accents are soon forgot.

> 灯破碎了
> 灯光随之熄逝
> 云雾散了
> 彩虹随之消逝
> 琴折断了
> 美好乐曲难以追忆
> 絮语没了
> 爱意也随之远逝①

　　灯碎、光灭、雾散、虹逝、弦断、曲终、言毕、音绝……这一系列自然中本来就存在的物质现象（象）诚然引起或表明了一个观念（意）：逝者如斯夫，怎能不让人黯然神伤，怆然而泣下？雪莱的诗虽然没有完美呈

---

① 此诗为自译。

现出中国诗学所言的"意境"，但某种程度上也达到了"物境"与"情境"的完美结合。"物境"中世间的一切美好之物——灯、光、雾、虹、弦、曲、言、音，无论是大自然赋予的，还是人类自身创造的，瞬间逝去，无法复原，由物及情，爱情如此，人的生命亦是如此，悲凉感慨之情油然而生。"造化赋形，支体必双，神理为用，事不孤立。夫心生文辞，运载百虑，高下相须，自然成对。"刘勰在《文心雕龙·丽辞篇》中的这一论述，不仅可以用来阐释雪莱诗歌中的完美对仗，而且可以让人敏锐地感受到人类心灵世界与宇宙自然万物相应呈现的美学效果。这正是诗歌《灯灭了》比较容易交流与分享的原因。马利坦虽然没有提出"立象以尽意"这个命题，但他在论述"有目的的比较意象"时所使用的原理与《礼记·乐记》所云"清明像天，广大像地，始终像四时，周还像风雨"是异曲同工的。

　　直接启发性意象是作为从诗性直觉中放射出光彩的某种可理解的含义的媒介物而被捕获的，这种意象处于一种流动状态之中，是精神的前意识生命的一部分，是启发性智性的光芒照耀后的意象，是通过诗性直觉从意象的海洋中攫取的意象。直接启发性意象处在观念形成的抽象过程的开端，它始终保持着自己的野性生命，是出于前概念的想象，而并非通过比较将两个遥远的实在聚合在一起的想象。一阵微风都能吹动直接启发性意象，使某一不确定的东西能理解性地而不是概念性地被人们把握，这一切都发生在想象和智性的前概念生命的黑夜深处，这种意象全是精神的创造性结果。以叶芝的诗为证：

The winds that awakened the stars
Are blowing through my blood

唤起星辰的轻风
在我的血液中吹拂

　　无论从天文学的角度还是生理学的事实来审视，都没有任何星辰曾经被风所吹醒，也没有任何人体内的血液因风而涌动。在毫不顾及任何已知的关于风、星辰的天文学知识中，这种出于诗人前概念的想象被用来认识和表达了某些还不曾被人们冠名的事物，这是诗人激情的升华。这种无法用理性概念来描绘的舒适惬意感如同在寒冷中没有任何温暖相偎依，却能感觉有一股暖流在心间。

马利坦将意象分为有目的的比较意象和直接启发性意象两类，一是为了凸显创造意象的"想象力"之重要性以及想象的创造性，二是提供了从意象的角度来评价现代艺术的一种视角，特别是从意象的角度来评判现代诗的地位、价值以及现代诗与古典诗二者之间的差异。关于意象的二分法，马利坦顾左右而言他，似乎疏忽了诗歌的真实状况。并不是所有的古典诗都只使用有目的的比较意象，也并不是所有的现代诗都只使用直接启发性意象。古典诗同样可以使用直接启发性意象，现代诗同样也有使用有目的的比较意象的好诗，为推举现代诗对意象的运用而将有目的的比较意象和直接启发性意象分别与古典诗和现代诗对等划分是绝对不可取的，也是不现实的。《艺术与诗中的创造性直觉》（*Creative Intuition in Art and Poetry*，1957）第八章后所选"不带评论的原诗文"（TEXTS WITHOUT COMMENT）可以视为马利坦对意象二分法的偏颇所做的补救。所选诗歌中既有古典诗，也有现代诗，这些优秀的作品对意象的使用是完全不受任何限制的，绝对无法使用意象的二分法来确定这些"不带评论的原诗文"为古典诗或是现代诗。这说明马利坦并不是没有意识到意象二分法的弊病，更没有忽视现存所有诗歌的创作，只是面对自身理论的弊端，他确实无法根本解决二者之间的矛盾。关于现代诗使用直接启发性意象的问题是相当复杂的，马利坦并没有将第二种意象（处在自动的或聋瞽的前意识里的意象）和第三种意象（智性前意识生命的组成部分，被诗性直觉所激动和驱动的意象）区别开来，而是笼统地称之为直接启发性意象。如果在艺术创造上，为了达到纯粹的自由而对意象的使用完全超越了所有人的可理解性而导致一种疯狂，以至于只有诗人自己才能理解此直接启发性意象，其他任何人都无法体悟出诗歌的任何意义的话，这能否用来标榜诗人自身的独特性与超越性？能否用来宣称某种新思潮诞生的创造性与反叛性？比如某些超现实主义的诗歌。答案是否定的。

在直接启发性意象的运用上，马利坦并没有对超现实主义诗歌进行过多的关注，这是他的一个纰漏。在讨论诗歌发展的过程中，马利坦对超现实主义的功绩与失败的透视却是有着过人的远见，这在一定程度上弥补了他对意象划分的粗疏。

超现实主义与其他思潮区分开来的一个最基本的界限就是超现实主义渴望释放出人的无穷的非理性力量，为的是使人性中的"超人"获得自由，这是对理性的最大否定，是与理性在概念上、生命上的完全决裂。超现实主义创始人安德烈·布勒东在《超现实主义宣言》中言："超现实主义，阳性名词。纯粹的无意识的精神活动。人们通过它，用口头、书面或其他方式来表达思想的真正作用。它是思想的笔录，不受理性的任何控制，没有任何美学或道德的偏见。超现实主义建立在对于一向被忽视的某种联想形式的超现实的信仰上，建筑在对于梦幻的无限力量的信仰上，和对于为思想而思想的作用的信仰上。"在《第二次超现实主义宣言》中，布勒东又言："一切迹象表明，思想达到一定境界之后，就不能再以对立的眼光看待生与死、虚与实、寄望于未来、高与低以及可以表达与不可以表达的事物，等等。"①超现实主义想要达到的境界就是超越以笛卡尔的二元论为基础的理性主义思维，达到一种维柯所言的"诗性智慧"，或者说达到列维—布留尔提出的"原逻辑思维"，这正是马利坦极力赞扬超现实主义的原因所在。马利坦承认，在超现实主义诗人的作品中存在着真正的诗。但对于超现实主义标榜的"自动写作"原则，马利坦却是极力反对的。超现实主义诗人将"自动写作"视为其理想的写作境界，这种创作理念，这种纯粹的心里的自动性，将潜意识中的能量完全视为一种总体释放，是一种完全无意识的野蛮力量，完全缺乏智性的任何指导，是与想象相分离的活动，必然也不可能形成马利坦所言的直接启发性意象而传递给他人。"自动写作"容易给人们造成一种错觉，以为这种"自动性"就是彻底解放了那通过专心而达到的生命的统一。其实不然。马利坦反对超现实主义"自动写作"原则的理由有三：其一，通过专心而达到的生命的统一是通过在法语中称作"沉思"（recueillent）的灵魂的宁静而达到的，这种"沉思"完全可以等同于"静笃"。而"自动写作"原则中的自动性，其产生的不是自由而是流散。"自动性不产生自由，只产生流散。"

---

① ［法］布勒东著：《第二次超现实主义宣言》，见张秉真、黄晋凯主编：《未来主义与超现实主义》，中国人民大学出版社1994年版，第297页。

（Automatism does not produce freedom, but only dispersion. ①）因为"自动写作"原则遵循的完全是无意识的任意流淌。其二，超现实主义诗歌的目标是把"任何美学"以及"任何道德关心"都抛在一边，以求达到"精神战斗"的彻底性。马利坦认为这种目标已远远超然于诗的领域之外。如果说诗可以同思想一样是普遍的，没有自己的领域，那诗也就消失在整体中，失去了诗自己的特性。难道可以说诗之为诗，非诗之为非诗，是诗也？其三，对超现实主义诗人来说，诗成为他们的一个实验性勘探工具，成为人的所有精神抱负的一个附属品，他们对于诗的渴望与感知仅仅是满足外在的自我而不是期望更多，他们忘了"诗事实上是自身的一个目的和绝对"②。

"意象是纯粹精神的创造性产物，它不是源于一个比较，而是源于两个或多或少相分离的实在的重新契合……"（L'image est une création pure de l'esprit. Elle ne peut naître d'une comparaison, mais du rapprochement de deux réalités plus ou moins éloignées...③）法国诗人皮埃尔·勒韦迪对"意象"概念的这一界定深得马利坦的认同。意象，是想象力生命的果实。意象，作为自身之外的他物，必须介入、分有所指对象，彰显出现实生活中某些被遮蔽的层次与因素，涵摄出心灵中那些与实在相对应的层次与因素。否则，人们是无法理解这些意象的，诗性意义的传递也就失去了通道。对于意象与意义之间是否会产生冲突与张力，马利坦似乎并没有担心过。正如诗人拉伊莎（马利坦的妻子）所言："意象早已充满在智性和精神中，意象是同一性的神奇显现。"（Image, is already laden either intelligence and spirit. The image is only a magical form of the principle of identity. ④）意象与想象、意义三者之间的关联密切如下：想象力创造的意象显现既是诗的主旨又是诗的实现形式。马利坦的这一观点同意象派诗人休姆（Hume）的

---

① Jacques Maritain, *Creative Intuition in Art and Poetry*, New York, Meridian Books, 1957, p. 58.

② Jacques Maritain, *Creative Intuition in Art and Poetry*, New York, Meridian Books, 1957, p. 59.

③ Jacques Maritain, *Creative Intuition in Art and Poetry*, New York, Meridian Books, 1957, p. 242.

④ Jacques and Raïssa Maritain, *The Situation of Poetry*, New York, Philosophical Library, 1955, p. 4.

观点有不谋而合之处："在诗中，意象不仅仅是装饰，而是一种直觉的语言的本质本身。"①

马利坦极力关注意象作为"言内行为"产生的同一性，却忽视了意象作为"言外行为"的建构性，也即言语交际过程中各种思维空间②的相互映射及其产生的互动作用。作为"言内行为"，如果说"意象是同一性的神奇显现"的话，那么，作为"言外行为"，马利坦只能对意象保持沉默了，否则他无法就诗歌意义的朦胧性、模糊性与丰富性作出合理的解释。对意象作为"言外行为"的建构性这个问题，马利坦仅仅是一笔带过，其后便语焉不详。马利坦并不是没有意识到这个问题，而是他一方面将重点放在了意象作为"言内行为"的建构性上，另一方面根本无法拿出对此问题的解决方案。对于体验者而言，马利坦认为哪怕是其感受了一点点（指诗性意义），都将是一件幸事。这说明在参与对诗性意义的理解过程中，意象作为"言内行为"产生的同一性与作为"言外行为"的建构性出现了短路或是断裂。中肯地说，马利坦对于诗性意义的最终确立以及读者对诗性意义的接受与理解行为还是给予了部分关注的，只是没有给予足够的重视并作为重点来论述罢了，这恰是其神学思想融汇到诗学理论中的必然结果。考虑到其文章篇幅所限以及重点突出，如此处理诗学问题也是情有可原的。如果强行要求一位诗学思想家创建一个包罗万有的体系或是面面俱到，这未免太苛刻，因为实际上这是一个不可能实现的要求。

意象对于中西诗学而言，都是一个极为重要的术语，其内涵的丰富驳杂与其源远流长相关。中国古典诗学《易传·系辞·上》中言"立象以尽意"；《周易例略·明象》中有"得意忘象"；《文心雕龙·神思》中言"窥意象而运斤"；《诗品·缜密》中有"意象欲出，造化已奇"……西方诗学对意象的分析研究同样繁多："意象是感觉的遗留"（理查兹）；"意象是一种瞬间呈现的理智与情感的复杂经验"（庞德）……中国古典诗学大多从思维方式、意蕴诸多角度分析，而西方诗学大多从心理学角度界定。如："意象是人脑对事物的空间形象和大小的信息所做的加工和描

---

① ［英］休姆著：《论浪漫主义和古典主义》，见［英］洛奇编，葛林等译：《二十世纪文学评论》（上册），上海译文出版社1987年版，第187～191页。

② 根据福科尼埃的理论，这里的思维空间分为四个部分，分别指输入空间1、输出空间2、类指空间和合成空间。

绘";"意象是一种瞬间呈现的理智与情感的复杂经验";"意象是一种各种根本不同的观念的联合";"意象是对人类思维中无意识活动的提示",① 等等。马利坦对意象所作的描述性界定——"意象的显现既是诗的主旨又是诗的实现形式","意象是同一性的神奇显现"——兼有中西诗学之风韵。

意象、象征、隐喻和神话作为诗歌的四种基本表达方式,四者之间的关系是非常复杂的。韦勒克、沃伦在《文学理论》中将其粗略地划分成两条线上的会聚:一条线是诉诸感官的个别性的方式,或者诉诸感官的审美的连续统一体,把诗歌与音乐和绘画联系起来,而把诗歌与哲学和科学分开;另一条线是运用比喻或借喻等间接的表达方式,或是转喻或隐喻等比拟手法来赋予诗歌以精确的主题。马利坦虽然没有将意象、象征、隐喻和神话这四种方法作细致的分析与归类,也没有依据意象的审美效果由弱到强地将其分为七种——强合意象、装饰意象、繁复意象、精致意象、潜沉意象、基本意象、扩展意象,但马利坦这一掷地有声的命题——"意象的显现既是诗的主旨又是诗的实现形式"——足以囊括韦勒克、沃伦的观点。换言之,韦勒克和沃伦对诗歌表达方法的分析是对马利坦这个命题的扩展与发挥,马利坦的命题是对他们的观点的高度理论提升。概言之,试图将诗歌的表达方式作理性化、归约化分析总结将是吃力不讨好的事,也是不可能的事。马利坦恰恰规避了言语行为的外部表达方式,而从内部(潜意识领域)给予细致的说明。这既说明了诗歌创造的神秘性,也体现了马利坦诗学思想与神学思想的一致性。

从马利坦对意象的描述与分析来看,意象作为诗歌最本根的表达形式,它构成了隐喻中的喻体,"喻旨"就是诗人要传递的诗性意义。意象对于诗歌中的诗性意义而言,其重要性在于"喻体"与"喻旨"之间强烈的张力所产生的隐喻能是无穷无尽的。多义性、歧义性、复义、多层意指等指的就是这种隐喻能所释放出的诗性意义,也正是诗歌之所以产生丰富性、朦胧性、复杂性的原因所在。

---

① [美] 韦勒克、沃伦著,刘象愚等译:《文学理论》,生活·读书·新知三联书店1984年版,第201~209页。

第八章

音乐性

　　马利坦认为："没有音乐，诗就不能成为诗。"（Poetry cannot do without music. ①）可见音乐对于诗的重要性。近乎同样的表述也见于英国浪漫主义诗人柯勒律治的诗学观中："灵魂中没有乐感的人永远不能成为一个天才的诗人。"（The man that hath not music in his soul can indeed never be a genuine poet. ②）毕竟，柯勒律治所言的乐感与马利坦所言的音乐是两个不同的概念；同时，二者也是分别针对不同的对象而言的。

　　"乐感"对于诗人柯勒律治而言是成为天才诗人的必要条件；"音乐"对于马利坦而言则是诗之为诗的生命本根。何谓诗中的音乐（music）？马利坦所言的"音乐"包含两层含义：一是词语的音乐，指的是诗歌词语所呈现出的节奏、韵律；二是听不到的、无形的、无声的音乐。相对于诗歌中词语表现出的音乐性，马利坦更欣赏、更推崇的是后者，他将这种听不到的、无形的、无声的音乐称为"内在的音乐"（inner music）。这种内在的音乐又可分为表述意义上的两个阶段："音乐的激动"和"直觉的推进"（intuitive pulsion）。在此意义上，马利坦坚信："音乐是感觉，而不是声音。"（Music is feeling then, not sound. ③）马利坦推崇的是"内在的音乐"，它是一种旋律，是一种源泉状态中最初的旋律，是一种音乐的激动，是由直觉推进的音乐。"内在的音乐"才是诗性意义表达的理想工具。无论是对于古典诗还是现代诗而言，这两种音乐都是绝对必需的。诗歌必须具备诗的韵律、乐段，与灵魂中的诗性直觉所激起的无声音乐完美协调，才可称得上诗。这就是马利坦所言的"没有音乐，诗就不能成为诗"的真正含义。

　　从音乐性这个角度出发，马利坦再次提出了古典诗与现代诗的差异以及评价诗歌优劣的标准。

　　马利坦首先区分了两种音乐概念：词语的音乐（The Music of Words）与音乐的激动（The Musical Stir）。这是两种截然不同的所指。音乐的激动

---

　　① Jacques Maritain, *Creative Intuition in Art and Poetry*, New York, Meridian Books, 1957, p. 216.

　　② Jacques Maritain, *Creative Intuition in Art and Poetry*, New York, Meridian Books, 1957, p. 205.

　　③ Jacques Maritain, *Creative Intuition in Art and Poetry*, New York, Meridian Books, 1957, p. 205.

是指在前意识生命（人的灵魂）中出现的在启发性智性之光照耀下被诗性体验所唤醒并得到认识的第一个迹象，是诗性直觉的一种实际闪现。它没有词语，没有声音，耳朵听不到，只有心灵能感受它，这种音乐也可称为无声的音乐。它是灵魂中被直觉推进的音乐，这种音乐的激动根植于灵魂的前意识生命中，是与生俱来的，看似沉睡，暗中却是紧张而警觉、易变而充满活力的。这是一种与生俱来的运动表达，它充溢着意象与情感，却不带任何实际的概念和观念，处在灵魂的场域中持续不断地伸展着、激动着、汹涌着，具有倾向性、活力性和瞬间性。无声的音乐处在诗性直觉这一充满活力、持续伸展、不完全的个体之间的关系中，和"直觉的推进"、意象（处于新生状态之中的无意识、无感觉的意象）、情感（精神化和意向性的情感）同属于这些不完全的个体；这些不完全的个体既是想象的，又是情感的，都是真实意象和情感的联合物。它伴随着诗性直觉最初的伸展、推动而运动着，具有连续性。它不与声音发生关系，而只同意象（处于新生状态之中的无意识、无感觉的意象）和情感（精神化和意向性的情感）的无声的精神突发相关。它是一种旋律，一种源泉状态中最初的旋律，这就是音乐的激动。它是一个自发的开端、倾向性的开始，一种充满活力的反响，随着诗性直觉的推进和伸展而不断地强大，继而又可称之为直觉推进的音乐（The Music of Intuitive Pulsions）。换言之，直觉推进的音乐是表达诗性体验时想象和情感的第一个阶段，这一阶段的旋律达不到意识的逻辑（与韵律相反），在它面前，人的理智是无能为力的。天使般的旋律可能存在，却不存在天使般的韵律，因为在永恒中无所谓时间，然而有并且永远有赞美。如果这一阶段的旋律不能走出灵魂，步入外部世界的话，就会如同一个随时会憋死母腹中的胎儿，永远没有成为婴儿的机会。而婴儿诞生时的那第一声啼哭，就是语言音乐表达的开始，也是其真正生命诞生的完成。可以说，直觉推进的音乐（包括音乐的激动）与词语的音乐之间的区别类似于自然符号（natural signs）与社会工具符号（social signs）之间的区别。自然符号是在想象的领域中出现的既无词语又无概念的最初表达，是一种想象和情感的直觉冲动。社会工具符号指理性联结和逻辑的客观化表达的语言。表达诗性体验时想象和情感的第二个阶段称之为词语的音乐，这种音乐功能的实现首先得益于创造性智性对自发涌现的众多词语的选择，然后是组合、估价和衡量。进入概念理性的权威领域后，理性表达和概念表现的统治权强力要求诗人必须将创造性直觉转换为概念，按照逻辑学的传统说法就是语词表示概念、概念表达事物、事物传递意义，即通常所言的诗歌创作中的艺术构思、遣词造句、析辞藻采。可见，内在的音乐性是诗的生命得以鲜活的灵魂，外在的音乐性是诗的生命得以呈现的形式，二者缺一不可。

其次，马利坦将内在的音乐看做一个动态的、持续不断的过程，与诗性直觉的品性相统一，与直觉的推进相吻合，是诗性意义的策源地。在兼顾内在音乐性与外在音乐性的统一中，马利坦更强调内在音乐性的重要性。其一，马利坦认为，诗本身就是其目的而不是手段，更不是一种作为交际性传递的手段。如果诗成为诗人与他人交流的工具这一事实得到了实现，那么，客观化的诗只是一个附带的功能，客观化的诗能被他者所理解这一事实本身是一个过剩的结果。其二，外在的音乐绝不可能完全纯粹地展现这种内在的音乐，这是一件不可能办到的事。因为包含在诗人灵魂创造性幽夜中的诗性直觉的内在展现是超然的、难以形容的，"内置诗人灵魂里的创造性幽夜中的创造性直觉，其显现越是超然的（它本身是无法言说的）……强加于艺术德行上的职责就越是吃力的，甚至是折磨人的"。（The more transcendent is inner revelation—ineffable in itself, contained in the poetic intuition, within the creative night of poet soul … the more exacting and, as it were, crucifying is the task imposed on the virtue of art. ①）马利坦强烈地意识到诗的内在的音乐性与外在的音乐性二者完美结合的艰难与断裂。而语言的作品又必须通过符号的征象去强行完成这项任务，更何况，符号的过分使用，被一群外在联系所萦绕，在约定俗成中固守其最小的含义。其三，马利坦对传递过程中诗性直觉交流的可能性并不抱有太多的幻想。因为诗人自身的内在音乐性在外在化的过程中往往会遗失或被废弃，再加上流传过程中被遗忘与重新被发现的各种变故，所以，哪怕是极小的一部分能够传递给他者，那都是幸事。马利坦的观点看似有些不够乐观，却一语破的。乐观地看待这种诗性直觉的参与活动，阅读者只要能够拥有这稍纵即逝的一瞥存在，且从那一瞥的延续中体会到来自生命的冲力和驱策中想

①　Jacques Maritain, *Creative Intuition in Art and Poetry*, New York, Meridian Books, 1957, p. 207.

象力的解放也就足够了。这种诗的内在的音乐性与外在的音乐性无法弥合的断裂与前文中论述的意象作为"言内行为"产生的同一性与意象作为"言外行为"的建构性二者之间的矛盾是相同的，也是同声呼应的。

再次，马利坦并不否认外在音乐性的实现得力于诗人在创造中使用语言的最高组合法则的主动性与选择权——诗人估价、衡量一切，将所有技巧的功效都考虑进来；同时，马利坦也不否定诗人在创造中面对诗性直觉内在展现的超越性与符号征象表达这种内在展现的完全可能性。马利坦充分意识到这两种音乐性完美结合在一起的不可为的可能性，"没有谁指望人去干办不到的事，只有诗人必须要这样去做"。(No one is expected to do the impossible；that is what the poet is required to do. ①) 柯勒律治所言的"灵魂中没有乐感的人永远不能成为一个天才的诗人"，假设能够再补充上一句——在才、胆、气、识方面没有超凡天赋的人同样也不能成为一个天才的诗人，如此，关于艺术创造中"诗才"的问题也就表述得比较完整了。前意识生命中的诗性意义如何传递给他人同样是创造中的重要一环，虽然传递在事实上只起到第二性的作用，但这是非常重要与必不可少的，关涉到如何将"意"通过"象"与"言"完美创造奇迹的问题。

语言表达（言）、符号征象（象）、媒介意义和诗性意义（意）三者的完美结合应该是一体的。诗歌作为诗性直觉的最终构成，倾向于给阅读者传递的东西正是诗人心中的那同一诗性直觉。

同一诗性直觉的传递在古典诗歌与现代诗歌中的体现方式是有极大差异的。相同的是古典诗歌与现代诗歌都具备诗性直觉传递中的第一阶段"音乐的激动"；不同的是，当诗性直觉的表达进入第二阶段，即需要用概念、词语、意象、符码、节奏、韵律等来表达外在的音乐性时，由于古典诗歌受到理性组合起来的概念限制，导致诗人往往比较关注诗歌自身的外在形式（受限制的形式），如格式、节奏、韵律的和谐及概念意义的清晰性、凸显性等，一定程度上容易导致诗性意义的遮蔽，但不是所有的诗歌都如此。雪莱的诗《灯碎了》（*When the Lamp Is Shattered*）就是一个最好的例证（前一章有译文）。

---

① Jacques Maritain，*Creative Intuition in Art and Poetry*，New York，Meridian Books，1957，p. 207.

> When the lamp is shattered
> The light in the dust lies dead—
> When the cloud is scattered
> The rainbow's glory is shed.
> When the lute is broken
> Sweet tones are remembered not；
> When the lips have spoken，
> Loved accents are soon forgot.

《灯碎了》这首诗完美地使用了词语的音乐、双韵体（couplet）的诗歌形式。第一、三诗行不仅完美地对仗而且押韵，第二、四诗行同样押韵，表达了一系列的概念意义（意象）：灯碎、光灭、雾散、虹逝、弦断、曲终、言毕、音绝……对于古典诗歌来说，完美形式的韵律是绝对必需的。孤立地看，所有这些事物（词语表现的概念意义）都是现实生活中的客观现象；整体地看，并置排列后形成的内在旋律所表现的却是作者诗性意义的释放，这些外在词语形成的音乐成为为诗性意义服务的工具。碎、灭、散、逝、断、终、毕、绝……这些动词引发的情感对应的是诗人对于世间一切美好之物破碎、毁灭、生命短暂、一去不复返的感慨。情由景生，触景生情，人的生命又何尝不是如此？内在的音乐性完美地由外在的音乐性表达出来，是那么自然，由衷而出。人本身也是自然界的美好之物，同病相怜，逝者如斯夫。

再看布莱克的诗《病玫瑰》（*The Sick Rose*）：

> O Rose，thou art sick！
> The invisible worm，
> That flies in the night
> In the howling storm，
> Has found out thy bed
> Of crimson joy

And his dark secret love

Does thy life destroy.

噢，玫瑰，你病了

那看不见的飞虫

飞舞在死亡里

飞舞在咆哮的风暴中

它找到了你的床

醉心于红色的喜悦

它隐蔽的黑色之爱

销毁了你的生命

　　"病玫瑰"意象在这首诗中非常明显，虽然词语的音乐仍在表达着所有意义，但已经对诗人原始的直觉推动的音乐构成了抑制。体验者必须全身心地、慢慢地去倾听、去参与、去捕捉，哪怕是极小的一部分、瞬间的一瞥或是驻足的一刻能传递到体验者灵魂的洞穴之中，通向万象的宇宙，也是阅读者完美体验的幸事了。

　　此外，内在音乐性很难也很少能在最辉煌的时候找到完美的表达方式。因为内在音乐性往往被理性和概念的展示完全抑制住，无法表达出直觉推进的音乐。只有极少数诗歌，内在音乐性会因为词语的音乐太完美而完全表现出来，如法国古典主义诗人拉辛（Racine）的一些经典诗句：

Ariane，ma sœur，de quel amour blessée

Vous mourûtes aux bords où vous fûtes laissée

阿莉亚娜，我的姐妹，是什么爱情将你伤害

被抛弃在那个海岸边，你为此死在那里

　　现代诗歌中，词语的音乐往往让位于内在性的音乐——直觉推进的音乐，由此，诗可以摆脱任何有规律的、先确定的形式束缚而获得自由。现代诗歌往往省却古典诗歌所必备的节奏以及韵律，打碎一切妨碍或掩饰意象的内向推进表达的障碍，只着重于意象和情感的直觉推进。直觉推进的音乐在现代诗歌中具有普遍性；换言之，现代诗歌中音乐的内在化相对比较凸显。音乐的内在化使现代诗歌关注的不再是双重意义，而只是单一的意义，即在事物中所捕捉的唯一的现实闪现。更为极端的是，某些现代诗甚至想努力废除媒介意义。现代诗人专注于诗性直觉在想象领域里所激起的直觉推进，智性的前意识生命中的意象在启发性智性之光的照耀下被诗性直觉所推动和激活，一种非概念化的理解以一种意向性或非物质的方式穿过这些意象，以意象所传达的可理解性而得到它的语言的最高组合法则，有时甚至完全是省却明晰的概念而从意象直接过渡到语言的法则。总之，现代诗歌创作中遵循的最高法则不是理性逻辑的连接法则，而是听从直觉推进的运动法则，这种直接推进的内在联系的规律和非概念化理解性的规律成了表达思想感情的工具，由此，现代诗歌获得了它最高的自由形式。可见，诗既可以是清晰的，也可以是模糊的，甚至可以是包含着一种完全不清晰的、非确定的、可理解性的意义（undetermined intelligible meaning）。当读者感受这样的现代诗时，语言立即会将他带到诗人的想象中、激动的直觉推进的内在音乐中，还可以通过这种音乐进入由这种音乐自然地表达出来的诗性直觉的参与之中。如艾略特的诗歌《四个四重奏》之《烧毁的诺顿》（*Burnt Norton*）：

> Garlic and sapphires in the mud
>
> Clot the bedded axle-tree.
>
> The trilling wire in the blood
>
> Sings below inveterate scars
>
> And reconciles forgotten wars.
>
> The dance along the artery
>
> The circulation of the lymph
>
> Are figured in the drift of stars
>
> Ascend to summer in the tree
>
> We move above the moving tree
>
> In light upon the figured leaf
>
> And hear upon the sodden floor
>
> Below, the boarhound and the boar

Pursue their pattern as before

But reconciled among the stars.

泥土里的大蒜和蓝宝石

凝固了嵌入地里的车轴

在鲜血中颤抖的铁丝网

在深深的伤痕下歌唱

修和那已遗忘的战争

那沿着动脉的舞蹈

淋巴的循环

在斗转星移中显形

夏季里攀升到树梢

我们在移动的树上移动

沐浴在华丽树叶上的光中

听到下面湿透的土地上

猎犬和野猪的声音

一如既往地遵循着追逐的模式

除了星体间的修和

　　单独体验艾略特的这首诗，而不将其纳入《四个四重奏》整部诗歌中去看，艾略特安置了众多意象——大蒜（garlic）、蓝宝石（sapphires）、铁丝（wire）、伤痕（scars）、战争（war）、动脉（artery）、淋巴（lymph）、循环（circulation）、群星（stars）、树影（the figured leaf）、猎狗（boarhound）和野猪（boar），它们之间几乎没有任何关联，诗歌完全打碎了古典诗歌所必备的节奏、韵律，摆脱了任何有规律的、先确定的、形式的束缚，诗歌推进到几乎绝对的自由之中。当你沉浸其中，只关注意象的内在并着重于情感的直觉推进时，诗歌会把你带到诗人的想象中、激动的直觉推进的内在音乐之中，使你倾听到一种模糊的、不清晰的却可以理解的非确定的意义，那就是修和（reconcile）或抚慰（appease），修和那令人痛心寒骨的战争创伤，修和于群星挪移、时光飞逝之中。作为"现代诗歌的教皇"，艾略特的诗歌得到马利坦的极大赞赏。马利坦不仅录用了艾略特

的《烧毁的诺顿》，还录用了艾略特的《普鲁弗洛克的情歌》、《空心人》
等诗，来说明现代诗歌创作中直觉推进的内在音乐性的重要地位和价值。
从内在音乐性的角度来评价艾略特的诗歌，相对于那些倚仗艾略特提出的
关于"客观对应物"以及"非个人化"的诗学理论对艾略特诗歌进行研究
的评论家而言，马利坦的研究无疑具有极大的突破性与超越性。马利坦不
仅参与了诗人艾略特的诗性直觉的推进，而且进入了诗人想象中的激动，
倾听了诗人绝对"个人化"的可理解的诗性意义。

　　也有另一类情况，见下诗：

L'IMPRÉVU

Reconnaissez Satan à son rire vainqueur
　　Énorme et laid comme le monde !
…

Il faut que le gibier paye le vieux chasseur
Qui se morfond longtemps à l'affût de la proie.　　一、三押韵
Je vais vous emporter à travers l'épaisseur,　　二、四押韵
　　Compagnons de ma triste joie,

À travers l'épaisseur de la terre et du roc,
À travers les amas confus de votre cendre,
Dans un palais aussi grand que moi, d'un seul bloc,
　　Et qui n'est pas de pierre tendre ;

Car il est fait avec l'universel Péché,
Et contient mon orgueil, ma douleur et ma gloire !
—Cependant, tout en haut de l'univers juché,
　　Un Ange sonne la victoire

De ceux dont le cœur dit : "Que béni soit ton fouet,
Seigneur ! que la douleur, ô Père, soit bénie !
Mon âme dans tes mains n'est pas un vain jouet,
　　Et ta prudence est infinie. "

Le son de la trompette est si délicieux,

Dans ces soirs solennels de célestes vendanges,

Qu'il s'infiltre comme une extase dans tous ceux,

　　Dont elle chante les louanges.

从得意的笑声中认识这世界

　　认识巨大而丑陋的撒旦!

……

应该将猎物交付老道的猎人,

他在隐匿处苦苦地等待了很久。

我要带你们穿过浓密的森林,

　　我苦乐中的同伴,

穿越厚厚的大地和岩石,

穿越模糊一堆的尸骸;走入像我

一样敞开的官殿,用孤独一石造成,

　　但那石头并不温柔;

因为它由全人类的罪孽造成,

其中含有我的骄傲、忧伤和荣耀!

——这期间,一个身居九霄的天使

　　吹响人们心中

祈求胜利的号声:"主啊,感谢

您的鞭子!父啊,祝福我的苦痛!

我的灵魂握在您的手,并非虚妄的玩物

　　您的智慧永无穷尽。"

在盛大庄严的收获天国葡萄时的黄昏,

这悦耳的号声是如此美妙,

如狂喜渗透所有世人,

　　那大唱赞歌的内心。

　　在波德莱尔《意想不到者》这首诗歌中，你既可以体味到古典诗歌所具备的韵律美，又能体悟到直觉推进的音乐所具备的强烈吸引力。波德莱尔用注视的超凡力量和他那耽于声、色的智性构成的无比权力，把你连同一切都带回到内在的源泉之中，直觉情感的突发韵律同时不期而至。请从征服者那得意的笑声中（看出诗人对世界丑恶面目的傲慢、不屑、揶揄与玩世不恭）认识这巨大而且丑陋的撒旦！人类的罪孽造就了那尸骸累累的宫殿，其中也有作者波德莱尔自身的骄傲、忧伤与荣耀。波德莱尔期盼着那收获葡萄的黄昏，也就是主审判的末日，胜利的号声将吹醒人的灵魂，用内心的狂喜去迎接那意想不到者的降临。

　　就出自诗人灵魂中的诗歌而论，无论是古典诗还是现代诗，这种内在的音乐都是举足轻重的。就表达而论，现代诗歌具备的内在音乐性要比古典诗歌具备的内在音乐性表现得更强烈些。古典诗歌内在的音乐性会被理性表达的忠实法则和特权所移置、抑制或忘却，甚至被语言的音乐性所遮蔽和取代。在这个意义上，马利坦言"没有音乐，诗就不成为诗"（poetry cannot do without music）是完全正确的。

　　音乐的内在性不仅为现代诗的自由形式提供了理论依据，而且为现代诗的审美价值提供了理论支持。

　　内在音乐性对于诗歌而言如此重要，这是每个诗人都应清醒地意识到的。内在音乐性如何与外在音乐性完美契合，是历来所有诗学者都想努力探究清楚却永远无法清晰回答、只能摸索前行在探索之路上的一个重大问题，这也是马利坦想回避却回避不了的一个重要诗学问题。

　　换言之，内在的音乐性应如何完美地转化为外在的音乐性，即如何将诗性经验以词语形式固定为诗性意义？再简言之，就是如何解决好诗的语言表达问题——言意之辩？语言概念的确定性与模糊性、语言的有限性与无限性、语言对世界的分割与整合，语言作为诗性经验的一种隐喻载体而存在的局限性与开放性，等等，语言本身的悖论能否表达诗性意义的含蓄、抽象和未限定……这关涉到如何将"意"通过"象"与"言"的完美结合去创造奇迹的问题。

　　首先，在言意之辩上，马利坦持"言不尽意"说。其一，前文提到马利坦对音乐的二分法，他所推崇的是那种听不到、无形、无声的音乐，即"内在的音乐"。听不到、无形无声的音乐，如老子所言"大音希声"，用中国古典美学的概念来表示就是天籁，这种天籁不是大自然中的，而是人灵魂中的天籁。其二，马利坦认为诗人最心爱之物（诗性直觉）在传递过程中往往会遗失或被废弃。原因是相当复杂的，最主要的障碍是直觉推进的音乐在表达中往往受到抑制或被取代。其三，从体验的角度上讲，通过诗性直觉中内在音乐的推进而使体验者完全进入一种由这种音乐自然地表达出来的诗性直觉的参与之中是极其困难的，甚至是完全不可能的。体验者哪怕是能够捕捉到现实闪现瞬间的一瞥，对于他们来说已是莫大的幸事。也就是说，体验者所倾听到的诗性直觉只有极小的一部分能传递到人们灵魂的洞穴之中，通向那万象的宇宙，至于人们所期望的完美体验是根本不可能的事。

其次，马利坦虽然持"言不尽意"说，但他并没有全然否定"言之尽意"说。其一，马利坦提出了"立象以尽意"的解决之道，这个"象"即第七章论述涉及的"想象力"问题以及想象中最重要的"意象"之表达。马利坦通过对中国艺术的认知，体悟到艺术如何可能潜心于事物之中并力求从事物中将事物自身被束缚的灵魂解放出来，以及关于动力和谐的内在原则如何赋予事物以生命和运动的形式。马利坦特别提到中国古典画家谢赫在《古画品录》中提出的图绘"六法"中的第一法和第二法："六法者何？一曰，气韵生动是也；二曰，骨法用笔是也……"① 马利坦的理解是，当艺术家与宇宙精神发生交感（communion）受到启示而得到灵感时，交感使生命力［表现艺术家在事物中所捕获到的独特的精神共鸣（the unique spiritual resonance）］得以传达，而传达得力于画法、技巧生动而活泼的画痕（墨迹）表达出艺术家在事物中所顿悟到的生命运动和它的结构之和谐。马利坦从艺术家自我与事物交感—共鸣这个角度来评价中国艺术，他认为中国艺术家的高明之处在于，能够在汹涌的激流中抓住事物自身内在的精神，而不是被事物所捕获而成为俘虏，艺术家引入的事物被力求使事物自身留下比自身更深刻的东西，并揭示出它们与艺术家心灵的密切关系，引导着看者去认识、领略事物内在的美和艺术家内在的精神。其二，提到中国艺术，特别是绘画艺术中的时空"留白"（empty spaces,

---

① Jacques Maritain, *Creative Intuition in Art and Poetry*, New York, Meridian Books, 1957, p. 14.

silent times）时，马利坦认为中国绘画特别近似于音乐，绘画中的"留白"就好似音乐中的休止符，休止符同音乐中的其他音符一样重要，甚至能发挥意想不到的功效。同时，马利坦还认为"中国绘画艺术所具备的流畅美是一首可吟唱的诗"。 （The flowing quality of Chinese art is more of a melody.）马利坦对中国绘画艺术的评价是到位的、恳切的，虽然他没有提出诗、乐、画一体说，但他从中看到了中西方艺术在此的共通性，这是相当具有慧眼卓识的。他并非一味地对中国绘画艺术极力赞赏，同时，他也诟病了中国绘画艺术中意象的固化表达。比如，他认为梅、兰、竹、菊四种植物所对应代表的君子风格，如同中国古典戏剧中的程式化表现一样，存在脸谱化、类型化的痼疾通病。

对中国绘画艺术中"气韵生动"这一美学范畴，马利坦已将其融入到他的诗学思想中（见第六章"诗性意义"）。在艺术表达中，马利坦看重的是词语之间、画痕墨色所承载的意义内涵间的音乐关系，即一种"无法表达的氤氲或韵味"。这与他的"言不尽意"与"立象以尽意"的诗学观是相通的。

马利坦强调音乐性，是因为音乐所具备的瞬间性、转瞬即逝性、不可重复性比色彩、形象（意象）更具冲击力、震撼性，节奏和均衡的音程与人的心魂有着特殊的亲情。灵魂的内在生命是人类精神中最有生气而又最神秘的无底深渊。这种亲情具有无可名状的魅惑力，它源自无意识对意识的出奇信任。《弥拉波桥》（Le Pont Mirabeau），法国诗人阿波利奈尔这一最著名的爱情诗可以佐证：

> Sous le pont Mirabeau coule la Seine
>
> Et nos amours
>
> Faut-il qu'il men souvienne
>
> La joie venait toujours après la peine
>
> Vienne la nui sonne l'heure
>
> Les jours s'en vont je demeure

Les mains dans les mains restons face à face

    Tandis que sous

  Le pont de nos bras passe

Des éternels regards l'onde si lasse

    Vienne la nui sonne l'heure

    Les jours s'en vont je demeure

L'amour s'en va comme cette eau courante

    L'amour s'en va

  Comme la vie est lente

Et comme l'espérance est violente

    Vienne la nui sonne l'heure

    Les jours s'en vont je demeure

Passent les jours et passent les semaines

    Ni temps passe

  Ni les amours reviennent

Sous le pont Mirabeau coule la Seine

    Vienne la nui sonne l'heure

    Les jours s'en vont je demeure

弥拉波桥下塞纳河缓缓流动

    流走我们的爱情

  往事不堪回首

痛定思痛总在欢乐后

    夜来孤钟空鸣

    忘川岁月蹉跎

执手相顾，四目相望

    回首处

  臂膀虹桥双合

款款流水，频频秋波

夜来孤钟空鸣
　忘川岁月蹉跎

光阴荏苒，爱情失落
　　似塞纳流水
　而人生如此缓慢
如切如磋，如琢如磨

夜来孤钟空鸣
　忘川岁月蹉跎

日月如梭，爱情如波
　　如斯而过
　爱情一去不复返
弥拉波桥下，匆匆而过

夜来孤钟空鸣
忘川岁月蹉跎①

在这首诗中，诗人反复吟咏着"夜来孤钟空鸣，忘川岁月蹉跎"，以推动诗性直觉的前进，演绎着诗人阿波利奈尔对爱情失落后的痛定之思。这样一种反复循环，簇拥着回忆呼啸而来，痛定之后的快乐跃然心田，无奈也跃然笔端。那时相爱的他们执手相顾，四目相望，臂膀虹桥双合，款款流水，频频秋波；然而光阴荏苒，爱情失落，似塞纳河水一去不返。爱情似流水如斯而过，而生活如此炽热，如切如磋，如琢如磨。日月如梭，爱情如波，生活如火，这一切都匆匆而过。内在音乐与语言的节奏化作了一种韵律，似洪流冲出灵魂而奔向大海。

从阿波利奈尔这首诗中，人们可以完全体悟到"立象以尽意"的完美境界，以及马利坦所期待的内在音乐与外在音乐的完美结合。

由此可见"诗没有音乐就不能成为诗"的真正含义：内在的音乐性是

① 此诗为自译，部分译文参考导师栾栋先生授课启示。2006 年 11 月 1 日导师栾栋先生在正式授课之前兴之所至，就法语诗歌翻译研究中应注意的"译忌"问题提出了自己独到的见解。

诗的生命得以鲜活的灵魂，外在的音乐性是诗的生命得以呈现的形式，二者缺一不可。如艾略特的《四个四重奏》之《烧毁的诺顿》[①]：

Words，after speech，reach
Into the silence.

言词，在言说之后，进入
那片寂静。

当真正进入此境界时，也就进入了老子所言的"大象无形"、"大音希声"。

---

① 《艾略特英文诗选》，http：//free. prohosting. com/ ~ mudan/trans/eliot/eliot. htm。

第九章

启示性

当代法国思想家让—吕克·南希言："启示是意义的打开。"① 马利坦诗学实践的主题就是启示。从诗性意义的角度而言，马利坦认为："所有的诗性作品都是启示者。"（Any poetic work is a revealer. ②）换言之，能够充分传达诗性认识、传递诗性直觉、展示出诗性意义的艺术都具有启示性，启示所传递给他人心灵的东西正是诗人心中的那同一种诗性直觉。对于诗人来说，那同一种诗性直觉是创造性的（creative intuition，创造性直觉）；对于体验者来说，那同一种诗性直觉则是感悟性的（receptive intuition，敏悟性直觉）。好作品重要的不仅是给感官和智性以愉悦，而且是诗人的直觉所把握的本体神秘之光具备的美的光辉，这种美也即弗·施莱格尔所言的无限的象征的显现。无限就是指表象背后的奥秘和人们自身内部的奥秘，它是一种宇宙性的、隐晦的东西，是心灵启示性的裁决、深刻的直观认识，人的存在这个哑谜似乎只有从这里才可以迎刃而解。可见，启示是马利坦诗学的最终目的与最高境界。

如果一部作品没有传达出诗性意义（即不具备任何启示），那么"无论那创造者具备了多么完美的艺术创造技巧，作品也将是没有任何价值的"。（However skillful an artist may be，and however perfect his technique，if he unhappily has nothing to tell us，his work is valueless. ③）启示作为诗性意义的打开，赋予作品以价值。透过启示，人们不仅可以了解自身内部的奥秘，而且可以一窥宇宙间最高的存在。在启示中，人们会进入一种与上帝自明的遭遇状态。启示，既存在于上帝自上而下的运动法则中，即道成肉身的神秘中，也存在于诗性作品中，即诗性直觉的传递与感悟中。一方面，上帝对人的自我启示具有超自然性和绝对的自由；另一方面，人因其智性对上帝开放，具有倾听启示的能力，在开放中参与上帝神圣之光的点燃，得以超自然地提升。马利坦将启示神学中的不可经验性与不可传递性转化成了诗学思想中的可经验性与可传递性，不仅弱化了神学界对神学危

---

① ［法］让—吕克·南希著，郭建玲等译：《解构的共通体》，上海人民出版社2007 年版，第 383 页。

② Jacques Maritain, *Creative Intuition in Art and Poetry*, New York, Meridian Books, 1957, p. 208.

③ Jacques Maritain, *The Range of Reason*, Chapter Two：*On Artstic Judgment*, University of Notre Dame, 1952, p. 20.

机的怀疑性，而且强化了世俗世界对神学启示的渴望，在一定程度上也消弭了信仰与理性之间彻底不可沟通的二元对立性。可见，启示性是艺术生命与灵魂统一的保障。

马利坦重视启示性，与他对人类精神世界的救赎是分不开的，也与人类自身所具备的启发性智性密切相关。让人类在道德上走向完善是对人类进行启示的首要目的，也是马利坦作为神学家阐释人类宗教发展史的原则。

20世纪现代精神的堕落最明显的就是对物欲无限膨胀的追求。通过苦难和十字架，上帝向世人启示自身的智慧，盲蔽的世人置若罔闻。大能的荣耀神学时代已成为过去，危机神学、自由神学悄然蔓延。灵性生活的隐匿甚至消失，宗教信仰的淡漠甚至荡然无存，导致人类的生存焦虑不断加深。在20世纪哲学史与宗教思想史错综复杂的交汇点上，作为这一特定局势的"象征性解决"，马利坦将对现代人类信仰的救赎以及对创造性艺术的呼唤融汇在一起。在一个看似无法逆转的毁灭过程中，马利坦利用诗学来启示的救赎看似微弱却是值得期待的可能性。马利坦将神学的救赎论融汇到诗学中，让诗性作品中的启示之光照亮处于昏沉中的人们，使迷茫的人们看见希望之光，唤醒人灵魂深处的激动，成为不眠的象征，成为非凡活力的象征，成为爱、沉思和极端丰盈的象征，使迷惘的人们重新开启神圣之光的大门。

首先，马利坦批判性地超越了始自亚里士多德以来近至精神分析学派弗洛伊德等当代理论家关于诗歌认识作用的理论。"在既考虑到诗人又考虑到读者，以及考虑到诗所产生的精神宣泄（catharsis）效果时，我肯定不会否定诗歌的治愈力（vis medica）。我所坚持的是这一切都是第二性的结果，而不是本质抑或'一个最终的目的'。"① 马利坦并不否认诗歌的愉悦性、教化性和审美性，在此基础上，他超越了此前对诗歌功能的定位，将诗歌定位于本体论的高度。诗的"一个最终的目的"是不言而喻的，详见第一章"释诗"中阐明的关于诗的本质。诗是本体，诗是神学，诗是源自于灵魂深处神秘的、通过自身的创造性行为揭示关于存在的活动，诗是

---

① Jacques Maritain, *Creative Intuition in Art and Poetry*, New York, Meridian Books, 1957, p. 331.

自身的一个目的和绝对。在本体论中，诗学就是神学，是关于揭示自身存在创造性行为的启示。神学在此为诗学再添辉煌，马利坦把诗学带入空灵的境界；诗学也为神学别开生面，马利坦让神学借"诗"还魂，把信仰安放在文学的殿堂。由是观之，马利坦对现代艺术（诗歌、绘画、音乐等）所作的辩护是基于这样"一个最终的目的"，他对古典艺术的评价也同样是基于这样"一个最终的目的"。

同为古典诗人，马利坦青睐威廉·布莱克、约翰·邓恩（John Donne，1572—1631），对伏尔泰（Voltaire，1694—1778）、卢梭则不屑一顾，甚至极尽嘲讽。同为前现代诗人，马利坦看重艾米莉·狄金森（Emily Dickinson，1830—1886），而不是哈特·克莱恩。同为伟大的天才诗人，马利坦对意大利诗人但丁赞誉不止，对法国象征主义诗人波德莱尔则略有微词。从马利坦所著《艺术与诗中的创造性直觉》（*Creative Intuition in Art and Poetry*，1957）第四章与第八章之后所附的"不带评论的原诗文"（TEXTS WITHOUT COMMENT）中可以看出，马利坦对于诗人的评价标准既不是单向度的想象力，也不是单向度的音乐性，而是诗性认识、诗性直觉与诗性意义三位一体所共同呈现出的启示性。这种居主导地位的启示性与想象力、音乐性又呈现出一种三维立体的意向性价值（intentional value），并且是先于想象力和音乐性的。

何谓意向性价值？对诗歌（诗的词汇和意义的神秘有机体）而言，这个概念必须在类比的意义上才能用来说明精神方面的特性。意向性价值即借助意义所特有的非物质的和纯粹倾向性的存在（immaterial and purely tendential existence）来传达创造性本源的价值。[①] 诗的第一层即首要的和基本的意向性价值就是诗性意义，因为诗性意义作为一种显现在非概念感情直觉幽夜里的直接表现诗人主观意识的意义，最接近于创造性本源。诗性意义在黑暗中闪光，是诗性智慧的呈现，类似于一种神境的完美呈现。所以，只有当诗性意义在作品中占优势并主宰一切，才能使人永远着迷。诗的第二层意向性价值是动作（action）和主题（theme）。动作是出自创造性直觉的动作，此动作非彼动作，此动作是一种必然发生的终极行为

---

① Jacques Maritain, *Creative Intuition in Art and Poetry*, New York, Meridian Books, 1957, p. 254.

(an emergent terminative act)。它绝非亚里士多德《诗学》中关于悲剧定义中对"动作"（主要指情节或形式）的模仿意义上的所指，这个"动作"是诗的真正本质的一部分，是作品的内在性质。诗歌所具有的这种"内在的动作"（immanent action）是一种诗歌内部精神发展的冲动（élan）或运动。它不仅表明自身是什么，而且表明自身做什么，更表明自身超越了什么。总之，这个"动作"变动着、运动着、进行着，指向产生的精神生活的焦点或目标。这种动作对艺术的一切领域都是有效的，包括绘画、音乐、舞蹈、建筑等。"通过动作，诗性作品提供了某种对事物的可理解性的最终成果，动作的重大意义，换句话说，即主题。"（And through its action it proffers something which is an ultimate fruit of intelligibility：the significance of the action, in other words, the theme. ①）主题（theme）作为动作的意义，是诗歌的内在生命，同样根源于创造性直觉，并含有诗性意义。主题的价值和丰富性，有赖于诗人的全部智性包袱（the intellectual baggage）。第二层意向性价值（动作和主题）是对第一层意向性价值（诗性意义）的补足和客观反映。通过动作和主题，诗性意义得到充实的反映；通过动作和主题的媒介（instrumentality），诗性直觉变成作品。节奏与和谐的发展构成第三层意向性价值。第三层意向性价值进一步使诗性意义和行动得到充实的外在反映，节奏或和谐的伸展与充满诗性空间的一切协调，使诗性直觉通过节奏或和谐的伸展的媒介变成作品。马利坦提出"意向性价值"这个概念范畴，不仅是从美学的角度再次阐明了诗性直觉在转化成诗性作品中的诗性意义之前所经历的三次顿悟（epiphanies②），而且从神学的角度阐明了美的根源与特征。这三次顿悟是创造性直觉在精神领域活动的结果导致的三种不同状态，这三种状态在马利坦的诗性直觉中是三位一体的，它们共同处于前意识生命状态中。对于创造者来说，这就是上帝赋予的状态：纯洁（pure）、原始（original）、自然（native）、天真无邪（innocence）和正直诚实（integrity）。对体验者来说，这就是感悟宇宙

---

① Jacques Maritain, *Creative Intuition in Art and Poetry*, New York, Meridian Books, 1957, p. 255.

② epiphany 一词是宗教用语，指主显节，为纪念耶稣向东方三圣显圣。马利坦使用这一词汇的复数，是想借宗教语言来表达诗学的真谛。此词既有神圣的显现之意，又有事物本质或意义的突然显露及对现实真谛的顿悟或洞察等意。

间的美的本质。只有当创造性直觉进入"第四维空间"（the fourth dimen-sion），即诗性直觉在其原初状态中与诗人的智性包袱结合起来，也即诗性直觉不再处于其固有状态而处于异己状态时，诗性直觉才可以成为精神产品（艺术作品）。马利坦提出"第四维空间"的概念，就是想强调诗人的智性包袱在艺术创作中的作用。智性包袱中"有诗人事先贮存的或大或小的完整的知识结构，他的逻辑能力和感悟能力、理解能力和驾驭能力，以及整个智性视野的宽广性和融通性"（his more and less integrated universe of knowledge, his rational power, and the energy of perception, comprehension, and command of his intelligence, vastness and unity of his mental horizons[1]）。这是诗性意义进入并转化成精神产品的先决条件，也即上文所言灵感显现所需的天赋以及后天的磨砺，特别是才、胆、气、识、力的培养与储备。可见，马利坦对诗人艺术创作的后天条件还是相当重视的，只不过由于篇幅所限，马利坦将重点放在了三次顿悟的三维向度上，而没有对智性包袱做过多的阐释。再者，马利坦过于强调灵魂深处的诗性直觉，导致其对于智性包袱在整个创作过程中所起的作用并没有给予过多的阐释与强调说明。

其次，诗性直觉作为诗人艺术的善的最初规则和最宝贵的光，能够在多大程度上让人类在道德上走向完善并对人类进行启示，这是马利坦必须要回答的，也是其借光诗学诞生最主要的动机和目的所在。

这种善的最初规则和最宝贵的光来源于马利坦的神学真理观。《约翰福音》（1：9－17）言："普照一切生在世上的人的真光"是"恩典和真理"。奥古斯丁最早提出了"光照论"并将这一教义理论化。奥古斯丁认为，一切真理都存在于上帝，并且真理以光的形式照耀出来。"光照"（illuminatio）是人类获得真理的途径，真理是上帝之光在人心镌刻的痕迹。"规则除了写在被我们称作真理之光的书上还能写在哪里？一切真理的规则被铭刻在这里，正如从这里被移植到正直的人的心灵。但是，这种移植是无形的，正如印章的图形被压在蜡上而无损于图章自身，这些规则在人

---

① Jacques Maritain, *Creative Intuition in Art and Poetry*, New York, Meridian Books, 1957, p. 256.

的心灵上留下自身的印记。"① 奥古斯丁的光照论是柏拉图主义中"光"的理念与《圣经》中"创世之光"的教义之综合，在此隐喻的意义上，奥古斯丁将光照看做上帝惠顾人心的恩典。"谁认识真理，即认识这光，谁认识这光，即认识永恒，唯有爱才能认识它。"② 奥古斯丁将神圣之光照作为认识上帝、真理的先决条件，信仰与救赎的起点。爱，则是唯一的道路。"追求上帝是渴望至福，得到上帝是至福本身。我们通过爱上帝寻求得到上帝，我们到达上帝面前不是靠完全变得和他一样，我们是在与他接近中，与他美妙的明显可察的交流中，在内在地被他的真理和圣洁照亮充满的时候到达他面前。他就是光本身，这光赐给我们为的是让我们被这光照亮……这是我们唯一彻底的完美，唯有借此我们才能成功地达到真理的纯净。"③ 马利坦不仅承袭了奥古斯丁的光照论，而且与时俱进地改造了光照论，提出了光启性智性这一概念。光启性智性概念的提出，弥补了奥古斯丁光照论中主体被动性的不足。只有恩典、神的光照，没有主体灵魂中参与创造的神之光的内在精神之光的不断攀升、下降的运动，就不可能驱动或唤醒精神之光渗入灵魂和智性结构中的原始活跃之源。如法国当代思想家 S. 薇依（Simone Weil，1909—1943）所言："上帝在每个灵魂敞开时，匆匆向它奔去，……然而，相反的情况更为真实。……以使灵魂迎着上天的气息敞开。"④ S. 薇依坚信："上帝酬谢真心诚意想着他的人。"⑤ 她认为上帝只降临到要求他来到的人面前；对那些经常久久而又热切地希望他来临的人，上帝无法阻止自己降临于他们之中。换言之，创造性主体如果封闭自身，而不处于开放与期盼中，也即不处于内在精神之光的不断攀升的运动中，光启性智性本身永远不可能如一轮不断放射出光芒的精神太阳。

---

① ［古罗马］奥古斯丁著：《论三位一体》，见赵敦华著：《基督教哲学 1500 年》，人民文学出版社 2007 年版，第 131 页。

② ［古罗马］奥古斯丁著，周士良译：《忏悔录》，商务印书馆 1994 年版，第 126 页。

③ ［英］约翰·鲍克著，高师宁等译：《神之简史》，生活·读书·新知三联书店 2007 年版，第 261 页。

④ ［法］S. 薇依著，杜小真、顾嘉琛译：《在期待之中》，生活·读书·新知三联书店 1994 年版，第 100 页。

⑤ ［法］S. 薇依著，杜小真、顾嘉琛译：《在期待之中》，生活·读书·新知三联书店 1994 年版，第 4 页。

"智性之光"本身是充满活力、不断运动着的，是参与了神之光的内在智性之光。它使得灵魂中所有的观念在心中得以产生，并不断渗透到思想的每一种作用中，成为全部智性活动的原始活跃之源。这种"智性之光"是每个人与生俱来的，隐藏在灵魂的精神无意识之中，内属人本性的光启性智性就是智性之光的体现。马利坦在艺术创造活动中认可并强调这种光启性智性，就是赋予创造主体之独立价值以及对创造主体自身创造能力的充分认知和尊重。参与了创造的神之光的精神之光内隐于灵魂之中。如果没有创造的神之光，一切都将是不可能的。创造的神之光即启示之光。光启的功能是互动的、缺一不可的：既是下降的，又是攀升的；既是恩典的，又是救赎的；既是信仰的，又是理性的；既是自然的，又是超自然的。二者密不可分，契合一体。"如果根本就没有幽晦，人类也就根本不会感到自己的腐化；如果根本就没有光明，人类也就根本不会期望补救之道。因为上帝既是部分地隐蔽起来而又部分地显现出来，这就不仅是正义的还对我们是有用的；因为认识上帝而不认识自己的可悲与只认识自己的可悲而不认识上帝，这两者对于人类乃是同等危险的。"① 帕斯卡以辩证的眼光论证了人认识自我与认识上帝的可能性、必然性与重要性。认识上帝与认识自己，二者是辩证一体的。上帝的启示如光照能够补救人类的幽晦，而人类自身也期盼与渴望这种光明。马利坦言："神学光照是一种客观的光照——真正的启示之光，它从神圣之光而来，这种光照在形式主义上是自然的，但实质上是超自然的。"② 马利坦将神学光照移置于人的内心，将其转换成内在的精神之光——智性之光，弥合了超自然与自然的界限，也融通了神学与诗学的隔膜。真正的启示，在神学上讲，是与神相见的喜悦；在诗学上讲，是诗性意义的打开，是全部真理的显现。

　　"'和神相见'是一种这样的个人活动，是一种这样不能传达给别人的认识，甚至幸福的人的灵魂都不能用内心的语言表达给自己——这个'和神相见'，乃是同神的最完美的、最神秘的、最神圣的融为一体。"③ 与神

---

① ［法］帕斯卡著，何兆武译：《思想录》，商务印书馆1997年版，第263页。

② 圣托马斯的约翰著：《哲学教程》，《论灵魂》第12题第6节，见陈麟书、田海华著：《神圣的使命》，四川人民出版社1997年版，第169页。

③ ［法］马利坦著：《个人与公益》，见陈麟书、田海华著：《神圣的使命》，四川人民出版社1997年版，第49页。

相见，这是人们向往的最高境界、智慧最终的狂喜，也是最纯粹意义上的知识。这种知识，作为与实践智慧相对应的思辨智慧并不在形而上学中，而在神圣的启示中，它通过最高来源而获得最深刻、最高的智慧。"我们看到自己沐浴在光明之中，充满着灵明事物的光辉，甚至可以说充满了光明本身，纯净，毫无重量，一直向上升。我们把自己就看成这个样子，不，就看成神自身。使我们燃烧起来的就是神。"① 这是普罗提诺（Plotinus，204—270）描绘的自身与最高本原（最高本原被普罗提诺称为"太一"，也称之为神或善）神秘合一的狂喜体验。与上帝神秘合一的结果，也就是神化（deification）。光作为上帝之异象被赐予，人因享有、沐浴这种神圣之光而提升了自己，完善了自身，甚至融化成为神。这种体验并不是每个人都能够拥有的，只有彻底摆脱一切束缚，在这层层攀升的努力中才可以感悟到灵魂得以摆脱物质的羁绊和诱惑，不断净化向上升腾，最终得以与万物的本原"太一"相契相融。这种宗教神学上的静修、默祷、凝神于上帝的状态与中国古典诗学中老子的"玄鉴"、庄子的"心斋"、宗炳的"澄怀"、刘勰的"神思"等情状是相通的。马利坦将诗定位为源于灵魂深处的、神秘的、通过自身的创造性行为揭示关于存在的一种活动，一种内在的原始精神活动，一种生命创造主体与其生存其间的万物的心灵对话（预言），就是与神相见的另一种表述。这种活动既是知识的一种形式，又是理智的一种圆满，也是马利坦所认为的最高智慧。马利坦认为："如果没有这种趋向神人相见和自我完善的纵向运动，文明的发展就会失去精神的动力。人性的完善和创造性之光芒激发这些东西可以激励人们去取得尘世的成就。在坚持基督教人道主义的人看来，历史有一种意义、有一种方向。人性的完善过程就是人类从奴役状态和不幸状态以及从物质束缚中不断解放的过程。因此，人类的政治和社会事业应当追求的最高理想，就是创立一个博爱的城邦，这不是希望有朝一日所有人都得到尘世的完善，彼此相爱如手足，而是意味着希望人类生活的生存状态和文明结构都更接近完善，完善的标准是正义与友爱。如果不追求这种不断的完善，那还有什么值得期待？这种最高理想是我们所期待的一种真正的民主、崭新的民主——正义与友爱。"（And without the movement of souls toward their eternal

---

① 北京大学哲学系外语哲学史教研室编译：《古希腊罗马哲学》，商务印书馆1961年版，第467页。

aim, the movement of civilization would lose the charge of spiritual energy, human pressure, and creative radiance which animates it toward its temporal accomplishment. For the man of Christian humanism history has a meaning and a direction. The progressive integration of humanity is also a progressive emancipation from human servitude and misery as well as from the constraints of material nature. The supreme ideal which the political and social work in mankind has to aim at is thus the inauguration of a brotherly city, which does not imply the hope that all men will someday be perfect on earth and love each other fraternally, but the hope that the existential **state** of human life and the structures of civilization will draw nearer to their perfection, the standard of which is justice and friendship— and what aim, if not perfection, is to be aimed at? This supreme ideal is the very one of a genuine democracy, of the new democracy we are expecting. ①)

马利坦将神学启示中的"与神相见"同诗学中的生命主体的精神创造活动合二为一，贯彻到实践中就是在世俗社会中创立一个博爱的国度，这是人类在世俗世界的最高理想，也是一个可能实现的必然性设想。达到这一完善程度的衡量标准则是正义与友爱，真正民主的正义与友爱只能建立在这种趋向神人相见和自我完善的纵向运动中，正义与友爱的内涵同样与马利坦的神学思想紧密相连。所谓"正义"，乃是一种和谐的秩序，体现为上帝创世时宇宙万物作为存在链条的任何一环都应保持的一种有机的等级秩序。任何一个存在都应安于一个与其价值完善程度相称的位置而不得有丝毫僭越，否则将导致混乱与不义、失衡与邪恶。"友爱"是马利坦处理世俗世界中人与人之间关系的一种手段和方式，是其"爱"的概念之延伸。爱的概念和内涵在马利坦的神学哲学思想中是相当丰沛的。其一，马利坦认为，与人类生活的完善最最相关的第一个就是爱。基于"完善在于上帝之爱"和"爱在每个人所具有的力量之中"而言，人们必然趋向于爱的完善。其二，爱的概念和内涵包括道德判断，它支配着关于谨慎之善（virtue of prudence）的全部理论。爱，它所涉及的是存在者，存在者存在的根基则是爱，所以，真正纯粹的"爱不是短暂的愉悦或情绪，而是他和活着的

① Jacques Maritain, *The Range of Reason*, *Chapter Fourteen*: *The Vertical Movement and the Horizontal Movement in Man's Life*, University of Notre Dame, 1952, p.182.

存在所具有的那种意义本身"①。这种意义本身就是，爱寓于精神之中的存在对于自我而言乃是存在的绝对启示。换言之，存在者（意指绝对存在者）对自我启示的真正意义在于唤醒"爱"对人的精神性存在的绝对意义。如果人人得以获得完善的精神性存在，那必然是福音的酵母——爱和灵感在发挥使世俗的秩序圣洁化的功能和效用，爱的不断融合最终涌向一个真正具备正义与民主的博爱国度。在对神的主体的爱（神爱）、对自己的爱（自爱）、对所有他者的爱（友爱）中，三种爱的关系表述在形式上是有秩序的，实质上是融合的。"对神的主体的爱胜过对自己的爱，我为着他而爱自己，正是在按照他所希望的那样去做，……所有的主体，即我们，被召唤去享有他的生活。"② 这种爱的秩序与融合，是一种爱的知识，一种为上帝所拥有的彻底的知识。在这种知识中，通过彼此融合，上帝以及爱的天然本性被了解到，正是这种爱成为关于神的自我的知识的正式手段，并且使得人类的自我在他的精神之不透明性之中变得明晰。唯有通过爱，人才真正达到他的存在的最高存在——舍己的存在。最令人心醉的例证是诗人施勒格尔，他"为了在道德和行为、言语和作品中向一切人宣布、传达并描绘神性，诗人毁灭性地牺牲自己"③。

使爱成为知识的一种正式手段，上升到如此的高度，人才能获得关于所爱的存在物的朦胧知识，获得与人所拥有的关于人自身的知识相似的一种知识，经由对融合的体验而了解到处在其主体性之中的那个存在物。如康德所描绘的那样，有两种事物，人们愈是沉思，便愈会感受到其崇高与神圣，愈是增加虔敬与信仰，那就是人们头上的天空和心中的道德律。茫茫宇宙间，上帝作为天地万物的最高创造者与绝对存在者，为不知所归的人心中点燃了一盏明灯，信仰之启示的参照与参与，构成了启示在人智性中的内在辩证关系。向完善的精神不断地提升自己的主体便在某种程度上治愈了人们的孤独，尽管人们仍然怀着焦虑之心，但他能够在人们将他作为主体的那种知识所筑起的避难所里得到片刻的也许可能是永久的平静。

---

① ［法］雅克·马里坦，龚同铮译：《存在与存在者》，贵州人民出版社 1990 年版，第 69 页。

② ［法］雅克·马里坦著，龚同铮译：《存在与存在者》，贵州人民出版社 1990 年版，第 63 页。

③ ［德］施勒格尔著，李伯杰译：《浪漫派风格》，华夏出版社 2005 年版，第 112 页。

　　这种不断向上提升精神的呼声，正是人类生存的基本动力之一，如同海德格尔的"此在"聆听到的从非本真状态向本真状态过渡的良知呼唤。作为呼声，它振人心魂，让人在艺术和审美活动中跃入澄明之境；作为光启，它同样摄人心魄，让人在艺术和道德实践中显现真理、敞开意义、沐浴神恩。

　　法国诗人保罗·克洛岱尔（Paul Claudel）在《高贵的诗神》（*La Muse qui est la Grâce*）中表达道：

Et cependant quand tu m'appelles ce n'est pas avec moi seulement qu'il faut répondre, mais avec tous les êtres qui m'entourent

...

Je ne trouve ma nécessité qu'en toi que je ne vois point et toutes choses me sont nécessaires en toi que je ne vois point

Elles ne sont pas faites pour moi, leur ordre n'est pas avec moi, mais avec la parle qui les a créées

...

Ainsi je travaille et ne saurai point ce que j'ai fait, ainsi l'esprit avec un spasme mortel

Jette la parole hors de lui comme une source qui ne connaît point

Autre chose que sa pression et le poids du ciel.

当你呼唤我时，你不应只与我，而应与我周围的一切生命对话
……
我看不到，我只能在你身上感到我的需求
我看不到，你身上的一切对我都是必不可少
她们并非为我而生，她们的秩序与我无关，但与创造她们的言说有关
……
于是，我耕耘，却不知我种下了什么，因此灵魂致命地痉挛
抛弃言说不能自制，犹如抛弃感知这些本源，只知这压力和天意的力量

　　"诗神"不仅与诗人对话，也与诗人周围的一切生命对话；虽然诗人

看不见"诗神",却可以感受到自己所需要的一切。诗人不断地耕耘着,却不知种下了什么,只有灵魂在致命地痉挛,这就是根植于诗人艺术家灵魂深处的最最宝贵的东西——诗性直觉。对诗人来说,诗性直觉不仅是一种压力,也是上天赋予的(天意所为)活力。诗性直觉释放出来,就汇成照亮和启示人类智性的最富成果的存在方式。人类在现实性的张力存在中既可为恶也可为善。为恶,体现的是人的自由力量,遵循自己的意志,神性在这种存在中是缺席的;为善,体现的是人格的尊严,存在的道路在神性向人性的下降中变成现实,在人性向神性的提升中获得尊严。马利坦立足于这种使创造性的存在与完美精神之体现的上帝合二为一的自我启示的使命中,呼唤人们将存在的历史向着完善的精神的神性提升,这个启示就是将自身从盲目的意欲性存在向精神的神性存在不断地提升,而驱动这种存在的精神活动得以进行的就是光启性智性。马利坦坚信:参与了创造性神圣之光的光启性智性必然能够消除现代世界出现的二元分裂——世俗世界与神性世界的对立,从而建立一个世俗的、真正民主的、正义与友爱的博爱国度。

启示与智性,由上帝的福音如圣洁的光渗入人的本性,融入人的灵魂。人的道德良知的本性必然能够认识、感悟这一切。体验者经过智性的专心或经过敞开其思想和感觉专心于有意义的情感之后,直觉地加以领悟,富有悟性的心灵就能聆听来自心灵深渊的韵律与来自远空神灵的呼唤,将其化为生命的永恒。借光的映照,诗启(神启)打开了一个新的世界。马利坦神学思想中救赎论的核心在于启示;马利坦诗学理论的主题是诗性意义的显现。二者的关键是启示,启示成为人与神相见的桥梁,启示成为诗人唤醒灵性的良方。对于纯理性的智慧来说,这看似一种疯狂;对神学家马利坦而言,这是最高的智慧。通过耶稣的道成肉身在现代社会进行救赎的活动已无力打动人心,上帝的启示是借圣经之言而进行的,借诗进行启示是马利坦神学对现代宗教的一个转化,也是马利坦对现代诗学理论的一个突破。

创造不仅是上帝的意愿,也是启示之光对心灵宇宙洞穴打开的隐喻。思无定契,理有恒存。马利坦诗学理论中的启示性对应在神学上就是救赎性,如果诗性作品失去了它所能够传递的启示意义(诗性意义),它将一无是处。

管 窥 篇

　　前三篇主要围绕马利坦诗学思想中的基本概念——"诗"、"诗性"、"诗化"——给予了圆通式的观照，尤其是核心概念"诗"。"诗"之本体，诗与神一体，诗是自身的一个目的和绝对，诗赋予事物以存在。"诗"之本根是：诗是一种内在的、普遍的、原始的精神活动，是事物内部与人类自身内部之间的相互感通。"诗"之本源是：诗是一种精神的自由创造力的释放和驱动，诗是所有艺术的神秘生命。这一篇将关注其诗学思想的实践论。

　　与"诗"一样，"艺术"也是马利坦诗学理论中的一个重要概念。正是由于对"诗"的独到见解，马利坦关于"艺术"概念的界说与前人有着不同的形而上内涵，更异于同时代的诗学理论家。以下三章分别从形神之辩、诗哲之争、三位一体三个角度来管窥其艺术论的奥秘。

第十章

形神之辩

"谈到艺术，我指的是人类精神的创造性的（the creative）或生产的（producing）、制作产品（work-making）的行为活动（activity）。"① 马利坦对"艺术"的界定，其内涵可以归纳为两点：第一，就艺术活动本身来讲，艺术并不是人们通常所理解的人的精神生产所产生的客体，即艺术品。艺术首先指的是人类精神领域内的一种活动，其次是指人类在这种内在精神力量支配下的外在物质制作事实，即指向创造和制作。第二，艺术作为人类实践的智性活动，可以分为两类：一类是道德的活动，从属于人的造化领域；一类是艺术的活动，属于超出人的命运范围而由人自己完成的事物领域。与实践的智性活动相对应的是思辨的智性活动，也属于艺术的范畴。思辨的智性活动唯一的目标是渴望了解"真"以及对"真"的把握，这个问题将留待下一章讨论。本章主要就"艺术是实践的智性活动"这个命题展开论述。

马利坦对"艺术"的界定关涉到诗学理论中两个最根本的问题：一是关于艺术的起源问题；二是艺术与人类智性的关系，也可以说是艺术与诗的关系。

关于艺术的起源问题，古往今来的哲学家、美学家、艺术家们可谓殚精竭虑，已探讨出诸多见解。"巫术说"（爱德华·泰勒、弗雷泽）、"模仿说"（亚里士多德）、"游戏说"（席勒、斯宾塞）、"表现说"（雪莱、托尔斯泰）、"生物本能说"（达尔文）、"劳动说"（普列汉诺夫）、"无意识本能说"（弗洛伊德）……众说纷纭，这些不同的学说从不同的角度揭示了人类艺术生发的动机、手段、必要条件以及根据等，为窥探艺术的源起和探讨艺术的本质提供了多角度理解的可能。但关于艺术起源问题至今仍是一个争论不休、没有定论的"斯芬克斯之谜"。

马利坦对"艺术"的简洁定义中不仅蕴涵着古希腊对艺术的定义，而且包蕴了马克思关于艺术起源的含义。古希腊的诗学观认为，艺术特指技艺，技艺就是创作。柏拉图在《会饮篇》中说："创作的意义是极广泛的，无论什么东西从无到有中间所经过的手续都是创作。所以一切技艺的制造

---

① Jacques Maritain, *Creative Intuition in Art and Poetry*, New York, Meridian Books, 1957, p. 3.

都是创作，一切手艺人都是创作家。"① 如此宽泛的艺术内涵，必然得出：凡是通过专门知识来学会的工作都可以称作艺术。换言之，技艺就是艺术。手工业、农业、医药、骑射、烹调等都可称为艺术，更不用说音乐、舞蹈、绘画、雕刻、诗歌这些艺术门类了。在《高尔吉亚篇》中，柏拉图将艺术分为两种：一种是属于手工业者的实践（如绘画等）；另一种是属于靠逻辑来发挥作用的（如算术等）艺术。在《卡尔米德篇》中，柏拉图又将艺术分为产品可分离的（如建房等）以及对象不可分离的（如医学等）两种。如果从这种艺术观出发，诗人与木匠之间也就没有任何区别了。艺术与其他技艺的区别也只是一种技艺与另一种技艺类别的差异，没有本质上的区别。今天，人们仍将具有高度技能与技巧的人从事的行为称为艺术，就是基于从最广义的角度来看待艺术的结果。

马利坦一定程度上认可古希腊的艺术观，因为他坚信艺术的起源在于劳动实践中的技艺："艺术从来不以自由和为美而美开始。它从为人类的生存而制造各种工具开始。"（Art does not begin with freedom and beauty for beauty's sake. It begins with making instruments for human life. ②）在人类的早期活动中，由于生产力低下，起决定作用的生存是第一位的，不可能出现华而不实的纯粹为美而美的艺术，对美的艺术的追求必定依附于技艺性的劳动。艺术起源于为生存而进行的制作、生产，这是艺术最显著和最典型的特点，也是艺术作为人类根本活动的最一般意义，这种观点与马克思关于艺术起源于人类生产劳动实践的观点是一致的，充分体现了马利坦诗学思想中的唯物论思想。

在认可古希腊艺术观的基础上，马利坦以一种辩证发展的眼光来看待艺术，对艺术进行了分类：实用的艺术与美的艺术。难能可贵的是，马利坦对这两种艺术的划分不是决然地一分为二的，而是以动态、渐变的眼光来区分这两种艺术。马利坦特别强调："一定不能以太绝对的方式去理解

---

① ［古希腊］柏拉图著，朱光潜译：《文艺对话集》，人民文学出版社 1963 年版，第 263 页。

② Jacques Maritain, *Creative Intuition in Art and Poetry*, New York, Meridian Books, 1957, p. 2.

实用艺术同美的艺术之间的区别。"① 质言之，艺术诞生之初由实用艺术渐变为美的艺术的过程是漫长的、模糊的。理论上，实用艺术和美的艺术二者之间的界限是可以划分的；实践中，二者之间的界限则是非常模糊的。换言之，实用艺术转变为美的艺术的临界点是无法界定的。因为"纯粹的创造是不可能的"②，真正纯粹的美的艺术是不存在的，仅仅是艺术发展未来的一个趋向或者说是人们的一个美好希冀。"关于初民时期的艺术是否总带有某种巫术的目的，这仍是一个有争议的假设。但在更深刻的也许尽管不恰当的意义上，当艺术还是自然而然地涉及巫术的一个种类，这种夹杂着巫术的艺术在若干世纪的发展过程中已逐渐被纯化且纯粹地艺术化……纯化了的意向性艺术是纯粹的，而且演化为超主观的。"（Whether art, in its beginnings in mankind, always had some magic purpose is a questionable assumption. But in a deeper though improper sense, art by itself involves a species of magic, which has become purified in the course of centuries, and is pure, and purely aesthetic, ... that is, of a purely intentional or suprasubjective becoming. ③）艺术在发展过程中的趋向是一个不断地由实用艺术朝向审美艺术渐进的自然过程；终极的、纯粹的、完全审美的艺术是不可能存在的，却是艺术发展渐进过程的一个趋势或终极目标。假设这个终极目标可以实现或存在的话，那一刻要么是艺术终结之时，要么是艺术本身与"神"同一化之时。

马利坦诗学理论中的艺术观是不断发展的。无论是实用性的艺术还是美的艺术，二者都是人类进行创造、制作的结果。众说纷纭的艺术起源论——"巫术说"、"本能说"、"游戏说"、"模仿说"、"劳动说"等——都是在一定程度上、从一定角度对人类生存中为满足物质的、精神的需要而得出的诸多解释行为，各有其存在的合理性与必要性，为认知艺术起源提供了多角度的视阈。马利坦认为，在人类的诸多创造中所产生的美的艺

---

① Jacques Maritain, *Creative Intuition in Art and Poetry*, New York, Meridian Books, 1957, p. 46.

② Jacques Maritain, *Creative Intuition in Art and Poetry*, New York, Meridian Books, 1957, p. 57.

③ Jacques Maritain, *Creative Intuition in Art and Poetry*, New York, Meridian Books, 1957, p. 5.

术是艺术自身潜力的自然进化，其最初目的同样是追求"生存"（本体论意义上的生存）而并非为美而美。马利坦的进化论艺术观为解释现代派艺术——立体派、抽象派绘画以及无调性音乐等——的诞生提供了理论支撑。

作为一位天主教神学家，马利坦在艺术的起源上能够从人类最本根的生存活动的需求中科学地探寻艺术的本义和美的本质，并结合进化论观点与辩证思维对艺术的发展给予肯定，这是非常难得的。马利坦对艺术是生产制作活动的本体内涵的界定，拔除了遮蔽艺术本来面目的散漫芜杂之物，为艺术正本；马利坦准确地把握了艺术作为人工创制活动的特性，对艺术内涵的理解回溯到诗最原始的精神创造本源，还原了艺术本来存在的面目，为艺术清源。马利坦认为，艺术是自身潜力的自然进化的发展观，不仅借鉴了现代科学的理念，而且为现代艺术的存在价值提供了理论支撑，为更清晰、更深入地辨明艺术与诗的关系奠定了基础。

马利坦论述艺术与诗的关系——形神之辩，体现在以下三个方面：

第一个方面，作为人类精神领域的创造活动，诗与艺术分别代表了内在精神创造活动的两个重要阶段。"诗"须依"艺术"而秀出，"艺术"必傍"诗"而显神韵。诗与艺术二者既具有内在的统一性与和谐性，也潜在地存有艺术显现的断裂性问题。从艺术创造完成的整个过程来讲，诗和艺术通力合作才能构成艺术创造完整的精神活动，否则，它什么也不是。"如果创造性直觉匮乏，一部作品尽管可能完全制成，但它什么也不是；艺术家什么也没有说。如果创造性直觉在场，在某种程度上进入作品，那么这部作品，即使不完全成形，它也存在着并向我们倾诉。"（If creative intuition is lacking, a work can be perfectly made, and it is nothing; the artist has nothing to say. If creative intuition is present, and passes, to some extent, into the work, the work exsits and speaks to us, even if it is imperfectly made and proceeds from a man. ①）在马利坦诗学的核心概念中，在本体上，诗是自身的一个目的和绝对，诗与神一体，诗赋予事物以存在；在本根处，诗是一种内在的、普遍的、原始的精神活动，是事物内部与人类自身内部之

———————

① Jacques Maritain, *Creative Intuition in Art and Poetry*, New York, Meridian Books, 1957, p. 45.

间的相互感通；在本源中，诗是一种精神的自由创造力的释放和驱动，随着主体自我认识的需要应运而生。处于精神无意识地带的原始懵懂的"诗"，其模糊的前意念生命被主体的灵魂力量智性偶然捕获时，主体还无法认识它，主体只有通过把握与自我产生的内在交流、本质共鸣的客观事物的存在意义来反观自己、认识自己。当这种自我认识还处于前逻辑概念时，这种包含情感、意象、物我交合的极其含糊、极其朦胧的直觉性体验就会表现出渴望进一步表达和倾诉的冲动。也就是说，诗需要艺术为自己创造一个对象，这个对象必然将是某种制造出来的、通向外部的东西，即诗将成为一种被交付给艺术的生产性活动。伴随着这种自我认识的强烈需求，创造性直觉不间断地涌动，寻找着喷射口，这种性质上被交付给艺术的制作活动，为动力的趋向而奔忙。这种趋向倾向于产生作品的艺术动力，被创造的一切事物通过这种倾向性的活动走向完成。在这种意义上，诗被要求坠落到存在的本源上和不可能立界线的不能认识的事物上。此刻，诗进入与它被交付的艺术的冲突中，所有这一切都是极自然的，也是精神生活中的自然张力和危机之一。当诗趋同于艺术的创造性的智性活动时，需要借助艺术活动进行明晰表达。如果艺术创造活动的结果使艺术与"诗"达到一种完美的、和谐的统一，也就达到形神兼备，艺术创造中完整的精神活动得以完满实现。如果诗与艺术决裂，即精神创造活动中的张力失去了平衡，那么将导致两个后果：要么"形秀神失"，艺术自身不再对作为目的的作品感兴趣，作品只是成为传达认识的工具，成为一种不可思议的说教，或者什么也不是；要么"神隐形崩"，没有任何艺术作品得以成型（make），"诗"永远游荡于精神无意识领域中，处于流放状态，渴望着认识和创造。在创造的等级这个意义上讲，诗超越于艺术（poetry transcends art），但同时，诗自然地、本能地依附于艺术（poetry is naturally attached to art），而且本质上趋向于艺术（and is by essence oriented in the direction of art①）。马利坦对诗与艺术关系的认知，是对以克罗齐为代表的表现主义诗学观的反驳和完善。表现主义极力强调"诗"的重要性，认为只有在内心完成的诗才是真正的艺术——"表现即直觉"，否认对外传达

---

① Jacques Maritain, *Creative Intuition in Art and Poetry*, New York, Meridian Books, 1957, p. 174.

媒介与技艺的不可或缺性。马利坦不仅周全了整个创造过程，而且强调了等级差异以及二者的相互依赖性。

第二个方面，"诗是所有艺术的神秘生命"，这是马利坦对诗的本源论界定，意指诗是精神领域一切创造活动的发源地，艺术必然依赖诗而得以获得生命，并永远受"诗"的支配。在这个意义上讲，诗超越于艺术。诗超越于艺术源于两个事实：首先，诗作为精神创造的原动力是绝对自由的，它本身没有对象，没有目的，只是一个抽象的相关物，一个超越任何目的的目的。诗没有对象，没有目的，不受任何规则的约束与支配，也不存在任何可以对诗进行规范的既定规则。艺术中，精神的创造力则是不自由的，艺术创造或制作必须有既定的对象与目的，要受到制作规则的限制，被束缚在作品之中，这种自由是受限制的、相对的。"艺术有个对象，这个对象是有限的；它被幽闭在一个品类中，即应被完成的作品之中……假设艺术作品由规则所指定、所形成，那么艺术所有的活动性都欲使对象得以存在。"（Art, also, has an object, which is finite and enclosed in a genus : the work to be made. ... all the activity if art is specified and formed by rules intended for the object to be made to exist. [①]）实用艺术通过智性所发现的各种规则而直接倾向于作品的产生，无论这些规则怎样越来越精纯和精巧，对艺术生命产生有利的帮助还是成为不利的障碍物，手艺人（制作实用艺术的人）的首要职责仍是遵从最初的规则——朝向那个应得到满足的需要。就美的艺术而言，这种最初的规则是对美的渴望，"精神的这种自由的创造性首先借以表达自己情感生命的调节器或动因"（for the really genuine vital actuation through which the free creativity of the spirit expresses itself first and foremost is this creative or poetic intuition, to which the entire work to be engendered in beauty[②]），这种渴望倾向于真正精神的创造性解放。精神自由的创造性通过真正生命的调节器首要表现的，正是这种创造性的或诗性的直觉。可见，无论是实用的艺术还是美的艺术，艺术家全部的、忠实的、顺从的注意必须交付给最初的规则，而"最初的规则是天国

---

① Jacques Maritain, *Creative Intuition in Art and Poetry*, New York, Meridian Books, 1957, p. 130.

② Jacques Maritain, *Creative Intuition in Art and Poetry*, New York, Meridian Books, 1957, p. 45.

的，因为它涉及在美中产生的作品其精神内部的真正概念——创造性直觉"（the primary rule is a heavenly rule，because it deals with the every conception，in the bosom of the spirit，of the work to be engendered in beauty①）。创造性直觉是诗人的艺术的善的最初规则和最宝贵的光，没有诗性直觉的照耀，不可能结出具有诗性意义的果实，艺术则是诗性直觉得以显形和最后完成的必要手段。艺术的目标就是全力以赴地创作出一个应被完成的好的作品。诗，作为精神自由的创造性的原始驱动，既无主子，又无对象，不为任何应完成的作品服务，也不知道有什么规则，它以自己灵活的意志在驱动、指挥并控制艺术。"诗给艺术以活力。"（Poetry quickens art.②）也就是说，诗是一切艺术何以可能的渊薮。其次，诗是认识。这是从本体论的角度来讲的，诗以它自己的方式同存在进行精神的交流，这种认识不是"这个词"严格意义上的实践的认识，而是对事物本质的深层认识，是凭借诗性经验得来的认识，完全不同于科学与哲学所特有的推理、逻辑判断的认识，这种认识在所有伟大的数学家、哲学家、冒险家、革命家、政治家身上同样起作用。从这个意义上讲，诗享有对所有艺术普遍的统治权与支配权，诗超越于艺术之上而成为所有艺术的生命之源。从诗是艺术的灵魂和本质这个角度，马利坦建立起诗和艺术的密切联系，揭示出诗是艺术精神创造活动的真正本源。同时，诗的绝对自由性、无对象性、无目的性、无规则性、丰富性、独特性、超然性、主宰性，成为诗与艺术差异的标志，为人们反观艺术的本质提供了另一条思路。

第三个方面，诗、艺术与真、善、美的关联。对于完整的创造来说，艺术与诗二者缺一不可。在创造的等级上，诗超越于艺术；在创造的实现上，艺术拥有最终话事权；在创造的结果上，诗与艺术同为精神性、创造性的活动；在创造的价值上，就是考量诗、艺术与真、善、美的关系。

思辨的智性与实践的智性二者的划分是亚里士多德所创，是最早、最原始并被后来学者广泛接受的一种艺术划分形式。这种一分为二的划分方式并非全面而完美，马利坦承接了这种划分，但并没有止于这种划分。在

---

① Jacques Maritain，*Creative Intuition in Art and Poetry*，New York，Meridian Books，1957，p. 45.

② Jacques Maritain，*Creative Intuition in Art and Poetry*，New York，Meridian Books，1957，p. 173.

马利坦看来，艺术活动从属于实践的智性（the practical intellect），实践的智性为行动而知，行动求善，欲望往往大于理性。实践的智性因涉及必须完成的人的活动，又可细分为道德的活动（做）和艺术的活动（制作）。艺术的活动大体上又可划分为实用的艺术和美的艺术。由此可见，艺术并非仅仅只求善，也求美、求真。与之相对的思辨的智性或理论的智性（the speculative intellect or theoretical intellect）为认识而知，认识求真，理性往往大于欲望。如果说哲学（隶属于思辨的智性）是对世界和人生的最高认识，那么，哲学难道仅仅只是求真吗？（诗哲之争留待下章讨论）不言而喻，这样的多层次二分仅仅是权宜之计，都是相对而言的。

从马利坦对艺术的细致划分与辨析可见，艺术从属于实践的智性，是一种求善的智性活动，并非不求美。马利坦认为划分实践的智性与思辨的智性这一二分仅仅是依据两种不同方式之间的区别，二者实同出一源，源于灵魂中的同一种力——智性。根据前文对智性的分析，可以清晰地得知，马利坦所言的智性，其内涵、功效完全等同奴斯。智性既蕴涵理性的思索特质，也具备非理性的直觉品性，又渗透了超理性的天赋基质。理性、非理性、超理性的三位一体共筑了"智性"这一概念。智性作为人类智慧的核心，是人类灵魂中一个具有决定性的质子，虽不可见，却是可理解与可感知的。智性是智慧中的无形生命体（incorporeal being），它驻足于所有的艺术之中。"艺术的本质是智性。"（Art is intellectual by essence.①）"艺术存在于灵魂之中，它是灵魂的某种完善。"（Art resides in the soul and is a certain perfection of the soul.②）可见艺术与善紧密相关。诗，首先意味着一种本质上是创造性的智性活动。作为一种内在的、原始的精神创造活动，它同样源于智性。在创造性的智性活动这一点上，艺术与诗相通，共同求善。诗不仅源于智性，更源于智性的前概念生命。诗是所有艺术的神秘生命，在这一点上，诗超越于所有艺术；换言之，诗超越于善之上。马利坦从实践的角度将智性活动细分为道德的活动（做）和艺术的活动（制作），而艺术的活动又包括实用的艺术和美的艺术。由此可

---

① Jacques Maritain, *Creative Intuition in Art and Poetry*, New York, Meridian Books, 1957, p. 35.

② Jacques Maritain, *Creative Intuition in Art and Poetry*, New York, Meridian Books, 1957, p. 35.

见，艺术必然涉及善与美。

　　智性作为人类智慧的核心，作为无穷集，包含众多不同类型的智性，不同的智性活动渴望着不同的对象，追求着、意向着、实现着不同程度的真、善、美。纯粹的、完全的、绝对意义上的真、善、美的统一是不可能实现的。法国诗人瓦莱里以极其敏感谨慎的方式给"纯诗"作了界定："假如诗人能成功地创作出不再出现任何散文的作品，诗篇中音乐性的连续不再被打断，意义关系永远与和声关系吻合，思想的相互转化显得比任何思想更重要，外形的作用将包括主题的真实性，到那时，我们就可以像谈论现存事物一样来谈论纯诗。"① "纯诗"概念只是诗人追求的一种理想状态，真正的"纯诗"是永远不可能实现的，它只是引导诗人朝向的一个目标与理想。诗人瓦莱里列出的诸多"假如"表明的恰恰是马利坦诗学思想的渴望。换言之，假如马利坦对"原诗"的阐述能够在诗歌创作中实现，即"诗"果真在"诗"之本体、"诗"之本根以及"诗"之本源这三个层面上达到一种内在的统一，且完美显现，那么，纯粹、完全、绝对意义上的真、善、美三位一体的艺术也就能够实现，真正意义上的实现。遗憾的是，事实上这只是假如，这种概念"是一种不能接受的概念，是一种欲望的理想范围，又是诗人的努力和强力所在……"②

　　同为行为活动领域里求善的活动，马利坦将艺术活动独立于道德活动之外，作为一个独立的领域与道德领域分开，这是一种相当客观的认知。因为艺术是一种善，但不是道德上的善。道德上典型的善是"谨慎"（prudentia），它是处于实践性顶点的实践智慧。谨慎是智性关于需要完成的行动（做，agibilia）的直接决定，而艺术则是智性关于需要完成的作品（制作，factibila）的直接决定。也就是说，道德的善是与应该完成的行为主体相关联的智性的善；艺术作为实践的智性的善，是与应该完成的客体的创造相关联的智性的善。善，本身没有错，艺术的善本身更没有错。道德的善与艺术的善二者之间的不同在于，真正使用人的自由意志的道德同人格的好坏相联系。艺术可以在一个层面上只与作品的好坏有关，而与人

---

　　① ［法］瓦莱里：《论纯诗》，见潞潞主编：《准则与尺度——外国著名诗人文论》，北京出版社 2003 年版，第 11 页。
　　② ［法］瓦莱里：《论纯诗》，见潞潞主编：《准则与尺度——外国著名诗人文论》，北京出版社 2003 年版，第 11 页。

格的好坏无关。只要手艺人造出一幅好的木制品或珠宝制品，那么他是个邪恶的人或放荡的人这一事实似乎就不重要，就像妒意和邪恶对几何学家并不重要那样，只要他给人们提出几何学的事实。马利坦将艺术活动独立于道德活动之外，对二者不同的善进行了区分，但这种区分不是绝对的。以事实为证，马利坦又辩证地指出艺术与作品的好坏有关，更与人格的好坏有关。作为一个放毒者的散文家也许对他的文体无损，这只是一方面的事实；另一方面的事实是，作为一个吸毒上瘾的人，他最终可能对其文体有损。艺术不仅存在于艺术家之中，也存在于人类之中，艺术与人格的好坏必有某种复杂的联系，法国诗人波德莱尔的亲身体验就是一个极好的佐证。波德莱尔将全部的热情倾注在艺术上，长此以往逐渐毁掉了人的主体。由于物质诱惑或主观诱惑的间接影响，波德莱尔最终毁掉了艺术本身。只要一个人的生命完结了，他的艺术也就完结了。法国著名短篇小说家莫泊桑也是最好的例证。莫泊桑因对疯狂入迷最终变成疯子，他曾借小说人物之口说，疯子总是在吸引他，他总是朝疯子们走去，身不由己地听从包含在痴呆中的这种平淡无奇的神秘召唤。莫泊桑成为自己强烈情绪的受害者而倒下，他描写和分析精神病，最后自己也患上这种可怕的病。马利坦不仅充分地意识到道德的善与艺术的善二者之间的差异，还深刻地阐明了它们之间错综纠葛的复杂关系。

马利坦以辩证的眼光来区分道德活动与艺术活动，看待道德生活对于艺术的影响，是十分公允的。这不仅有利于对艺术作品的鉴赏、评判以及对艺术家的品评，而且这种区分实质上弥补了诗学理论中"文如其人、人如其文"命题的缺失。区分是为了比较，比较是为了更好地理解。理解后才可以明确马利坦更赞赏文与人在美和善上的完美统一。

超越于艺术之上的诗，作为人内在的原始的精神活动，自然而存在，它是一种本根存在，无所谓美、丑、善、恶。德国浪漫主义诗人诺瓦利斯曾言："诗之感通于神秘之感，皆精微秘密，洞鉴深隐，知不可知者，见不可见者，觉不可觉者。如宗教之能通神格天，发而为先知预言也。"[①] 诗洞鉴深隐灵魂深处的精微秘密，这种不可知、不可见、不可觉的秘密作为人内在的原始精神活动，在其源起处，无所谓美、丑、善、恶。艺术则是

---

① 钱钟书著：《谈艺录》（补订本），中华书局 1984 年版，第 272 页。

一种善，一种实践的智性的善。作为实践性智性的善的艺术同时渴望着美，对美的渴望造就了美的艺术。美的艺术使美成为对象；美的艺术超越于实用性的艺术，趋向纯粹性审美。诗在本质上倾向于美，但诗从不属于美。没有美，诗便无所依凭。虽然诗的实现必依附于艺术，但美绝不是诗的对象。诗永远均衡地向前运动，朝向它的真正生命，超越任何目的的目的，永远面临一种陌生而不明确的命运；同时，诗能够并且要求艺术展现美的活力。

圣·托马斯·阿奎那将美界定为"能被人们看见的赏心悦目"。他对美的描述性界定构成了西方传统美学对美的特征的认识。马利坦在此基础上阐述了构成美的三个基本要素或特征以及形成的原因。美由完整、和谐、光彩三个基本要素构成：完整，基于智性在存在的完全上是愉悦的；和谐（或比例），基于智性在次序和统一上是愉悦的；光彩（或明晰），基于智性在光线上（包括在自物中放射出使智力去审视的光线上）是愉悦的。马利坦对美的构成的阐释超越了传统上源自阿奎那的学说。马利坦的观点从"现象论"进入"本体论"。在马利坦看来，最主要也是最难解释的是光彩（或明晰），因为光彩（或明晰）的成分涉及对智性最基本的渴求。这种光彩，应指向内在的本体论原则，它决定了事物的本性和存在，事物只有通过它才能成其为事物，才能存在并行动。光是本体的照耀，它不但使前两个特征具有本体的意义，而且把前两个特征在现象上的体认提升到本体的高度。当人们感受形式的光彩时，观照的正是神秘的光彩。完整、和谐（或比例）因光彩（或明晰）而显出本体的超然的性质。人们之所以对各种性质不同的事物都会感受到美，并且用美去言说各种性质不同的事物，就在于美在本体论上的统一性。传统所说的美的三个特性，每一种都可以在种种不同的方式上被认识，也就是说，美的特性并不是单一的，它可以在各种不同的事物上以不同的程度显现。一幅画、一束花、一座山、一首歌都是美，但各自的美又都是不同的。它们分属于不同的类，的美都显示出与美相似的特征，这种美的相似性源于美的本体论的统一。马利坦将美界定为："美是所有统一的超然物的光彩。"（Beauty is the radiance of all transcendentals united. ①） 这让人联想起新柏拉图主义创始人普罗提诺对美的界定——美是"太一"的光辉流溢。普罗提诺的观点完全将美视为超然性的结果。"太一"作为最高的本原，是超越一切的本体，不能用范畴作限定，其内涵是绝对的完满性，而只有上帝才是绝对的完满。马利坦超越前人之处就在于不仅强调了美的本体性，更强调了美的超然性。

马利坦认为，美的超然性是指任何分类都无法将美封闭，它超越一切类别或类属，并渗入或浸入一切事物，显现在任何一种事物中。简而言之，美的超然性有两个突出特征：首先，美超越于各种分类；其次，美浸入一切事物。马利坦说："美是无穷尽的。"（Beauty is infinite. ②）正像一切事物都以自己的方式而存在，都以它自己的方式而好一样，一切事物也都以它自己的方式而美。存在是无穷无尽的，美也是无穷无尽的。正像存在处处呈现、处处富于变化那样，美也处处涌出、处处蔓延，富于变化。美与存在同在。马利坦的美学观点无疑超越了传统美学，超越了理性美学家对美进行的分类以及对包含着美的事物进行的分类。对美进行分类，或者把事物分类当成美的分类，都是只见树木不见森林的狭隘视阈，看不到美的真正本体。

从美的本体超然性出发，马利坦提出了自己的借光美学。借光美学与圣·托马斯·阿奎那的观点——所有事物的存在皆源于上帝的美——既有血脉相连的渊源，又染有现代性的超越。存在是无穷无尽的，美也是无穷无尽的。"诗"赋予事物以存在，而不是因事物而形成。美所呈现的光彩（或明晰），是事物内在本质反射到智性的神秘的光彩，即马利坦所言的光启性智性照耀下展示出的光彩。"美是所有统一的超然物的光彩"，这是马利坦神学理念融入诗学思想的再次显现。

存在着的一切都是美的。但是对人而言，并不是一切都是美的。因为人要感受美，必须运用肉体感官，只有适合人的感觉，才会被感觉到是美的；反之，则是不美的，是丑的。丑是什么，丑是被人们睹见后的不愉

---

① Jacques Maritain, *Creative Intuition in Art and Poetry*, New York, Meridian Books, 1957, p. 124.

② Jacques Maritain, *Creative Intuition in Art and Poetry*, New York, Meridian Books, 1957. p. 42.

快。这种不愉快并不是事物的性质对人有害，而是事物与人的感觉的内在比例不和谐或不相容。如果不从感觉出发，而从纯粹的智性出发，那么一切事物都是一种"时—空"中的数字，如毕达哥拉斯曾预言的一样，人的智性是从数字、尺度、时空的位置、物理能量、物理性能这些方面去知悉事物的，自然中的一切都是美的，丑是不存在的。如爱因斯坦的相对论所证实的一样，人在"时—空"中的存在是没有"过去—现在—未来"之分的，因而，丑也是不存在的。马利坦的美学观念基于这样一种基本设定：万物之始，一切皆美；创造之初，万物皆善。在回缩到人类的视阈后，以感官的方式看待一切，物才有美丑。哲学、美学领域的理论家肯定不会赞同马利坦用科学认识与审美观照的差异来证明其借光美学的基本观点。不可否认的是，马利坦的美学从另一个角度为人们认识美、寻求美，进而趋向美、趋向神性，提供了一个路径。这对于解决当代的文学出路与神学建设是相当重要的，是应该值得重视的。

太初有道，太初有意，太初有言，太初有为，太初有关系，太初有万物，万物皆美。人可以通过艺术感受不同的事物，从丑、非美的事物中辨别美、发现美，化丑为美、转怪为美、变悲为美。由此，艺术、诗与美的关系以及对人类的重要性便豁然呈现出来。首先，艺术可以使人从人本来不知其美的事物中发现美；其次，艺术可以把人从人的美提升到神的美；再次，艺术使人趋向神圣存在。正是从美的本体性、超然性出发，马利坦给出了一个富于思辨意味的美学观点。美并不简单地意味着完美，世俗意义的完美往往意味着人的故步自封，这恰是现实中的"匮乏意识"。无论是物质上还是精神上的匮乏，都将使人趋向对现世的超越，趋向神圣。真正的美往往在这匮乏与不足中闪现。西班牙画家弗朗西斯科·戈雅（Francisco José de Goya y Lucientes，1746—1828）的油画具有的光彩完全不同于中国的古典绘画或者荷兰画家伦勃朗·哈尔曼松·凡·莱因（Rembrandt Harmenszoon van Rijn，1606—1669）的绘画，但戈雅的油画闪耀出的对审美的超然性以种种方式在心中唤起的神秘"同一感"把人们引向了存在之源。从这种观点出发，可以更好地理解西方现代艺术的努力和意义：创造艺术，超越现世，超越自身。对马利坦来说，其借光诗学的核心并不在美的本体论，而在艺术本质论。艺术为克服审美和超然美之间的区别而斗争，为吸取超然美中的审美而斗争。马利坦看重的是借神之光的艺术使人趋向神圣存在。美作为神的名称之一，波德莱尔同样深谙此道："无论美出自天国或是地狱，我们关心的是什么呢？——我们关心的永远是美，就是魔鬼也是美的。"（"Que tu viennes du ciel ou de l'enfer, qu'importe", —whether beauty comes from heaven or hell, what do we care? —it is always beauty; and the devil is still beautifull. [1]）存在着的一切都是美的。

　　由马利坦对诗、艺术与美、善的关系认知中可以看出，形神统一于美、善中的重要性与必然性。而诗、艺术与真之间的关系，则涉及诗哲之争这个核心问题。

　　[1]　Jacques Maritain, *Creative Intuition in Art and Poetry*, New York, Meridian Books, 1957, p. 136.

第十一章

诗哲之争

现代诗人艾略特认为，诗与哲学是关于同一世界的不同语言。人类学家列维—斯特劳斯进一步指出，两种语言之间具有不可调和的紧张关系。他们二者的视线皆聚焦于诗与哲学之间语言的差异与对峙。那么，诗与哲学之争最根本的问题是否在于诗与哲学之间存在着本质的差异呢？如果说诗不再是一种文学样态的指称，而成为生命存在方式的一种象征，那么哲学作为人类生存的最高思辨形式，诗与哲学之争则成为必然且历久弥新。诗哲之争的焦点将会聚于艺术—存在—真理之间的关系这一重要问题上。

诗与哲学之争最早源于柏拉图，柏拉图在《理想国》中借苏格拉底之对话提出所谓的"诗哲之争"。

首先，"诗哲之争"可以说是一种新兴的理论态度和神话态度二者之间的纷争。轴心时代的古希腊与中国的先秦社会最大的区别也即最大的一个特点就是亚里士多德所说的神话家和自然学家的争论。德国哲学家文德尔班在《哲学史教程》中总结希腊精神时认为，希腊精神有两种倾向：一种是热情的、宗教的、神秘的、出世的；另一种是欢愉的、经验的、理性的，并对获得多种多样事实的知识感兴趣的。泰勒斯是古希腊第一个自然学家，其观点——万物是由水做成的——可以说是理性主义哲学思辨的滥觞。水作为构成宇宙世界的原质，与上古神话的观点——万物开端于混沌（Chaos，宇宙未形成前的情形，也即未知、不可知）——形成了鲜明的对照。神话为人们提供了一种对世界总体解释的类型，与之相对，新兴的理性思辨认知方式为人们提供了另一种对世界总体解释的类型。如果说把这种用理性思辨态度来建构的理论称为哲学，那么反之，用宗教的神秘态度来建构的理论则称之为神话。这样的划分是否可以说哲学就完全排除了其神话渊源呢？如果说二者之间最根本的共同之处有一点的话，那就是哲学和神话都尝试为人类提供一种对宇宙、对生存认识的整体解释。二者之间最根本的区别就是，神话是通过想象、传说、虚构来编织一个完整的解释，而哲学则力图通过理性、逻辑，从经验、事实及其推论、推理来形成对世界的整体解释。神话思维主要运用感性、非理性，同时注重用体验来补足理论；哲学思维主要运用理性，同时注重用经验所提供的道理来建构整体解释、建构理论。神话思维与哲学思维二者之间看似完全对立，其实质则是貌不合神不离，两种思维同时都兼有人类的体验或经验。在一定意义上讲，体验与经验只是两种不同的表达字眼而已。

　　其次，落实到实践中，柏拉图所说的"诗哲之争"，可以说是关于艺术与真理的关系问题引发的如何更完美地生存的争端。在《理想国》中，柏拉图提出了对诗的两项谴责。首先，诗作为对最高理念的模仿，不仅制造了"影—像"，更迷惑了人们对事物本原的理解；其次，诗具有道德或政治上的缺陷，在一定程度上怂恿人们满足欲望，尤其是爱欲。实践论上的"诗哲之争"与柏拉图的城邦政治理念密切相关。柏拉图认为，诗是模仿艺术的一个种类，哲学则是理性的理论表现。在这个意义上的诗与哲学之争首先体现在诗与哲学二者谁离真理更近。"一切诗人都只是模仿者，无论是德行，或是他们所写的一切题材，都只得到影像，并不曾抓住真理。"① 诗作为"影像的制造者，就是我们所说的模仿者，只知道外形，并不知道实体"②。如此推理，必然得出：诗与哲学谁抓住实体谁就真理在握。哲学抓住实体就等于是抓住了真理。而诗作为一种模仿，与理式（Eidos）（柏拉图的最高范畴，也即实体）相隔三层，必然远离了真理。推而言之，所有种类的模仿对接受者而言都是对其推理智慧的凌辱或危害。如果将诗归于模仿，那么诗若制造了一些与真理相隔甚远的"影—像"，就得被驱逐出城邦，被驱逐出理想国。从政治的意义上来说，哲学为了城邦利益而运用模仿，有益的谎言（用诗说谎）与有益的真理就成为一回事。诗与哲学同为统治城邦的工具，哲学并不高于诗，关键在于模仿的政治效力。模仿艺术的缺陷是政治性的或道德性的，而非本体论的或现象性的。换言之，诗与哲学之争的关键就在于其是政治的还是道德的。诗滥用模仿，怂恿欲望，也怂恿意志，以此来定义完满；哲学则倡导克制欲望或将欲望转化，使之与智性完满协调，在这一点上，诗与哲学的冲突本质上似乎成为性克制与性放纵的冲突。柏拉图认为哲学优越于诗，就在于哲学欲望的克制可以用智性来解释所理解的东西。这样，诗与哲学之争不经意地就从常规或通常的政治方面转入了更根本的涉及人的欲望的争论。柏拉图意义上的欲望名称就是"爱欲"。苏格拉底在对话中清晰地表述了诗可能带来的后果——诗摧残人的理性部分，培养、发育人性的低劣部

---

　　① ［古希腊］柏拉图著，朱光潜译：《文艺对话集》，人民文学出版社 1963 年版，第 76 页。

　　② ［古希腊］柏拉图著，朱光潜译：《文艺对话集》，人民文学出版社 1963 年版，第 77 页。

分，灌输、滋养无理性的一切欲念。但最终，苏格拉底并没有将诗驱逐出城邦，而是让诗臣服于哲学。只要诗对于国家和人生有效用、有益处，能够教育公民过一种有正义和德行的生活，就可以与哲学同居城邦。就像前文提到的，哲人也必须"为了城邦利益"用高贵的谎言模仿诗人。可见，只有从流俗的意义上看，诗与哲学之争才存在本质的断裂。通过对话式的洞见，柏拉图传达出的理念恰恰是胜利属于诗，只不过诗的胜利并不能为政治上的放纵作担保。在更深的层面上，诗、哲学开始为过有正义和德行的生活而争辩，诗与哲学之争以及二者与真理的关系转向了诗、哲学与存在中的德行、善的关系问题。质言之，诗哲之争在政治生活中的求真问题是不存在的，哲学没有诗，正像诗没有哲学一样，是不适宜的，或是无法衡量的。诗与哲学之争消失在创造的话语中，成为哲学的诗或诗的哲学。

　　如果"诗"取得了胜利，并拥有了绝对的统治权，将会发生什么？问题恰恰是历史发展的轨迹中没有这个"如果"。在整个西方文明发展史上，正是理性哲学取得了绝对的胜利，成为主宰一切的强者，成为现代社会的霸主。当文艺复兴运动扯起理性的大旗，借助古希腊高扬的人本主义精神反对蒙昧主义、禁欲主义、神秘主义那一刻起，理性的旗帜就始终飘扬在西方文明的上空，如德拉克洛瓦《自由女神领导人民前进》中自由女神手中的三色旗帜一样鲜艳。即便是在神学主宰一切的中世纪，诗与哲学同时沦为神学最贴心的奴婢，尽心、尽力、尽兴地仰望上帝而携手共进时，其实质仍然是哲学独当一面地在全力证明上帝的全在、全知与全能。但丁的史诗绝唱《神曲》可以诠释，托马斯·阿奎那的哲学体系可以佐证。在近代哲学之始，笛卡尔"我思故我在"的命题更是理性压倒一切的标杆。启蒙运动中，人的理性理所当然地成为一切现存事物的最高裁判。"他们不承认任何外界的权威，不管这种权威是什么样的。宗教、自然观、社会、国家制度，一切都受到了最无情的批判；一切都必须在理性的法庭面前为自己的存在作辩护或者放弃存在的权利。"① 19 世纪浪漫主义诗人为理性的霸道起身反抗，为诗一辩，继而反思启蒙，反省理性。情感的力量毕竟太薄弱，终究没有敌过理性哲学的强权。德国诗人诺瓦利斯宣称："从此

---

① ［德］恩格斯：《社会主义从空想到科学的发展》，见《马克思恩格斯选集》（第三卷），人民文学出版社 1972 年版，第 404～405 页。

以后，我只研究诗，对所有的科学都进行诗化。"① 他认为浸润在理性主义冰水之中的世界毁灭了人天生具有的内在灵性，毅然决然同理性分手，要在自身周围建立诗的世界，并生活其中。诗不仅构成了一个"美妙的社会、内在的整体，一个世界家庭"，而且能够"混合一切，以实现它的伟大目标——人对自身的超越"。对诺瓦利斯而言，哲学对个体自身的超越是无能为力的，只有诗才可以实现这个目的。"最大的共鸣与合作——最内在的、最壮观的一致，只有通过诗歌才能成为现实的一致。而靠哲学是根本不可能的。"② 诺瓦利斯对诗化人生的极力追求耗尽心血，生命淹没于洪流般的理性哲学大潮中。强调天才、灵感、想象、情感的浪漫主义诗学只不过是当时德国古典哲学范畴诞生的"私生子"。理性哲学的发展已登上哲学史的辉煌巅峰。这是 18 世纪启蒙运动对理性思辨理论的一次最高诠释和集大成，康德、费希特、谢林、费尔巴哈、黑格尔众多哲学家创立自己的理论思想或自足的哲学体系就是再好不过的明证。

20 世纪前后，再次出现了为诗一辩的哲学超人尼采及后继者海德格尔，他们重返古希腊，再次竭力为诗呐喊。重返古希腊思想的尼采认为一切——无论是太阳神阿波罗清醒和维持秩序的知性活动，还是酒神狄俄尼索斯取消边界的迷醉；无论是善与恶，还是真理与谎言——都是幻觉。世界的一切不是太初有道，而是太初有生命。在生命中，尼采见到的不仅是原初，还有一切存在者的目标。它包容了起源和结果、原因和目的、开端和结束，一切的存在都从生命那里获得自己唯一和真实的合法。作为克服错误尤其是对抗有害哲学的工具性，尼采领悟了生命的真谛、诗的真理。依尼采之见，"整个希腊思维诉诸理性的狂热，透露出一种困境。人们陷于危险，人们只有一个选择：要么毁灭，要么荒谬地理性……从柏拉图开始，希腊哲学家们的道德主义局限于病态；而他们对辩证法的重视同样如此"③。尼采告诫哲学家不要再做概念的木乃伊，不要混淆始末，而要站到善恶之彼岸，摆脱自我欺骗，超越道德判断的错觉。因为作为反自然的道

---

① 周国平主编：《诗人哲学家》，上海人民出版社 2005 年版，第 54 页。

② ［俄］加比托娃著，王念宁译：《德国浪漫哲学》，中央编译出版社 2007 年版，第 133 页。

③ ［德］尼采著，卫茂平译：《偶像的黄昏》，华东师范大学出版社 2007 年版，第 52 页。

德是否定生命的，理性自身是一种疾病，完全不是通向德行、健康和幸福的回归之路，传统的、矫揉造作的文明必然导致诗意（人道）的终结。不管是不是疯人之语，尼采的强力意志和"超人"哲学成为引导人们前行的明灯，与此同时"上帝死了"的谶语成真又将人们打入虚无的深渊。诗（生命存在的本真与沉醉）成为尼采哲学思想的根基。尼采非体系、碎片式的哲学思想本身就是诗，但尼采毕竟仍然是以哲学之名而彪炳不朽。重返古希腊的海德格尔，祛除存在真理上的芜草，敞亮存在真理上的阴霾，揭示出人类栖息的家园，这就是诗。诗是人类存在的家园，诗意地栖息在大地上重新成为人的梦想。西方的哲学历来将形而上地认知世界、征服自然、探索自我认作自己的使命，在长足的发展过程中不知不觉地偏离、忽视了生命的本真存在状态。理性的、思辨的知识是无法指导人类揭开"存在的秘密"的，从这个角度讲，哲学思想之体系反而成为理解生命的死敌，束缚生命的桎梏。科学技术作为人的理性意志的体现、控制自然之决心，更是成为人类生存中不可或缺的巨人。科学逐渐剥离了笼罩在人们心中对世界充满幻想的神秘感，将人类引进光明，并给人类的生活提供了越来越多的舒适与便利。但科学思想的进步与人类对世界的认知并不是成正比而和谐同在的，科学在给人们带来对未来的乐观与憧憬的同时，也将人们带入了一个悲观与恐惧的黑暗时期。这是社会生活中最可怕的时刻，旧的程式已被摧毁，新的程式尚未就绪，这是死亡与无力诞生的世界之间的地带，消失的诸神与尚未面世的诸神之间的黑暗时期。在这样的黑暗时期，人们看到的只是恶，传统被耗尽，信仰被取消，良知被出卖……"赢利欲"和"权力欲"成为现代生活中恶的守护神，人类诗意地栖息在大地上已是幻想。尼采、海德格尔对理性科技主义的反叛声、呐喊声虽是振聋发聩，仍掩盖不了也超越不了科学发明的战争武器所带来的震耳欲聋之声。诗与哲学之争中又加入了另一"盟友"——科学，理性智慧的最高代表。试问诗、哲学、科学，谁主沉浮？谁主宰真理？离真理最近者是否也是离德行与善最近者？

列维—斯特劳斯曾向自己提出下面的问题："你认为当今世界有哲学一席之地吗？"他的回答是："答案是肯定的，但只有当哲学建立在科学的认识及科学所取得的成就的基础上时，哲学才能有一席之地……哲学家无法使自己与科学相隔离。科学不仅极大地拓展、改变了人们对生命和宇宙的看法，而且革新了智力发挥作用的规则。"①哲学家无法自绝于科学，这个观点在 K. 波普尔的著作《科学发现的逻辑》中再次被加以强调。在波普尔看来，科学仅包含可证伪的知识和经验，这是科学区别宗教和形而上学的东西。知识在逐渐地增加，事物是可知的，但知识永无止境，宇宙中永远存在还不可知的秘密。波普尔虽然承认启示、直觉和信仰浑然一体，不分彼此，没有谁是主导，但他只注重逻辑，注重科学的理性主义，让他最终无法将诗性思维与科学思维贯通。作为人类学家的列维—斯特劳斯曾极力标榜神话思维（也可称为原始思维或野性思维），但他并没有拒绝科学与哲学的联姻，而是辩证地回答了它们之间的关系。在科学原野考察的工作经验中，他意识到科学同样离不开野性思维。这是人类成长过程中永远也无法抹杀的一种诗性思维，即维柯所言的玄学思维。

维特根斯坦在《逻辑哲学论》中对哲学的未来命运作出预言："能说的则说，凡不可说的，应当沉默。"② 维特根斯坦的伟大之处在于他意识到语言的局限性：有些东西是语言所无法描述的，它们只具有逻辑上的结果，即只具有哲学上的结果。人们对作为整体的世界所作出的哲学上的概括也同样如此，因而谈论价值是毫无意义的。维特根斯坦开创的哲学一定程度上走向了"文字游戏"。当维特根斯坦对哲学悲观失望时，他自己又补充说，如果人们要使哲学上的概括有意义的话，必须缩小自己的视阈。世界只能借助对个别事实的仔细描述来加以谈论，因为世界是由个别事实组成，从本质上而言，这乃是科学所尝试解决的东西。难道真的如维特根斯坦所言，世界将被交付于科学之手，由它来主宰一切？答案是不言自明的。不论是科学还是哲学，想独自一统天下的野心都将以失败告终。

罗马教廷庇护十世（Pius X）针对现代主义发布了 20 世纪教皇的第一份通谕，其思想矛头首先指向自启蒙运动以来迅速发展起来的对科学的态度。其次，针对的是达尔文的具体科学以及达尔文进化论思想。再次，反驳的是对世界的理性观察。理由是理性观察是有界限的，绝非中性的，绝非摆脱事先被强加的概念式判断。最后，针对的是柏格森的直觉理论。柏

---

① ［英］彼德·沃森著，朱进东、陆月宏、胡发贵译：《20 世纪思想史》，上海译文出版社 2008 年版，第 2 页。

② ［英］路德维希·维特根斯坦著，王平复译：《逻辑哲学论》，九州出版社2007 年版，第 192 页。

格森赞成精神性概念，其精神性概念与传统相割裂，与科学和理性水乳交融。庇护十世向现代主义兴师问罪，谴责现代主义作为错误哲学信仰的产物而被人所遵奉。教廷的教义——信仰是在意志支配下表现出来的一种理智行为——得到了重申。忠实的信徒似乎对这种很合理的观点表示感激涕零，但科学领域的发展速度只能令人表现出更多的困惑，挑战性不言而喻。

马利坦正是在这个紧要当口重新拈出"诗哲之争"。实证主义哲学与达尔文进化论思想携手将人类推进科学实证的旋涡。20世纪的西方文明看似进入一个更加理性的时代，科学上的重大发现与实践不仅证明了人的理性作用对人类生活的彻底改变，而且科学正慢慢地变成主宰一切的力量，发展为科学本位主义，科学似有取代哲学、神学等其他学科之趋势。事实上，科学的强势带来了物质财富的丰裕，却没有带来精神生活的完满。当科学家带着乐观主义的态度和信心去观察认知世界后，海森伯的"测不准原理"告诫人们："原则上，我们不可能包罗无遗地认识现实。由于这个原因，我们观察到的事物均是从大量的可能性中选择出来的，并且是对未来可能性的一种限制。"① 哥德尔定理正像海森伯"测不准原理"一样，明确告诉人们，有一些东西是人们无法认识的。哥德尔的发现看似是一个令人沮丧的结论，实质上，哥德尔的发现却是人类全部发现中最基本的、最神秘的事实。他的理论描述了认识的有限性、不确定性。众多理论和思想领域中的其他进展及发现的新途径，一同将人们引入一个怀疑的悲观主义层面。人的认识是受限制的，为何会受到限制？认识到这些限制又意味着什么？一切又重新变得模糊、不清晰、不确定。

战争带来了毁灭，科学迎来了惊恐，哲学走入了游戏，神学步入了崩溃……人类生存的境域呈现出各式各样的荒原。艾略特的信仰荒原、纪德的道德荒原、恩斯特与达利的生物荒原、盖茨比的诸多荒原……斯宾格勒预言了西方的没落（1914年），因为理性的社会和科学只是不屈不挠的西方意志胜利的证据。卡尔·克劳斯描述了人类的末日（1922年），这是地球人无法承受的一种现实境域。在这样的荒原上，谁主沉浮？被誉为天主

---

① ［英］彼德·沃森著，朱进东、陆月宏、胡发贵译：《20世纪思想史》，上海译文出版社2008年版，第302页。

教官方哲学家的马利坦明确意识到宗教信仰面临的危机与挑战，传统"实在论"的宗教观念已无法深入人心，让人们坚信自己的信念以确保道德价值的存在已成过去，现代社会的境遇与状态只能让人们处于极度悲观主义的人性图景和绝望状况中。马利坦既要为日薄西山的宗教提供新能源，又要为自身的信仰做辩护。作为具有现代思想意识与开放意识的诗学家，马利坦绝不可能无视现代科学的发展以及现代艺术的辉煌带来的挑战。诗哲之争成为马利坦思想中无法回避也不能回避的问题。

与柏拉图思想相同的是，马利坦断然否定从流俗的意义上来看诗哲之争，因为二者本身并不存在本质的断裂。马利坦否认诗哲之争，原因就在于二者之间存在极大的共同性。首先，诗和形而上学都在追求比实在更为真实的超真实；其次，诗是精神的食粮，形而上学也追寻一种精神的食粮；最后，也是最重要的一点，马利坦希望让"诗"取得最后的胜利，而不是遵从柏拉图的城邦政治学，让诗臣服于哲学。与柏拉图思想相异的是，在断定诗与哲学本质上并无断裂的基础上，马利坦从精神事务第一性（灵性优先）的原则出发让哲学臣服于诗，毕竟哲学与诗是精神领域中智性显现的不同认识。哲学是通过最抽象的智力活动来攫取观念中的精神食粮，诗则通过被智性能力所磨炼的感觉在肉体上得到精神食粮。哲学只是在永恒领域的隐蔽所里欣赏自己的占有物，诗则处在第一个十字路口，在偶然而又异常的徘徊中寻找它自身。"哲学寻求各种本质和定义，诗则寻求路途中闪烁着的实体的闪光，寻求无形秩序中的所有映像。"①

哲学作为追寻精神食粮的一种方式，只从事于抽象认识。"哲学家在根本上是不适应事务的——在希腊词 pragmata（希腊语：行为、实践、事务）意义上的——日常世界，因为他栖居于别的地方，在云中，而只要他将脚放回到地上，就会摔进一个深坑。自苏格拉底和柏拉图之后，在哲学家的脚下，大地已被抽走，因为哲学独特地专注于不可见的'存在'的世界。"② 海德格尔对诗之本源的向往使他发出了对形而上——纯思的挑战。依马利坦之见，诗本身就是精神食粮，是感觉事物中的精神的预言——它

---

① Jacques Maritain, *Creative Intuition in Art and Poetry*, New York, Meridian Books, 1957, p. 174.

② ［法］马克·弗罗芒—默里斯著，冯尚译：《海德格尔诗学》，上海译文出版社2005年版，第127页。

在感觉的事物和感觉的愉悦中表达自身。哲学作为自然中的工具以及作为历史中的上帝启示之最高观念，具有客观性。诗，从其本性来说有意要拥抱整个人类。诗是所有艺术的神秘生命，赋予所有艺术以活力，当然包括哲学。哲学是思辨的，思辨哲学让人们保留了无限敞开的启示；诗是体悟的，体悟诗让人们捕捉了无限永恒的同一。在人类的生存中，最根本的不是推论或理性，相反，应该是主观和体验。哲学在规范表达形式上是有用武之地的，但哲学不能够判断人们体验的有效性，不能够提供以之为起点的原材料，一切关于道德、美学的实体判断皆不可能。因此，人类生命中感悟和神秘的一面不仅不是次要的，相反，应该成为人们在科学、哲学、伦理学之外的一个独立领域或是一种独一无二的认知模式。如果说哲学通过自己的立法使理念的功效能广被世界，那么可以说"诗是开启哲学的钥匙，是哲学的目的和意义"[①]（诺瓦利斯语）。现代哲学自身已意识到，只有通过与"诗"的配合，才能最大限度地发挥自身的潜力，在尽可能深广的范围内展现思辨和形象化阐释的风采。哲学的最终目的绝不会是排斥诗，而是充实它、拓宽它，因为诗是开启哲学的钥匙，是哲学自身的目的和意义。

可见，诗对哲学来说至关重要。诗，向哲学敞开了圣所，在那里，在自然和历史之中被撕成碎片、在生活和行动中与思想分离的事物，仿佛一团火焰在永恒、原始的合一中燃烧。

诗在马利坦的智慧—知识概念等级中占据着一个一等一的位置。在《知识的等级》、《科学与智慧》中马利坦探讨了知识与智慧的相互关系，特别关涉到科学、哲学、神学（最高意义上的诗）三种智慧的关系。

关于知识与智慧的关系问题。首先，马利坦是从更为古典、纯粹的意义上使用"知识"这一概念，他认为"知识意指某种类型的认识和理智的某种圆满，在这种认识和圆满中，我们与关于事物原因的知识相关联，与表明灵魂的某种高贵的知识本身相关联"[②]。马利坦既没有像古希腊人那样从自然理智的完善性出发去积极地肯定知识，也没有像犹太人所理解的

---

① 刘晓枫著：《诗化哲学》，华东师范大学出版社 2007 年版，第 40 页。
② ［法］雅克·马利坦著，尹今黎、王平译：《科学与智慧》，上海社会科学院出版社 1992 年版，第 8 页。

"知善恶之树"那样否定知识，而是精细地区分了三种意义上的知识。第一种意义上的知识，是指以确定而稳固的方式所进行的认知。尽管这种知识不完善，却是最宽泛意义上的知识，它包括各种科学，如神学、形而上学、自然哲学、自然科学等，在这一最宽泛意义上的知识的最高层乃是智慧。智慧是通过最高来源而获得的最深刻也是最纯粹意义上的知识。第二种意义上的知识，是指不与智慧相连，对直接的或外因的细节性的认识，即科学和专门学科的知识。第三种意义上的知识，指一种认知的方法，即人们在日常生活中所谓的知识。它既不严格也不完善，是对受造物的细节与相似性的好奇，这种知识可以说是处于智慧的对立面。可见，知识并不是智慧，但智慧必定是一种知识。

其次，第一种意义上的知识中的最高智慧又包括三种智慧：希腊人的智慧、犹太人的智慧和基督教智慧。马利坦首先分析了古代社会东西方不同的两种智慧形式——希腊人的智慧与印度人的智慧。希腊人的智慧是人的智慧、理性的智慧，是带有其自身秩序的哲学智慧，体现为哲学上的乐观主义。希腊人成功地使自我确立起来（抬高了人的地位）并成为现实的存在，拥有了它自身应该所是的观念与概念，但希腊人的智慧是一种下界的智慧、尘世的智慧。相反，印度人的智慧是解放的智慧、拯救的智慧、圣者的智慧，是通过来自灵魂深处的绝望冲动、通过人性的禁欲和神秘的努力而获得的智慧。印度人在未知真理的预想形式中依赖神圣启示、恩惠，处于期待之中。这是一种力图通过向上运动进入超人的状态并进入神圣、自由的智慧，同时也是一种通过纯粹、否定的方式（贬低了人的地位）来渴求拯救的智慧。印度人的这种智慧仍不能称得上是真正的智慧，马利坦所尊崇的是第三种智慧。第三种智慧是摩西的智慧和先知的智慧，即基督教智慧。这是一种寻求拯救和神圣、解放和自由的智慧，追求永生的智慧，是真正的智慧。作为一种综合的、兼容并包的智慧，基督教智慧有能力做到将古代的各种相互竞争的智慧整合进一个完整协调的智慧等级中，它既保留了希腊人的理性传统与科学精神，又发扬了犹太—基督教的信仰，还消除了雅典与耶路撒冷之间的对立，实现了知识与智慧的最高和谐。

马利坦认为，一个真正的世界应该是各种智慧之间以及智慧与知识之间相互和谐的世界，而不是这种和谐遭到破坏的世界。现代世界的症源就在于这种和谐遭到破坏。

为重新恢复并保障这种和谐，马利坦提出关于协调诗哲之争的智慧方案。在这个方案中，首先是智慧与知识的和谐，其次是各种智慧的和谐，这种"大和谐"思想体现在马利坦的《知识的等级》一文中。各种智慧的和谐同人的灵魂的等级结构一样，马利坦同样也是借图的形式来体现的，见下图：

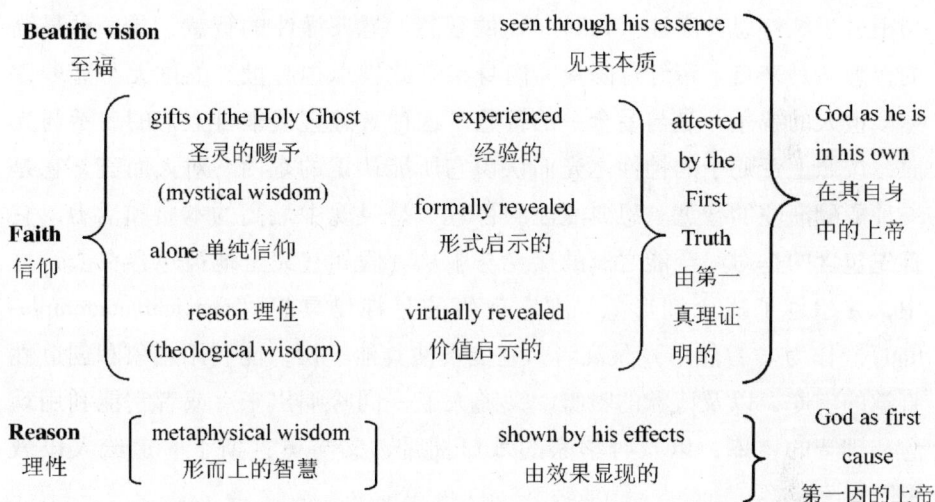

Beatific vision
至福

seen through his essence
见其本质

Faith
信仰

gifts of the Holy Ghost
圣灵的赐予
(mystical wisdom)

alone 单纯信仰

reason 理性
(theological wisdom)

experienced
经验的

formally revealed
形式启示的

virtually revealed
价值启示的

attested
by the
First
Truth
由第一
真理证
明的

God as he is
in his own
在其自身
中的上帝

Reason
理性

metaphysical wisdom
形而上的智慧

shown by his effects
由效果显现的

God as first
cause
第一因的上帝

在由下而上的智慧等级中，形而上学的智慧是一种自然的智慧，它被包含在人类理性追求最高真理的进步运动过程中，是人的理智可以接受和传递的，由其效果来显现。形而上学作为抽象程度最高的学科，其对象不是上帝，而是存在，即处于普遍神秘之中的存在自身。作为存在的存在，它是人类理智最完美的成就，是对受造物之研究中最高的，是哲学家眼里的上帝。低于形而上学的各门科学，只是在特定的领域中按照一定的方法与程序，从一定前提与假设出发，对事物的存在、性质、原因、作用、联系等方面进行认识。严格意义上，形而上学的各门科学不属于智慧的范畴，属于前文提到的另外两层意义上的知识。形而上学之上的智慧是神学的智慧；神学的智慧是信仰的智慧，也是信仰与理智结合的智慧。信仰的智慧又可细分为三种形态：神学的智慧、单纯信仰的智慧和神秘的智慧。信仰的智慧是一种知识的交流沟通（communication），这种知识是上帝自身所拥有的，又通过启示传达给人们。形式上，神学也是一种科学，是人们的理智有条理地组织起来的知识；逻辑意义上，神学则是自然的；内容上，神学所涉及的是上帝借助启示而揭示给人们的拯救光照，它既是超然的又是神圣的。神学智慧既包含神的下降运动和传达，也包含人类的辛劳和技巧。作为一种人性的和理性的智慧，神学在上帝的内在生命与神圣性中被认识，又在与如此认识到的上帝关系中认识"受造物"。神学是人类理智所能追求的最高层面的东西。在整个智慧的等级上，神学的智慧之地位稍逊于纯粹恩典灌注（Infused）的智慧。恩典灌注的智慧，是一种最高的智慧，是来自上帝纤尊降贵为肉身亲临此世承担起世界的虚无与罪孽以拯救世人的智慧，是与爱合一的智慧。这种智慧直接来自上帝的启示与光照，按照上帝赐予的神性之光而认识它所能认识的东西。对人而言，它是一种醍醐灌注的智慧。恩典灌注的智慧"是灵魂中最高的本质和活力，它首先包含的是对一全能之流的接受与服从。假如它完全地被包容在上帝之中，并超越了概念和形象，那它就真的是神秘冥想（mystical contemplation）。作为（智慧中）最高者，它能役使其他一切，能利用想象和创造性直觉的宝库，以及诗歌的喋喋，又随大卫一同吟唱出来。或者它能利用观念和理智的宝库，以及哲学家的笨口拙舌，又与奥古斯丁一道给人以教诲"。①

在智慧—知识的等级意义中，马利坦强调的是和谐，来源于智慧统辖知识的和谐以及各种智慧之间的等级秩序。高一级的智慧统辖着低一级的智慧，同时又对低一级的智慧产生一种激励作用；低一级的智慧则在其自身内在之渴望的作用下不断地向上运动，以追求高一级的智慧，如此形成的不同等级之间的相互关系与相互作用与人的灵魂的内在动力密切相关。在人的灵魂中心地带，灵魂诸多力量同样有等级结构，它既包括对应于感官的单纯感受性，又包括对应于理智的抽象推理能力，还包括在更高的层面上认识万物之终极原因以及在恩典慈爱的光芒朗照下与上帝面对面直观的能力。心灵在认识较低层面的事物时，既在该层面上获得了一种满足，同时又产生了对更高层面上事物的渴望。这一新的渴望不是低层面的知识所能弥补的，必然只能驱使心灵走向一个更高的层面。心灵越饮越渴，这

---

① Jacques Maritain, *Science and Wisdom*, London, Geoffrey Bles, 1954, p. 18.

样属于各个特殊领域的知识必然会把人引导至更高、更普遍的层面。由科学走向哲学，走向研究存在作为存在的形而上学；形而上学越是认识存在，越是想了解存在的原因，并期望超越语言与逻辑，甚至推理而达至灵性领域的巅峰，形而上学进而走向神学。神秘智慧凭借经验认识上帝，更渴望他显现的异象（vison of Him）。神学为默观所激励，形而上学则为神学所激励，而各门具体科学又以形而上学为根基。由此，马利坦的智慧—知识等级的宝塔便竣工了。

在对现代病症的诊断中，马利坦不仅号脉到人的灵性与世俗的分割对立，而且指出其病灶根源就在于智慧与知识的关系没有处于和谐之中。中世纪的欧洲虽然有种种显而易见的缺陷与不足，但智慧与知识的和谐关系与等级结构是得到维护的，尽管知识领域是如此贫困与粗糙。而在现代社会，智慧与知识的等级秩序则处于病态的分裂之中。曼海姆在《对时代的诊断》一文中断言，人们已无法恢复自由放任的社会秩序，西方民主所面临的危机实际上是价值观念的危机，旧有的秩序消失了，但尚未被其他系统的、富有成效的秩序所取代。社会如何运作？C. H. 沃丁顿在《科学的态度》中预言，科学方法将被用于政治之中。波普尔就是将科学方法运用于政治之中的代表，他赞赏柏拉图是历史上最伟大的哲学家，但并不欣赏柏拉图的教义辩证法，甚至批判柏拉图的观点是极其错误的。波普尔认为柏拉图是一个极端的保守主义者和机会主义者。在柏拉图的政治理想中，他将国家利益置于一切之上，特别是对正义的偏激解释的观点是绝对要不得的。因为即使为了国家的利益也没有权力欺骗敌人或同胞公民，特别是作为国家的看护者（哲学家）更不应该也无权力撒谎和行骗。否则，这种做法和观点极易造成将善等同于流行、赞同存在的就是合理的、"极权即正确"的结论，这种辩证法的实质是一种非科学的试错法。因而，波普尔视"民主"为政府唯一可行的科学试错法，期望政治哲学考虑思想改造社会、改变世界。在现代社会，科学不仅渗透于政治、经济、军事领域，同样也渗透于人类学、心理学和文化学领域，科学决定论几乎成为主宰一切的力量，科学俨然以公正、正义的化身称霸世界。马利坦并不否认科学，相反，他十分重视各种科学的发展。他既没有像海德格尔那样，全盘否定科技理性，将人们带入存在的神秘性之中，也没有如解构主义者那样，将人们引入虚无主义的疯狂。在马利坦看来，各门科学均有其自身的价值与地位，无论如何各门科学都不应该也不可能超越于形而上学之上，科学如果解构颠覆智慧—知识的等级秩序，违背智慧统辖知识的原则，必将导致现代社会的混乱与非和谐。"现代世界（我指的是正在人们眼前走向其终结的世界）非但不是一个各种形式的智慧和谐统一的世界，而是一个智慧与科学相冲突的世界，进而看到了科学对智慧的胜利。"① 换言之，马利坦认为现代社会的混乱来源于科学的僭越而导致的智慧—知识等级之间秩序的失衡。"现代人想通过把自然哲学消解为自然科学的方法来结束自然哲学"的这种做法是绝对不可取的。古代社会用本体论的分析来取代经验论的分析，将自然科学包括在自然哲学中的做法同样是不可取的。因为自然科学和自然哲学尽管有着相同的研究领域和对象，但它们的研究方法与手段是不一样的。这两种不同的方法都是人类所需要的，是通往智慧的必由之路。

马利坦为自己确立的目标是在"世俗社会与神圣世界二分的断裂中"找到"智性"的最富成果的存在方式；在科技理性的真理中最大限度地展现人类历史的"进步与堕落"；在一个看似无法逆转的进步—毁灭过程中启示救赎的、微弱的却是值得期待的可能性。对这一目标尽心尽力的追求使马利坦终其一生周游在诗学、哲学、社会政治学、神学各个领域，为正义、真理、信仰而效忠。通过兼容并包、吐故纳新，马利坦重建了现代科技时代的"诗性智慧"，他将一个时代问题、历史问题变成了一场大胆的诗学实践的主题。对于任何试图解构现代性弊端的思想家、哲学家而言，不可能白手起家而无视已知的东西；否则，那是很愚蠢的。不过，对马利坦持有的最神圣的信念采取一种批判的态度是必须肯定的，因为任何人都拥有对他人的主张进行判断和批判的权利。

---

① Jacques Maritain, *Science and Wisdom*, London, Geoffrey Bles, 1954, p. 23.

第十二章

三位一体

　　形神之辩也好，诗哲之争也罢，都是马利坦对人类智慧的核心——理智（智性）在形而上学领域内的思辨。贯彻到形而下的实践中，则是马利坦对人类精神、世界未来命运与前途的关怀。结合人类的精神现状以及生存困境，马利坦对现代社会的各个层面——道德哲学、历史哲学、社会政治哲学——进行了深刻的反思批判，特别是对现代精神的考察，都是马利坦将其诗学精神贯彻到实践中的体现。

　　在《道德哲学》中，纵览上至苏格拉底、柏拉图、亚里士多德，途经康德、黑格尔、马克思，直到孔德、杜威和萨特等种种哲学理念或哲学体系，马利坦对众多哲学家良莠混杂的道德哲学思想或肯定赞赏或给予批评。马利坦最后总结："任何伟大的道德体系事实上都是在做这样一种努力，也就是要求人们以这样或那样的方式，在这样或那样的程度上，去超越自己的自然处境。"① 这就是人们所有的道德难题背后的一个基本问题，是每一个人所无法回避而在实践中从未获得充分解决的一个问题，是人类与人类的处境之间的关系问题；换言之，即人类面对人类的处境应该采取何种态度的问题。

　　这个处境是与肉体相结合而陷入物质宇宙中的一种精神的处境，是一种不幸的处境。出现这种悲剧性的窘境正是由于人们既不能不接受人类的处境又不能无条件地去接受它。无条件地接受人类的处境，就得付出无视人身上超人的要求、蔑视人性不断超脱的要求的代价，这是一种让人无法接受的背叛人性。无条件地接受人类的处境，就意味着要接受全部犯罪的不幸和受苦的不幸，包括彻底的偶然性、失败、奴役、大量的痛苦，以及存在的命定的无用性、疾病、死亡，寄生在社会生活之中的形形色色的专横、伪善、腐化所放出的恶臭和金钱的恶臭，愚蠢和谎骗的力量；意味着臣服于犯罪和受苦，臣服于恐怖的法律和道德上的恶，这将使人类生活在动物性的边缘。彻底地屈服于无条件地接受人类的处境，这是不可能的；同样，彻底地拒绝接受人类的处境的诱惑同样是不可能的。人类作为一个中间物种，既有肉体，又有精神。对人来说，物质宇宙富有不可思议的奇迹，自然界存有大量的残酷性与贪婪性，而善意与宽宏又渗透其间，一切

――――――――――

　　① Jacques Maritain, *Moral Philosophy*, copyright by the Jacques Maritain Center, University of Notre Dame, 1964, p. 393.

都复归于那不可动摇的伟大的合理必然性之中。生，是一种奇妙的恩赐，当需要物质来进行操作的精神不得不付出大得可怕的代价并冒着重大的危险才能克服物质时，物质则把死的规律强加给精神所推动的肉体，精神反被物质戏弄。当古希腊的智者说最好不如不生时，实际上是证明自身已屈从于这种诱惑之下。面对这种处境，哲学家一方面要求人们避免道德上的错误，另一方面又劝慰人们接受人类处境所招致的痛苦以超脱人类的处境。马利坦认为，哲学家在思考人的这种处境时得出的回答是有效的，但还远远不够。因为这种单凭人的伎俩来超脱人类处境的尝试到最后总是无效的或者归于幻想。"如果一个人想要以这种纯粹的道德哲学来指导自己的生活，则他必然会误入歧途。这种纯粹哲学的道德哲学忽略了人与超自然领域的关系，这就会给人的生活以错误的指导。"① 仅仅靠道德哲学指导人生实践是远远不够的。还有另一条出路或者说是答案，它不仅是有关尘世的，而且是有关永恒生命的，这就是马利坦提出的"灵性优先原则"。永恒生命不在于物质肉体，而在于精神灵魂。

"从广义上说，人的行为是道德哲学的主题和专门领域。"② 马利坦提出"灵性优先原则"是其道德哲学的核心基础，更是基于他对历史哲学的根本设定。历史哲学首先面对的问题就是要对人类历史的性质、结构、走向、意义给出判断和评价，其中最关键的就是涉及对"人"的看法。马利坦对人的灵性力量（spiritual power）与世俗力量（temporal power）的二分为确保人的灵魂的自由以及对于人类的善的实现都是至关重要的。马利坦的"灵性优先原则"思想来源于中世纪泛罗马天主教教廷的神学家们，特别是奥古斯丁的神学思想。在《上帝之城》中，奥古斯丁对世俗之城与上帝之城的划分依据就是人的两种不同的生活方式——以人的自然天性为本的世俗生活和依靠沐浴神恩的灵性生活。世俗之城与上帝之城的区分就在于两城隐喻了全部人类历史的开端、过程与结局。世俗之城对应的是人类的堕落与死亡，上帝之城对应的是人类的救赎与新生，两城之间的斗争是人类灵与肉纠葛挣扎的历史写照。马利坦认为我们每一个人都属于这两个

① ［法］雅克·马利坦著，尹今黎、王平译：《科学与智慧》，上海社会科学院出版社1992年版，第151页。

② ［法］雅克·马利坦著，尹今黎、王平译：《科学与智慧》，上海社会科学院出版社1992年版，第161页。

国度，现代世俗生活中"爱己弃神"与神圣生活中"爱神弃己"的片面做
法都是极端错误的。世俗之城关心的是受时间约束的、有终了的公善，上
帝之城关心的是超时间的永恒生命，这是两种不同的力量体现，二者绝不
会处在同一个层面上，如同不能认为恺撒与上帝是同等重要的一样。《圣
经》中耶稣说过："恺撒的物当归恺撒，上帝的物当归上帝。"（Therefore
render to Caesar the things that are Caesar's, and to God the things that are
God's.①）基于这种二分观点，马利坦认为人能够获得独立于国家的自由。
他在 *Things That Are Not Caesar's* 一文中说："虽然在形式上人被视为国家的
一部分，其每一个活动会与国家的公善相联系，但是，人，考虑到其自由
的独特而不可交流的性质，以及他直接服从上帝作为其永恒的目的，因而
其自身就享受了一个整体（它高于物理宇宙整体，因为上帝比整个物理宇
宙离每个人的灵魂更亲近）的尊严，在这一形式的层面摆脱了政治上的顺
从。按照其整体以及按照其一切性质，人都不从属于政治组织。"② 马利坦
强调的是人的灵性生活可以具有高度的自由。换言之，基督徒虽然身（肉
体）在此世，灵（灵魂）却不属于此世，他要服从的首先是灵性（首要的
自由机制）以及他受造的自由意志（次要的自由机制）。正是在这个意义
上，马利坦号召人要独立于世俗的国家，不以世俗政治组织为自己的终极
意义之寄托。但这并不意味着马利坦号召人要完全脱离世俗政权，因为完
全脱离世俗政权是根本不可能的，也是不现实的。国家的善是人（个体的
善）在此世所能达到的最高成就。马利坦又肯定了人作为受造物的世俗政
权，世俗政权同样有其存在的必然价值。世俗政权不仅可以营造宁静和平
的生存空间，力避世人处于纷争之中，还可以给人提供发展自然天性的自
由空间，为"上帝之国"做好准备。马利坦分别强调了灵性自由与世俗政
权的重要性，至于如何解决二者之间的冲突问题，他有意识地作出了回
避。教皇利奥十三世（Leo XⅢ）在《永恒上帝》（1885 年）通谕中说：
"上帝为人类获得他们的善分出教会的与世俗的这两种权利。他使前者处
理神圣事物，又让后者处理人类事物。每一种在其自身的领域内都是最高

① *Matthew*, 22：21, *Mark*, 12：17, *Luke*, 20：25, in *Holy Bible*, The Worldwide
Bible Society LTD, May, 2003, pp. 1570, 1611, 1670.
② Jacques Maritain, *Things That Are Not Caesar's*, New York, Charles Scribner's
Sons, 1931, p. 4.

的，每一种都被限定在完美划定的界限内，与其本性和原则严格相符。于是，每一种都被约束在一个范围内，在其中，它能按其特有的法则去活动。"① 这份具备缓和口吻的通谕承认，教会在灵性事物上拥有直接的权力，但它绝不能代替国家去做实现自身价值的工作；世俗国家同样具有其自身的最高价值，特别是现代国家，它的一个最大特征就是不受任何更高权威的指挥。马利坦以此来说明，"天国实质上是精神的，而由于它本身的秩序不是现世的这一事实，它并不威胁世上的王国和共和国……正因为天国是精神的，它比世上的王国和共和国具有更高和更好的性质"②。依照"精神事物第一性的法则"（也可称为"灵性优先原则"），马利坦提出了处理教会与国家之关系的重要原则：教会（精神事物）拥有高出政治体或国家的优越地位，教会有必要和政治体或国家合作。"精神事物第一性的法则"（"灵性优先原则"）本身的目标是力图使事物趋向灵性，进入永恒生命。教会的优越地位与"精神事物第一性"（"灵性优先"）这一最高的、不变的原则是相一致的，其目的是建立起一种基督教世界的灵性之善，并非是从政治的角度来使教会凌驾于政治体或国家之上。这也是马利坦关于"灵性优先"思想的三个内涵之一——灵性目的对政治目的的优先性——在现世生活中的实际运用。"一种此世中正直的道德生活设定了人要追求他的最终目的，一个只有通过基督才能达到的目的；因此，国家的善必定要追求这同一超自然的最终目的——它也是每个个人的目的；市民社会必须追求其公共的世俗目的，以使人能够获得永恒生命；真正的政治学，应该坚持以灵性为主导，以永恒拯救为对象的层面应该主导那仅仅为了维护此世之善事的层面"，"假如不首先服务于上帝的话，国家就不能得到真正的服务。掌管个人与社会生活的行为规矩离不了超自然的秩序，在严格意义上所讲的完整的政治智慧也离不了神学……"③ 马利坦提出"精神事物第一性"（"灵性优先"）的原则，有着深厚沉重的背景与崇高的目的。

_____

① Jacques Maritain, *Things That Are Not Caesar's*, New York, Charles Scribner's Sons, 1931, pp. 5 - 6.

② ［法］马里旦著，霍宗彦译：《人和国家》，商务印书馆 1964 年版，第 140 页。

③ Jacques Maritain, *Things That Are Not Caesar's*, New York, Charles Scribner's Sons, 1931, p. 11.

　　首先，基于对教会与国家关系之危机的思考。马利坦生活的法兰西第三共和国，其基本原则"自由、平等、博爱"使法国社会在一定程度上被分化。《法兰西行动》（创办于 1899 年）事件是其导火索，以莫拉斯为首的保皇主义者借着宗教的名义主张一种极端的民族主义，他们不仅持反犹主义立场，而且反共和国、反议会制。他们坚持法兰西的利益高于一切的原则，强调国家的至上性。教皇庇护十一世（Pius XI）于 1926 年正式谴责该组织破坏了灵性的纯洁性，主张不应该让宗教服从于政治、教会服从于国家。为此，教皇将《法兰西行动》列入《教廷禁书目录》。次年，马利坦著《灵性优先》等书，对教廷的决定以及《法兰西行动》在理论与实践上的错误和带来的危险作出解释和评价。马利坦分析了莫拉斯以及《法兰西行动》的出发点，认为他们基于对法国社会堕落的痛恨，坚持法兰西的利益高于一切的原则，这是其忧国的表现，是不容置疑的优点。但马利坦无法接受他们采取的暴力主张。马利坦虽然宽容地称其行为是"能原谅的错误"，却严厉地批判了莫拉斯提出的"国家的利益高于一切"的口号。因为这漂亮的口号掩饰的是民族主义的堕落形式，是极权专制主义的嘴脸，是对民族（国家或祖国）的盲目崇拜。认为民族可以高于一切道德、宗教、法律的思想是绝对行不通的。莫拉斯的思想在哲学上的体现是实证主义的，其组织是反基督教的，其政治哲学则是自然主义或唯物理主义的。《法兰西行动》借宗教之名是因为宗教能为政治带来合法性与权威感。虽然马利坦客观、中肯的评价——将双方各打五十大板的做法——使他受到来自左右两方的夹击与批评，但他并未妥协。马利坦坚持自己的观点，阐述了教会与世俗权力之间存在的问题，并力图超脱。马利坦没有为迎合任何一方而混淆是非。他既没有全盘否定现代社会，撇开世俗社会的历史变化与痕迹，单纯地追求灵性，也没有对现代社会歌功颂德，完全赞同世俗社会的"历史进步"。他始终坚持自己的原则，努力保持两个层面的完整统一，在统一中以灵性力量去统辖世俗力量，这也就是马利坦提出的完整的人道主义的核心内涵。基于马利坦对人的存在方式所持的观点，他的历史观必然是反对马克思的辩证唯物史观的，也是否定孔德的实证主义历史观的。马利坦认为历史的发展既不是螺旋式上升型的，也不是单线替代型的，更不是全然进步型的，而是遵循着"双重运动法则"（law of double movement）的。"双重运动法则"中的垂直运动（the vertical movement）

与水平运动（the horizontal movement）是互补共促的。"文明的水平方向的运动，当它直接面对其本真的世俗目标时，会帮助灵魂的垂直运动。而假如没有灵魂向着其永恒目的运动，文明的运动将会丧失其精神动力、人性的压力以及创造性光辉——这些会激励灵魂走向其世俗层面的完善——的补充，对于基督教人道主义的人而言，历史有一种意义和方向。人性的逐渐完整也就是逐渐从人的奴役与苦难之中，同样也是从物质自然的束缚之中解放出来。"（The horizontal movement of civilization, when directed toward its authentic temporal aims, helps the vertical movement of souls. And without the movement of souls toward their eternal aim, the movement of civilization would lose the charge of spiritual energy, human pressure, and creative radiance which animates it toward its temporal accomplishment. For the man of Christian humanism history has a meaning and a direction. The progressive integration of humanity is also a progressive emancipation from human servitude and misery as well as from the constraints of material nature. [①]）这种垂直运动——与神圣合一的人的真正自我完善——与这种水平运动——人类的演变以及人的实体和创造力量在历史中的逐渐显露——是融合在一起的。世俗层面的进步、发展、运动必须以垂直方向的"提升"为动力，以帮助灵性的进阶为使命，人类的政治与社会工作正意味着希望人类生活的实存状态以及文明的结构能够被引向更接近完善的地步，而灵性的进阶必将更加有益于人类在历史中的创造性演进。马利坦对人类历史的认识最常引用的就是《福音书》关于稗子的一个比喻："有人把麦子种子撒在田里。他睡了的时候，他的仇敌来把稗子种子撒在麦子种子中间，就走了。到了麦苗吐穗的时候，稗子也显出来。仆人前来问他：'主人，你不是把好的种子撒在田里吗？那些稗子是从哪里来的呢？'他回答：'这是仇敌所做的。'仆人问他：'你要我们去拔掉它吗？'他说：'不用，因为拔稗子的时候，恐怕也把麦子连根拔出来。收割之前，让它们一同生长。到了收割的时候，我会吩咐收割的工人先拔掉稗子，捆起来，留着焚烧，再把麦子收进我的仓里。'"[②] 麦子和稗子良

---

① Jacques Maritain, *The Range of Reason*, copyright by the Jacques Maritain Center, University of Notre Dame, 1952, pp. 182 - 183.

② *Matthew*, 13:24 - 30, in *Holy Bible*, The Worldwide Bible Society LTD, May, 2003, p. 1553.

莠混杂是时代的写照，世上总有邪恶与不义。假如希望一劳永逸地从世界上完全将这些莠草拔除，那无疑是一种乌托邦的思想。马利坦清醒地意识到世界既是充满斗争的场所，也是导向拯救与和解的地方。对一个时代作出全然的肯定或否定——无条件地接受人类的处境或断然拒绝人类的处境——都是不现实的，也都是不可取的，非此即彼的选择态度源于没有看到人类世界与历史过程中的多义性与复杂性，更没有关注超自然领域中的永恒生命。

其次，基于克服神学危机的使命和挽救自身的信仰危机。近代以降，科学的迅猛发展对宗教神学提出严峻的考验，作为维护基督教神学思想的托马斯主义经院哲学已无力替基督宗教的存在作圆满的辩护。由哥白尼的日心说，经达尔文的进化论，至爱因斯坦的相对论，对基督教神学的反思甚至反叛日渐高涨。基督教神学内部为了自身的生存也产生分化现象，现代派神学、自由派神学、新正统派神学、世俗神学、解放神学等派别林立。罗马教廷面对如此困境，一方面采取强制手段来取缔和惩罚所谓的现代"异端"，另一方面要重整雄风来确立罗马教廷的官方神学以抵制各种新"异端"神学。事实证明，强制惩戒于事无补，宗教本身必须革新。由教皇庇护十世（Pius X）发布的通谕《放牧羊群》经教皇利奥十三世（Leo XIII）的通谕《新事物》（*Rerum Novarum*）和教皇庇护十二世（Pius XII）的通谕《人世和平》至第二次大公会议的通谕见证，罗马教廷的宽容变通与开放对话精神为马利坦挽救宗教神学危机提供了契机。复兴宗教、振兴哲学、重建新神学，马利坦担当起了历史赋予他的神圣使命。马利坦似乎天生就具有上帝赋予他的一种使命感，同时也源于他孜孜不倦追求真理的精神。儿时的马利坦，最初接受的是自由派新教神学（liberal protestantism）家让·列维尔的宗教教育①，那时他称自己"是一个不信宗教的人"。在索邦大学学习时，马利坦与自己未来的妻子拉伊莎一道就社会、道德、艺术、宗教等问题进行了深入的探讨。受当时社会上占统治地位的实证主义哲学和唯物主义思潮的影响，生活的意义与价值让他们感到迷惑，一度失去了方向。企图自杀的愚蠢行为因得遇哲学家柏格森的哲学理念而终止，生命哲学让他们"由于呼吸了有益健康的空气而充满了生命力"。之后，

① *Jacques Maritain*, first published, Dec., 1997; substantive revision, Feb., 2004.

马利坦再次陷入信仰危机，"尽管我曾经满怀希望地在所有现代哲学流派中寻觅，但毫无所获，得到的只是失望和彷徨"①。1906 年，马利坦在法国诗人天主教信徒查理·佩吉（Charles Péguy）的热情劝慰中归依了天主教，如他的妻子拉伊莎所言："一种广阔安宁降临到我们身上，随之带来信仰的巨大财富。不再有怀疑，不再有痛苦，不再有磨难——只有上帝的无限的答案。"② 此后，马利坦将全部的身心投入到对托马斯·阿奎那《神学大全》的研究中，正如当时他自己所说的："如果我不宣传托马斯主义，我是有罪的。"③ 马利坦的一生实践了他追求真理的信念，不仅完成了完善托马斯主义神学思想的历史使命，更超越了自身的信仰危机，为迷失了真理方向的世界引来了启智之光。

再次，基于对现代世俗世界的批判与超越。美国学者詹姆斯·利文斯顿曾指出："企图通过政治和社会专家的实际操作来恢复人类生活的秩序、统一和方向的一切努力，都是过眼烟云，最终将归于无用。折磨现代世界的病症，是本体的和形而上学的，它根植于人心之中。因此，唯有医治人心，才能治好这个病症。"④马利坦对现代世界多有批判，其立足点就在于希望通过对丰富人性之匮乏的诊断，通过医治人的灵魂来恢复其自然的卓越状态的心灵之完善。现代西方是一个世俗的而不是神圣的世界，现代世界的基本原则的根本性错误就在于割裂了自然与超自然这两个层面的完整统一。取消超自然维度的关怀，必然将焦点聚集在自然主义的人本观上，这种原则导致的结果必然是追求纯粹的人性。追求纯粹的人性采取的手段策略导致要么否定人的拯救问题，要么将拯救问题交由自己解决，这就是西方历史中以"人"为中心的人道主义或自由主义。马利坦从批判现代精神入手，把焦点聚集在了少数几个思想家身上。"任何事物都开始于精神，现代历史中所有的重大事件，均成形于少数几个人的心灵深处，也即亚里

---

① ［法］让·多维著：《马利丹》，中国社会科学出版社 1992 年版，第 3 页。

② ［法］拉伊莎·马利坦：《我们在一起是朋友》，转引自陈麟书、田海华著：《神圣使命》，四川人民出版社 1997 年版，第 4 页。

③ 《哲学译丛》编辑部编译：《近现代西方主要哲学流派资料》，商务印书馆 1981 年版，第 236 页。

④ ［美］詹姆斯·C. 利文斯顿著，何光沪译：《现代基督教思想》，四川人民出版社 1999 年版，第 394 页。

士多德所言的奴斯中……这些就是现代世界的诞生地。"① "少数几个人"
指"路德，一位宗教的改革者；笛卡尔，一位哲学的改革者；以及卢梭，
一位道德的改革者。这三个人，出于各自不同的原因，成为'现代意识'
之父，对现代世界产生了绝对性的影响，而那些'现代意识'成为困扰现
代世界的症结"②。马利坦将现代精神罹患疾病归咎于三位思想家未免有失
公允，但他对这三位思想家切中肯綮的评价却让人窥见马利坦思想的全面
开放性与超越性。

新教改革运动的领袖马丁·路德提出"因信称义"说，开创了个体理
性至高无上的先河，开创了动摇教会和教会权威、丧失其至高无上地位的
先河。《圣经》取代教皇和教会成为评判信仰问题的唯一标准，由此确定
个人内心信仰成为能否得救的关键所在。路德教义的内在化倾向是一柄
"双刃剑"，它对冲击教会制度的腐朽颓败、对恢复信仰的纯洁起了极大的
作用；"因信称义"对主体的确认有其历史价值，但其内在的吊诡却成为
致命的脉门，路德永远将自己关闭在自身之内，撤走了所有的支持，除了
他自己。他将人的宗教生活的中心建立在人自己身上，而不是他者（上
帝）身上，切断了一切关系。路德所走的道路必定是一条自然主义的道
路，路德思想所表现出来的必然是对恩典的绝望、灵性的危机。路德相信
任何个体都将直接面对十字架上的基督，声称人人都可以透过神之话语与
圣灵的指导来认识神，进而获得灵魂的拯救。"因信称义"在赋予人性以
一种解放和赋予个体以一种极大的松懈的同时必然表现出对理性的极大贬
抑；路德在张扬个体性，价值的同时忽视了极端个体性必然推进真正的人
格观念品质下降的可能性。

马利坦从路德的神学进路、神学教义以至他本人的内在精神状态入
手，全面批判了路德作为现代人的原型所表现出的极度绝望与悲哀。

路德的神学进路首先有一个致命的预设前提——个体依靠圣灵的指导
就可以"因信称义"。这可能吗？你能确保不是某个恶灵在指引着你吗？
相信自己是义人，相信自己能得救，你就能得救吗？路德的名言"勇敢地
去犯罪，坚定地去信仰"，这种态度对道德实践的影响是可想而知的。不

---

① Jacques Maritain, *Three Reformers*, New York, Charles Scribner's Sons, 1955, p. 14.
② Jacques Maritain, *Three Reformers*, New York, Charles Scribner's Sons, 1955, p. 4.

能克服自身的罪恶感和各种欲望的个体，将救赎全部赌押在信仰上，排空了所有的善功行为，将自我完全消解在广阔的恩典中，这样的自我不仅割断了个体与恩典的联系，而且成为孤寂的自我单子，一个自我膨胀、病态的自我单子。如希尔所言："马丁·路德这位宗教上的天才，只信任自己内心的声音，把过去神秘主义讲灵修的全部知识都世俗化，为己所用。本来是一个蒙神召选的人，结果成为一个有灵感的人了。圣灵不再是客观存在，而变成一个天才在自己心灵深处的感觉、听到的声音了……先前的神秘主义信徒都尽力贬低自我，到了宗教改革的这位天才身上，却把自我膨胀得硕大无比；不久之后，这个自我就把神灵的作为与《福音书》的教诲都称作是给自己的'好消息'。路德把基督教神秘主义所讲的灵性的出神狂喜完全世俗化，解释为一种激情的奔溢。他说，'我们都是圣徒'，'任何人不接受我所讲的，就断然不能得救'。于是，自我取代了教皇、皇帝、主教们的职分、义务和责任，它就是自我得救的保证。"① 无限膨胀的自我成为自身救赎的唯一保障。

其次，路德的神学教义颠倒了理智与意志之间的等级秩序，进而混淆了个体性（Individuality）与人格性（Personality，也译为"位格性"）这两个概念的区别与关系。

按照路德的神学进路，只要你内心确定了对基督的信仰，并且确信你一定能得救，那么你就是你自己的行为规定者，你所做的一切都将是善的，其结果必定是自我神化。自我神化的过程中凸显的是个人意志，以一己内心的确信意志来求得称义与拯救。马利坦认为，理智与意志本身以及在形而上学的等级秩序中，理智高于意志。虽然二者都涉及存在和善，都是非物质性的，但理智的对象是在其可知性结构和真理之中的善本身，意志的对象则是可欲的善，是存在于具体的实存之中的善。在人性的事务中，理智应该引导意志。此外，理智与意志作为灵魂的两种不同的机能，二者是相互依存、相互补充的，不可偏废。"假如人性（humanity）纯然是凭意志的（volitional），排斥其他，它就会贬低真和美，变成某种道德主义和拜物教的怪物，卢梭、托尔斯泰、威廉·詹姆斯就让我们看到了这一

---

① ［奥地利］弗里德里希·希尔著，赵复三译：《欧洲思想史》，广西师范大学出版社 2007 年版，第 281～282 页。

点。假如人性纯然是凭理智的（intellectual），并排斥其他，蔑视其永恒的利益，那它自身的存在对于它又意味着什么呢？它会受到毒害，热衷于炫耀，会变成某种形而上学或美学式的怪物。"① 偏废理智的结果就是作为一个聪颖而博学的人却亏于道德，头脑灵活的人却根本没有德性。与这种意志主义相伴的往往是人性的悲观主义，更是人性的悲哀。人格（The Person）表现为世间最为完善者，是一个完整的个别实体，它在本质上是理智的，它是活动的主人。人格最为重要的特征是精神性，所以，人格高于其他一切事物。个体则是指一切有形的存在者，决然不可能超越于人格之上。"就我们个体（individuals）而言，我们是一块质料的碎片，是宇宙的一部分，诚然独特，也依旧是一部分……作为个体我们要服从众星体，而作为人格我们则统治它们。"② 可见，个体性与人格性的差异乃是精神与质料、灵性与世俗的区别；路德高扬个体性正是其割裂理智与意志二者关系的结果，也是造成现代社会精神弊病的原因。

在对路德神学思想与教义的解读中，马利坦窥视到一种形而上学的自我中心主义。路德使个体直接面对上帝，在信仰问题上突出个体决断的重要性，拉开了西方精神内在化、个体化、自我凸显的序幕。

近代哲学的开创者笛卡尔，被认为是扫除亚里士多德之后两千年之厚土迷雾的人物。在笛卡尔"我思故我在"的名言中，马利坦发现其三个重要的哲学特征：思想与存在关联层面的唯心论，理智的等级秩序与知识意义层面的唯理论以及人性观上的二元论。笛卡尔从怀疑一切出发，最后得出的结论是："必须作出这样的结论，而且必须把它当成确定无疑的，即'有我，我存在'这个命题，每次当我说出它来，或者在我心里想到它的时候，这个命题必然是真的。"③ 在自我的认定上，笛卡尔坚持思维自明性的立场；在认识论上，笛卡尔将上帝启示作为第一真理，视为人们对自然的存在、对数学的真理、对外部世界认识的基石，将人的认识的可靠性和确定性建立在作为创造者的不会骗人的上帝身上。结果必然是外部事物的存在是思维活动的结果，上帝只是笛卡尔形而上学先验论的一个保障而

① Jacques Maritain, *Three Reformers*, New York, Charles Scribner's Sons, 1955, p. 42.
② Jacques Maritain, *Three Reformers*, New York, Charles Scribner's Sons, 1955, p. 21.
③ ［法］笛卡尔著，庞景仁译：《第一哲学沉思集》，商务印书馆1986年版，第23页。

已。人类的理智变成事物的立法者，"我思故我在"演变成"我思故物在"。在马利坦看来，笛卡尔开创的唯心论与唯理论实质上是一种人类理智的僭越，笛卡尔试图把自我拔高至上帝的高度，或者说把凡人看做上帝下凡；表现在人性观上则是灵魂与肉体相分离的二元论，"虽然也许我有一个肉体，我和它非常紧密地结合在一起；不过，因为一方面我对自己有一个清楚、分明的观念，即我只是一个在思维的东西而没有广延，而另一方面，我对于肉体有一个分明的观念，即它只是一个有广延的东西而不能思维，所以肯定的是：这个我，也就是说我的灵魂，也就是说我之所以为我的那个东西，是完全、真正与我的肉体有分别的，灵魂可以没有肉体而存在"①。不可否认，笛卡尔哲学开创了近代思维的道路，开启了普遍科学的大门，但笛卡尔的二元论思想，特别是过分倚重理性思维的观念却切断了人的知识的自然之根，砸碎了身心统一论，一定程度上引导着西方朝向科学的道路迈进，导致对肉体的关注压倒对人的灵性的关注而忽视了人的道德精神。理性滞涨的背后必然隐藏着深刻的危机，这是笛卡尔所没有预料到的。后来者启蒙思想家卢梭极力高扬的正是笛卡尔在某种程度上排斥与漠视的。

卢梭思想的核心概念是"自然"。在自然人、自然观的基础上，卢梭高扬的是基于人的自然本性的情感，情感以一种特定的方式成为道德善的试金石。本性作为正确的冲动或情感的根源，不是在理性秩序观中，而是在体验健全的内部冲动中。卢梭这种新的世界观可以被称为自然崇拜。"自然"一词在卢梭的思想中有两个层面的意义：一是人类得以生存其间的自然界，在卢梭的笔下随处可见他充满激情的对大自然的无限赞美与仰慕；二是人的自然本性，人的自然本性是善的。"让我们将此作为一条颠扑不破的原理，即自然的第一冲动总是正确的，人的心中没有原罪。"（Posons pour maxime incontestable que les premiers mouvements de la nature sont toujours droits；il n'y a point de perversité originelle dans le cœur humain.②）卢梭坚信自然的原初冲动是正确的，人的原初状态（原始状态）是善的，人

---

① ［法］笛卡尔著，庞景仁译：《第一哲学沉思集》，商务印书馆1986年版，第82页。

② Jean-Jacques Rousseau, *Émile*, Paris, Editions Garnier, 1964, Ⅱ, p. 81.

不是生来就有罪的，人身上的罪性是与人的生存相伴的，而不是原罪通过生育遗传的；是令人败坏堕落的文化使人们失去了与自然的联系，沾染了罪与恶的印记。他在《爱弥尔——论教育》开篇宣告："上帝创造的一切事物都是善的，人类插手其中就使它们都变成堕落的了。"（Tout est bien sortant des mains de l'Auteur des choses, tout dégénère entre les mains de l'homme. ①）自然人（l'homme naturel）优越于社会人（l'homme artificiel）的根本点在于，自然人所服从的是大自然赋予他的本能——感觉和情感，这些本能保证他必然倾向于自然的善，而不像社会人那样蝇营狗苟，整天忙于算计，这种算计理性的进步正是堕落的标志。卢梭的思想不乏深刻与广博，他既对人类生存的基本状况进行了批判，又提出克服这一状况的道德、政治、法律、宗教层面的设想。"在我们的灵魂深处生来就有一种正义和道德的原则；尽管我们有自己的准则，但我们在判断我们和他人的行为是好或是坏的时候，都要以这个原则为依据，所以我把这个原则称为良心"②，良心成为卢梭裁判一切的最高审判准则。良心之所以可靠，是因为良心是大自然所赋予人们的。良心是显现在人身上的自然之声，是圣洁的本能，是永不消逝的天国的声音。"良心，良心，神圣的天性，不朽的天国之音；对于那些虽有理智和自由，实际上却盲目而又有限的创造物来说，你是真正的向导；你是善与恶一贯正确的判定者，使人像神一样！在你那里，人性的光辉与行为的德性相伴而行；离开你，我就不能使自己超越于禽兽之上……"（Conscience! Conscience! Instinct divin, immortelle céleste voix; guide assure d'un être ignorant et borné, mais intelligent et libre; juge infaillible du bien et du mal, qui rends l'homme semblable à Dieu, c'est toi qui fais l'excellence de sa nature et la moralité de ses actions; sans toi je ne sens rien en moi qui m'élève au-dessus des bêtes ...③）从卢梭的自然人理论中，马利坦不仅看到情感在道德哲学中的革命性，更意识到情感在启蒙运动中对唯理性权威矫枉过正的危害性。对于卢梭的"情感优先论"（Primacy of Feeling），马利坦不仅指出其所处时代的合理性，同时也指出其留给未来

---

① Jean-Jacques Rousseau, *Émile*, Paris, Editions Garnier, 1964, p. 5.
② Jean-Jacques Rousseau, *Émile*, Paris, Editions Garnier, 1964, p. 414.
③ Jean-Jacques Rousseau, *Émile*, Paris, Editions Garnier, 1964, pp. 354 – 355.

现代社会的后遗症。一旦情感与禀性的内在转向成为理解善的重要根源，当文明处在危急关头，传统被耗尽，信仰被取代，良知被出卖……所有的一切将只看到恶时，善的根源在哪里？卢梭的内在自然之声——良心成为自我探索哲学的起点，即自律的自由成为德性的关键起点，也是现代文化转向更深刻的内在深度性和激进自律的出发点。不可否认的是，在人类灵魂的各种机能中，情感只是其中之一，当卢梭认为只凭情感本能的驱使人就不会违背自然所施加给他的规则时，是否任何高于感觉的灵魂活动都是在使人进一步堕落？马利坦认为卢梭这种对感觉冲动的绝对不抵抗，是在抬高人的灵魂中最低级的东西，是对人类精神秩序的极大破坏。

马利坦对卢梭的批判还体现在与卢梭思想相关的实践中的"真诚"概念上。一般而言，它是评判个体的最根本的一个标志，所涉及的不仅仅是与某种事实的相符。更重要的是，真诚是一个具有伦理学色彩的概念，必须与一定的道德价值标准相关。在形而上学意义层面上，真诚必须与某种人性观的完美状态相挂钩。马利坦认为卢梭的《忏悔录》不乏真诚，当他自豪地袒露自己的内心、剖析自己的灵魂与行为时，可以说他是一个"真诚的人"。但卢梭遗弃自己五个孩子的行为并不能将其"真诚性"演变为"圣洁性"，这种不完美行为中的"罪性"是此世中人的必然处境。单纯从人的自然性出发所获得的真诚，只能是一种质料的真诚，它是精神的真诚、真正真诚的反面。恰如卢梭颂扬情感一样，当他强调维护人的自然情感这一天性时，必然堵塞了人在精神层面跃进的通道。当自然人渴望怡然自得地生活在自然之中时，他必然在社会人的处境中感到窒息，无法生存，卢梭自身的结局（一个孤独散步者）就是最好的证明。

"正如路德发现了人类位格（The Human Person），卢梭发现了自然与自由（Nature and Liberty），笛卡尔则发现了思维（Thought）。"① 马利坦不仅总结了三位改革家在各自历史中的作用，而且借助对三位改革家的批判——在道德、理智、情感等方面的偏差和缺失——希望在现代世界的各个层面上拯救真正的人性，达到自然与恩典、灵性与世俗、理智与信仰的完美统一。具体而言，就是在思辨层面上拯救理智（intelligent）的价值；

---

① Jacques Maritain, *Three Reformers*, New York, Charles Scribner's Sons, 1955, p. 54.

在实践的层面上，就哲学所能达到的高度，拯救人性的价值。可见，马利坦力图在传统（回到过去）与现代（坚持历史进步）之间寻找第三条道路，既根植于传统又逾于传统，既面向现代又不囿于现代。将"灵性优先原则"的道德哲学与"完整的人道主义（Integrate Humanism）"（以"神"为中心的人道主义，Theocentric Humanism）的社会政治哲学思想二者和谐地统一在历史哲学中，这就是马利坦提出的完美理想方案。

马利坦的立足点是要确立一种以灵性优先为基础的人道主义，以反对现代世界世俗的人道主义。他希望传统的人道主义在高扬人的价值的同时，不能舍弃人的最高贵的东西，即精神存在。这种精神存在只有与最高存在相联系，才可以克服由于孤独、空虚给人带来的压抑和焦虑，才可以找到人的真正尊严。真正的人道主义不仅要承认人的非理性部分，使它服从于理性，同时还要承认人的超理性部分，使理性受其鼓舞。这样，人才可能敞开胸怀接受神性降临，让人得以全面整体提升。

此外，马利坦完善的社会政治思想体现在他对民主制度本身的认识与改建上。马利坦认为，民主应该是人类达到其最高目标的根本保障制度，真正的民主并不应该建立在人的自然性之上，而应该建立在福音精神之爱的酵素制度上。这种制度以完整的人性为基础，以维护、完善人的最高的灵性为指归，这样的共和政体才能真正体现民主的思想理念。

只有当虔敬（神学）在科学（形而上学）和实践（伦理学）之外占有一席之地，成为必不可少，成为绝对必要的第三者，成为其天然的对应物，在价值和辉煌上不逊色于任何一个之时，人才会完全拥有共同的领域，人性在这方面才会是完整的。

基于对完整人性的关怀，马利坦提出了理性、非理性、超理性三位一体的智性理念。理性、非理性、超理性在现实生存实践中共同铸就人类的精神史，三者缺一不可。基于对现代世界的批判，马利坦提出了历史、政治、道德三位一体的构想；基于对现代世界的超越，马利坦提出了宗教、艺术和科学三位一体的规划。"在人所信奉的世俗事物中，艺术和科学是神最为青睐的。艺术和科学建立在信仰、爱和希望之上。本身具有宗教性质的艺术和科学满足了人们祈祷、创造和静观的需要。宗教、艺术和科学，三者虽然在某些阶段各自分离，但它们最终同出一体，同归一处。"①

宗教、艺术和科学的三位一体，根植于人性中理性、非理性、超理性的三位一体，贯彻到实践中，要实现对现代世界的超越，则需历史、政治、道德的三位一体。

文明的真正含义是超越自然，文化的真正含义是超越有限，进入无限的诗意境界。在此意义上，你才可以从内心深处真正理解斯宾格勒所言"一切文化的灵魂是宗教"的内涵，宗教乃是发自内心的精神信仰。

---

① 谷裕著：《隐匿的神学》，华东师范大学出版社 2008 年版，第 205 页。

结　语

　　徜徉在马利坦借光诗学思想的研究中，不仅可以分享到诗的美感，而且可以感受到诗的脉动；不仅可以领略到哲学思辨的深邃与浩渺，而且可以参悟到神学境界的光芒与照耀。当然也能审视到马利坦神学诗学思想的局限。

　　在众语喧哗的诗学理论领域中，马利坦作出了颇有创意的探索。马利坦对诗之本体、本根、本源原始要终的解读，对诗性认识、诗性直觉、诗性意义的神学阐释，对神学、哲学、诗学融会贯通的努力，终将使他步入诗学理论家的行列，并占有一席之地。马利坦的诗学思想是其神学思想的借"诗"还魂，神学思想的超越性决定了其诗学思想的缥缈性和空灵性。揭开笼罩在其诗学理论上的神学思想的神秘面纱，既便于更好地解读其诗学，也有助于悟解其神学思想中的神秘主义。对其神学诗学的扬清去浊，既是对法国宗教文化的人文性盘点，也可使之成为当今人类精神发展的重要思想资源。光之重要于人类犹如水之重要于鱼，马利坦借神学之光反思启蒙理性的困境，借创世之光宏扬神学遗产的精华，借自然之光瞻瞩人类生存的前景。研究马利坦的借光诗学，不仅可为现代诗学的窘境提供一条可借鉴之路，而且可为现代文明的前景提供参考价值和反思意义。在物质文明高度发展、精神生活日益贫乏的现代文明进程中，马利坦为深处世俗主义沙漠中的人们提供了一片精神得以安栖的绿洲，提供了一种渴望向上提升精神的动力，提供了一个解读人类精神现象迷宫的入口。

　　马利坦的借光诗学不足的地方也相当明显。从宗教神学特别是天主教神学解析诗学，有其神秘空灵的长处，但是一旦介入人性、人的存在和人类社会的具体讨论，他的言说终究带出了整个西方神学的共同缺憾——上帝不在，教义苍白。20 世纪中的两次世界大战以及近几十年来全球性的各种危机，更增加了这种神理设教的尴尬与艰难，马利坦虔诚的努力和精心的补苴，很难遮诠信仰危机和教义退化的现实，也挡不住人欲横流和罪恶弥漫的狂澜，更医治不了疮痍满目和病入膏肓的社会机体。马利坦的借光诗学，宛如点燃在人类昏暗的历史隧道中的一支其光如炬的蜡烛。值得欣慰的是，他的思想毕竟处于与周遭腐恶现象分庭抗礼的对立面。烛光摇曳，聊胜于无；星星之火，可以燎原。

作为诗学理论家的马利坦，扬神性于浊世，精神可嘉。与此同时，受其专注于内在灵性的局限，他常常在非常需要纯诗学阐发之时虚晃一枪，缺乏对诗歌及其创作的外在形式因素的深入发掘，缺乏对人性劣根性和诗艺局限性做突破性的钻研，当然更缺乏对宗教及其信仰本身的弊端做应有的反思和内省。在艺术（特别是诗歌艺术）问题上，马利坦过分地强调神性至上，过分地将诗性与神思强行统合，过分地忽略艺术形式的外在性建构的独特功能，以至于在马氏诗学园地，读者几乎只能以心神与神光对接，而鲜能剥茧抽丝、听风辨器、操曲知音、拔节成春。细想上帝的天国，应不全是诵经之声，还应有唱诗班的调式与升华的精神往来之绝响。而马氏诗学则对此语焉不详。也许对马利坦的这些指陈过于苛刻，怎能强行要求一个天主教神学家对自己奉为神圣的教义教旨存有疑惑呢？

虽然说马利坦的诗学理论有上述不足之处，但是其积极意义仍然不能低估。从诗学原理的一般意义上讲，他的思想极具启发价值，尤其对于当今人类所面对的现代社会而言，这样一种诗学不失为一种净化剂，它让这个疯狂的世界至少看到了自身的荒唐和龌龊。虽然马利坦的结论未必完全正确，切入问题的方法也不无偏颇，但可贵的是他以真诚的态度介入了神圣的学术，而且以其思想的前瞻性、超越性，理论资源的与时俱进性、建设性，以及思想发展的兼容性、丰富性，为神学别开生面，为诗学再添辉煌。他将哲学思辨转化为对神秘智慧的宗教追求，将神学信仰融入对艺术创造的伦理解读，将神学、哲学、诗学、伦理学融为一体，不仅为比较文学研究和诗学研究提供了一个绝好的范例，更为现代文明难题的解析交出了一份引人深思的答卷。

如果说马利坦在其诗学思想中过于关注神性诗学的内在性，模糊、淡化甚至忽略了诗的外在艺术性的建构，那也许是因为在他看来，任何试图解构一切或是建构一切的思想家、哲学家，都有点自命不凡或妄自尊大。作为读者，要求甚至强迫一种诗学思想能够包罗万有也是不现实的。这并不是说马利坦不能受到审视和质疑，而是说作为后来者，对马利坦应抱有一种"同情的理解"，对马利坦的诗学理论也应持有一种"理性的批判与反思"。辩证地批判、反思一种思想也许是最佳的选择。

附　录①

一、马利坦生平简介

1882 年 11 月 18 日，马利坦生于巴黎。父亲保罗·马利坦（Paul Maritain），律师；母亲热内维艾·法弗（Geneviève Favre），自由派新教徒。

1898 年，进入法国亨利四世公学（Lycée Henri – Ⅳ）接受教育。

1900 年，进入巴黎索邦大学（Sorbonne）学习化学、生物学和物理学，结识俄国犹太移民的女儿拉伊莎。

1901—1902 年，在夏尔—贝矶（Charles Péguy，1873—1914）的建议下去法兰西公学（Collège de France）聆听柏格森的课。

1904 年，马利坦与拉伊莎成婚。

1905 年，获得哲学硕士学位和科学硕士学位，取得在公立中学任教的资格。

1906 年，在莱昂布洛瓦（Léon Bloy）的影响下，夫妇二人皈依天主教，布洛瓦为其教父（布洛瓦为著名天主教作家，笃守贫苦生活，致力于祈祷、坚忍与著述，给马利坦的心灵以重大冲击）。

1907 年，夫妇二人迁去海德堡求学，他们的精神导师多明各会神学家克莱里莎（Humbert Clérissac）引导他们去阅读圣·托马斯·阿奎那的著作。

1912 年，开始在斯达尼斯学院（Collège Stanislas）授课。

1914 年，在巴黎天主教研究所（Institut Catholique de Paris）讲授托马斯主义哲学。

1916—1917 年，在凡尔赛的一个小修院（Petit Séminaire de Versailles）

---

① 笔者将搜集到的有关马利坦的著作（一小部分已有汉语译本）以及近年来对他的评传（尚没有汉语译本）附在全书之后，以方便国内学界同人做进一步研究之用。

工作。

1920 年，完成其第一部作品，发表《哲学基础》（开始哲学创作的高峰期）。

1926 年，因参与《法兰西行动》而受到梵蒂冈的警告，马利坦开始思考基督徒在世俗领域中的责任，沉思后的结果就是创作了《灵性优先》。

1933 年，马利坦成为多伦多中世纪研究所（Institut pontifical d'études médiévales de l'Université de Toronto）的教授。

1939 年，"二战"爆发，马利坦滞留北美，参加了戴高乐的组织，支持抵抗运动，反对维希政府。

1943 年，创建"高等自由研究所"（在纽约），并当选为院长。

1945—1948 年，受戴高乐将军委任，成为法国驻梵蒂冈罗马教廷大使。

1948 年，重返美国，在普林斯顿大学授课，执教直至 1956 年。

1961 年，返回法国，加入了图卢兹的耶稣小兄弟会。

1973 年 4 月 28 日，马利坦在图卢兹逝世，享年 91 岁。

二、马利坦作品小记

1. *La Philosophie bergsonienne*，1914（1948）.《柏格森哲学》

2. *Eléments de philosophie*，2 Bde. ，Paris，1920/23.《哲学基础》

3. *Art et scolastique*，1920 .《艺术与经院哲学》

4. *Théonas ou les entretiens d'un sage et de deux philosophes sur diverses matières inégalement actuelles*，Paris，Nouvelle librairie nationale，1921.《泰奥纳斯或一位智者与两位哲学家讨论现实中的各种各样的题材》

5. *Antimoderne*，Paris，Édition de la Revue des Jeunes，1922 .《反现代》

6. *Réflexions sur l'intelligence et sur sa vie propre*，Paris，Nouvelle librairie nationale，1924 .《论理智及其生命》

7. *Trois réformateurs：Luther，Descartes，Rousseau，avec six portraits*，Paris［Plon］，1925 .《三位改革者：路德、笛卡尔、卢梭》

8. *Réponse à Jean Cocteau*，1926 .《与让·科克多的通信》

9. *Une opinion sur Charles Maurras et le devoir des catholiques*，Paris［Plon］，1926 .《对夏尔·莫拉斯的看法以及天主教徒的责任》

10. *Primauté du spirituel*，1927．《灵性优先》

11. *Pourquoi Rome a parlé*（coll.），Paris，Spes，1927.《罗马为什么》

12. *Quelques pages sur Léon Bloy*，Paris，1927.《关于莱昂·布洛瓦的笔记》

13. *Clairvoyance de Rome*（coll.），Paris，Spes，1929．《罗马的明察》

14. *Le docteur angélique*，Paris，Paul Hartmann，1929．《天使博士》

15. *Religion et culture*，Paris，Desclée de Brouwer，1930（1946）．《宗教与文化》

16. *Le thomisme et la civilisation*，1932．《托马斯主义与文明》

17. *Distinguer pour unir ou Les degrés du savoir*，Paris，1932．《区分为了统一或知识的等级》

18. *Le songe de Descartes*，*Suivi de quelques essais*，Paris，1932．《笛卡尔之思》

19. *De la philosophie chrétienne*，Paris，Desclée de Brouwer，1933．《基督教哲学》

20. *Du régime temporel et de la liberté*，Paris，DDB，1933．《论世俗政权与自由》

21. *Sept leçons sur l'être et les premiers principes de la raison spéculative*，Paris，1934．《存在七讲和思辨理性的首要原则》

22. *Frontières de la poésie et autres essais*，Paris，1935．《诗的界限和其他》

23. *La philosophie de la nature*，*Essai critique sur ses frontières et son objet*，Paris，1935（1948）．《自然哲学》

24. *Lettre sur l'indépendance*，Paris，Desclée de Brouwer，1935．《关于独立的信》

25. *Science et sagesse*，Paris，1935．《科学与智慧》

26. *Humanisme intégral*. *Problèmes temporels et spirituels d'une nouvelle chrétienté*（espagnol 1935），Paris（Fernand Aubier），1936（1947）．《完整的人道主义，一位基督徒的现世问题与精神问题》

27. *Les Juifs parmi les nations*，Paris，Cerf，1938.《民族中的犹太教徒》

28. *Questions de conscience*：*essais et allocutions*，Paris，Desclée de Brouwer，1938．《意识问题》

29. *La personne humaine et la societé*，Paris，1939．《人格与社会》

30. *Le crépuscule de la civilisation*，Paris，Éd. Les Nouvelles Lettres，1939.《文明的黄昏》

31. *Quatre essais sur l'ésprit dans sa condition charnelle*，Paris，1939（1956）.《四论人身条件下的精神》

32. *De la justice politique*，*Notes sur le présente guerre*，Paris，1940.《论政治公正》

33. *Scholasticism and politics*，New York，1940.《经院哲学与政治》

34. *A travers le désastre*，New York，1941（1946）.《渡过难关》

35. *Conféssion de foi*，New York，1941.《忏悔录》

36. *Ransoming the Time*（*Redeeming the Time*），New York，1941.《救赎时代》

37. *La pensée de St. Paul*，New York，1941（Paris，1947）.《圣—保罗的思想》

38. *Les Droits de l'homme et la Loi Naturelle*，New York，1942（Paris，1947）.《人权与自然法》

39. *Saint Thomas and the Problem of Evil*，Milwaukee，1942.《圣—托马斯与恶的问题》

40. *Essays in Thomism*，New York，1942.《关于托马斯主义的论文集》

41. *Christianisme et démocratie*，New York，1943（Paris，1945）.《基督教与民主》

42. *Education at the Crossroad*，New Haven，1943.《处在十字路口的教育》

43. *Principes d'une politique humaniste*，New York，1944（Paris，1945）.《一种人道主义政治的原则》

44. *De Bergson à Thomas d'Aquin*，*Essais de Métaphysique et de Morale*，New York，1944（Paris，1947）.《从柏格森到托马斯·阿奎那》

45. *A travers la victoire*，Paris，1945.《穿越胜利》

46. *Messages 1941－1944*，New York，1945.《启示》

47. *Pour la justice*，Articles et discours 1940－1945，New York，1945.《保卫正义》

48. *Le sort de l'homme*，Neuchâtel，1945.《人的命运》

49. *Court traité de l'existence et de l'existent*，Paris，1947.《简论存在与

存在者》

50. *La personne et le bien commun*，Paris，1947．《人与公益》

51. *Raison et raisons*, *Essais détachés*，Paris，1948．《理性与情理》

52. *La signification de l'athéisme contemporain*，Paris，1949．《当代无神论的含义》

53. *Man and State*，Chicago，1951．《人和国家》

54. *Neuf leçons sur les notions premières de la philosophie morale*，Paris，1951．《九论道德哲学的基本概念》

55. *Approches de Dieu*，Paris，1953．《接近上帝》

56. *L'Homme et l'Etat*（engl.：*Man and State*，1951），Paris，PUF，1953．《人和国家》

57. *Creative Intuition in Art and Poetry*（engl.），1953．《艺术与诗中的创造性直觉》

58. *On the Philosophy of History*，ed. J. W. Evans，New York，1957．《论历史哲学》

59. *Truth and Human Fellowship*，Princeton，1957．《真理与人类》

60. *Reflections on America*，New York，1958．《对美国的反思》

61. *Pour une philosophie de l'éducation*，Paris，1959．《教育哲学》

62. *Le philosophe dans la Cité*，Paris，1960．《城邦中的哲学家》

63. *The Responsibility of the Artist*，New York，1960．《艺术家的责任》

64. *La philosophie morale*，Vol. Ⅰ：Examen historique et critique des grands systèmes，Paris，1960．《道德哲学》

65. *Man's Approach to God*，Latrobe/Pennsylvania，1960．《接近上帝之路》

66. *On the Use of Philosophy*，Princeton，1961．《哲学的用处》

67. *A Preface to Metaphysics*，New York，1962．《形而上学序言》

68. *Dieu et la permission du mal*，1963．《上帝与恶的允许》

69. *Carnet de notes*，Paris，DDB，1965．《回忆录》

70. *L'intuition créatrice dans l'art et dans la poésie*，Paris，Desclée de Brouwer，1966（engl. 1953）．《艺术与诗中的创造性直觉》

71. *Le paysan de la Garonne. Un vieux laïc s'interroge à propos du temps*

présent，Paris，DDB，1966.《加龙河的农民》

72. *Challenges and Renewals*，ed. J. W. Evans/L. R. Ward，Notre Dame/Ind，1966.《挑战与更新》

73. *The Education of Man*，*the Educational Philosophy of J. M.*，ed. D. / I. Gallagher，Notre Dame/Ind，1967.《人的教育，哲学教育》

74. *De la grâce et de l'humanité de Jésus*，1967.《论恩典与耶稣的人性》

75. *De l'Église du Christ*，*La personne de l'église et son personnel*，Paris，1970.《论基督的教会》

76. *Approches sans entraves*，posthum，1973.《无束缚的接近》

77. *Oeuvres complètes de Jacques et Raïssa Maritain*，16 Bde.，1982 – 1999.《雅克·马利坦与拉伊莎·马利坦全集》

78. Deux ouvrages ont été réédités en 2007 par les Editions Ad Solem：

（1）Jacques et Raïssa Maritain，*Liturgie et contemplation*.《仪式与沉思》

（2）*Le Feu nouveau*（réédition du Paysan de la Garonne accompagné d'un dossier critique de Michel Fourcade）.《新生之火》

三、马利坦的评传

1. *Jacques Maritain*，*philosophe dans la cité*，Jean-Louis Allard，Ottawa，Éditions de l'Université，1985.

2. *Jacques et Raïssa Maritain*，*Les Mendiants du ciel*，Jean-Luc Barré，Paris，Stock，1996.

3. *Entre Maurras et Maritain*，*Une génération intellectuelle catholique (1920 – 1930)*，Philippe Chenaux，Paris，Cerf，1999.

4. *Jacques Maritain*：*The Philosopher in Society*，James V. Schall，Rowman and Littlefield，1998.

5. *Jacques Maritain et ses Contemporains*，Bernard Hubert，Yves Floucat，André Collini，1991.

6. *Maritain en notre temps*，Henry Bars，1959.

7. *Maritain 2006 Entrée en catholicisme*，*Journées d'études des 15 – 16 novembres 2006 compte rendu dans Revue des Sciences Religieuses*，*81*，n° 3 et 4，

juillet et octobre 2007.

8. *Maritain à contre-temps*: *Pour une démocratie vivante*, Paul Valadier, Paris, DDB, 2007.

9. *Jacques Maritain ou la Fidélité à l'Èternel*, Yves Floucat, Paris, Fac-éditions, 1996.

10. *Julien Green et Jacques Maritain. L'amour du vrai et la fidélité du coeur*, Yves Floucat, Paris, Téqui, 1997.

11. *Pour une restauration du politique. Maritain l'intransigeant*, *de la Contre-Révolution à la démocratie*, Yves Floucat, Paris, Téqui, 1999.

12. *Maritain ou le catholicisme intégral et l'humanisme démocratique*, Yves Floucat, Paris, Téqui, 2003.

13. *Le Chevalier de l'absolu. Jacques Maritain entre mystique et politique*, Guillaume de Thieulloy, Paris, Gallimard, 2005.

14. *Antihumanisme intégral? L'augustinisme de Jacques Maritain*, Guillaume de Thieulloy, Paris, Téqui, 2006.

15. *Le Dilemme de Jacques Maritain*, *Évolution d'une pensée en philosophie politique*, Godeleine Lafargue Dickès, Paris, Editions de Paris, 2004.

16. *Jacques Maritain et l'Amérique du Sud. Le modèle malgré lui*, Olivier Compagnon, Villeneuve d'Ascq, Presses Universitaires du Septentrion, 2003.

17. *Face au monde moderne, une œuvre d'intégration universelle*, Olivier Rota, *Cahiers Jacques Maritain*, n°54, juin 2007, pp. 54 – 61.

18. *La réception de Jacques Maritain par le catholicisme anglais*, Olivier Rota, *Cahiers Jacques Maritain*, n°50, juin 2005, pp. 2 – 14.

参考文献

一、原始文献和资料

1. Jacques Maritain, *Creative Intuition in Art and Poetry*, New Jersey, Princeton University Press, 1981.

2. Jacques and Raïssa Maritain, *The Situation of Poetry*, New York, Philosophical Library, 1955.

3. Jacques Maritain, *The Degrees of Knowledge*, New York, Charles Scribner's Sons, 1959.

4. Jacques Maritain, *True Humanism*, Greenwood Press, Publishers Westport, Connecticut, 1970.

5. Jacques Maritain, *Three Reformers*, New York, Charles Scribner's Sons, 1955.

6. Jacques Maritain, *Art and Scholasticism*, translated by Joseph W. Evans, Copyright by the Jacques Maritain Center, University of Notre Dame.

7. Jacques Maritain, *The Responsibility of the Artist*, copyright by the Jacques Maritain Center, University of Notre Dame.

8. Jacques Maritain, *Moral Philosophy*, copyright by the Jacques Maritain Center, University of Notre Dame.

9. Jacques Maritain, *On the Philosophy of History*, copyright by the Jacques Maritain Center, University of Notre Dame.

10. Jacques Maritain, *The Range of Reason*, copyright by the Jacques Maritain Center, University of Notre Dame.

11. Jacques Maritain, *Reflections on America*, copyright by the Jacques Maritain Center, University of Notre Dame.

12. Jacques Maritain, *On the Church of Christ*, The Person of the Church

and Her Personnel, translated by Joseph W. Evans, copyright © 1973 by University of Notre Dame Press, Notre Dame, Indiana 46556.

13. Jacques Maritain, *St. Thomas Aquinas*, copyright by the Jacques Maritain Center, University of Notre Dame.

14. Jacques Maritain Papers, Transcriptions:

(1) The Nation Controversy (JM 01/01)

(2) The Problem and Theory of Freedom in Human Existence (JM 01/02)

(3) Angelic Doctor (JM 01/04)

(4) Permanent Elements in the Humanistic Tradition (JM 01/05)

(5) A Faith to Live by (JM 01/06)

(6) Letter on Antisemitism to Sir Robert Mayer (JM 01/07)

(7) Western Civilization and Religious Faith (JM 01/08)

(8) The Cultural Impact of Empiricism (JM 01/12)

(9) Some Moral and Spiritual Aspects of Education (JM 02/04)

(10) Philosophy and the Unity of the Sciences (JM 02/09)

(11) Great Books (JM 02/11)

(12) Some Reflections on Missionary Activity (JM 02/15)

(13) Mary as Mother of Wisdom (JM 02/16)

(14) Gallery of Living Catholic Authors: Twentieth Anniversary (JM 03/04)

(15) Immortality of the Soul (JM 03/12)

(16) Address at Manhattan College (Christian Brothers) – 1951 (JM 03/15)

(17) The Healing of Humanity (JM 04/02)

(18) Gallery of Living Catholic Authors: Tenth Anniversary (JM 04/02)

(19) Address on Democracy (JM 04/02)

(20) What Is Man (JM 05/02)

(21) Christianity and Democracy (JM 06/04)

(22) God and Science (JM24/04)

(23) Philosophy—Gallery of Living Catholic Authors – 1942 (JM32/04)

(24) Poetic Experience – 1944 (JM33/01)

(25) On the Meaning of Contemporary Atheism – 1949 (JM33/03)

(26) On Authority

二、作家作品译作

1.〔法〕雅克·马利坦著，刘有元、罗选民等译：《艺术与诗中的创造性直觉》，北京：生活·读书·新知三联书店1991年版。

2.〔法〕马里坦著：《道德哲学》，见中国社会科学院哲学研究所伦理学研究室编：《现代世界伦理学》，贵阳：贵州人民出版社1981年版。

3.〔法〕马里旦著，霍宗彦译：《人和国家》，北京：商务印书馆1964年版。

4.〔法〕马里旦著：《理性的范围》，见洪谦主编：《西方现代资产阶级哲学论著选辑》，北京：商务印书馆1964年版。

5.〔法〕雅克·马利坦著，尹今黎、王平译：《科学与智慧》，上海：上海社会科学院出版社1992年版。

6.〔法〕雅克·马里坦著，龚同铮译：《存在与存在者》，贵阳：贵州人民出版社1990年版。

7.〔法〕马利丹著：《个人与公益》，见中科院哲学研究所西方哲学组编：《现代美国哲学》，北京：商务印书馆1963年版。

三、国内研究论著及论文

1.徐卫翔著：《超越现代之上》，上海：同济大学出版社2004年版。

2.徐卫翔、王瑞鸿：《马利坦的历史哲学》，《复旦学报（社会科学版）》1999年第2期。

3.任晓燕：《从隐形之诗到显形艺术——论马利坦诗学理论中诗和艺术》，内蒙古师范大学硕士学位论文，2003年。

4.张法：《马利坦的神学美学思想》，《三峡大学学报（人文社会科学版）》2003年第4期。

5.任晓燕：《论马利坦诗学理论中诗和艺术的关系》，《内蒙古师范大学学报（哲学社会科学版）》2003年第1期。

6.任晓燕、董惠芳：《刘勰〈物色篇〉"心物交融说"与马利坦主客体关系理论之比较》，《河北科技师范学院学报（社会科学版）》2004年第4期。

7.任晓燕、胡志军：《诗性意义与现代诗的解读——关于马利坦诗性意义美学理论的阐释》，《内蒙古农业大学学报（社会科学版）》2005 年第 3 期。

8. 任晓燕：《生命原初的创造活动——论马利坦的艺术发生原理》，《莱阳农学院学报（社会科学版）》2005 年第 4 期。

9. 任晓燕：《马利坦诗学理论中的艺术评析》，《北京科技大学学报（社会科学版）》2006 年第 1 期。

10. 任晓燕：《文艺创造精神活动的深层观照——论马利坦诗学理论中的诗》，《内蒙古大学学报（人文社会科学版）》2006 年第 1 期。

11. 任晓燕、石岩峥：《马利坦关于艺术辩证法成因的深度阐释》，《集宁师专学报》2006 年第 1 期。

12. 石岩峥：《马利坦诗性意义略论》，《集宁师专学报》2006 年第 2 期。

13. 克冰：《马利坦的艺术概念》，《内蒙古工业大学学报（社会科学版）》2000 年第 1 期。

14. 克冰：《马利坦诗学中的诗性经验和诗性意义》，《广播电视大学学报（哲学社会科学版）》2000 年第 4 期。

15. 克冰：《马利坦文艺观念中的诗性直觉》，《内蒙古师范大学学报（哲学社会科学版）》2000 年第 5 期。

16. 克冰：《美不是诗的对象——马利坦观念中的诗与美》，《内蒙古工业大学学报（社会科学版）》2002 年第 1 期。

四、直接引用的文献

1. ［阿根廷］豪尔赫·路易斯·博尔赫斯著，陈重仁译：《博尔赫斯谈诗论艺》，上海：上海译文出版社 2008 年版。

2. Jacques and Raïssa Maritain, *The Situation of Poetry*, New York, Philosophical Library, 1955.

3. Jacques Maritain, *Creative Intuition in Art and Poetry*, New York, Meridian Books, 1957.

4. ［法］雅克·马里坦著，龚同铮译：《存在与存在者》，贵阳：贵州人民出版社 1990 年版。

5. ［古希腊］赫西俄德著，张竹明、蒋平译：《神谱》，北京：商务印书馆 2006 年版。

6. 曾庆豹著：《上帝、关系与言说》，上海：华东师范大学出版社 2008 年版。

7. ［英］安德鲁·洛思著，孙毅、游冠辉译：《神学的灵源》，北京：中国致公出版社 2001 年版。

8. 陈麟书、田海华著：《神圣使命》，成都：四川人民出版社 1997 年版。

9. King James version of the *Bible*, *Book of Genesis*, http：//www. jiii. com/word/Genesis/1. html.

10. ［古希腊］柏拉图著，朱光潜译：《文艺对话集》，北京：人民文学出版社 1963 年版。

11. ［法］列维—斯特劳斯著，李幼蒸译：《野性的思维》，北京：商务印书馆 1987 年版。

12. ［英］凯蒂·索珀著，廖申白、杨清荣译：《人道主义与反人道主义》，北京：华夏出版社 1999 年版。

13. ［法］弗朗索瓦·多斯著，季广茂译：《从结构到解构：法国 20 世纪思想主潮》（下卷），北京：中央编译出版社 2005 年版。

14. ［法］米歇尔·福柯著，莫伟民译：《词与物》，上海：上海三联书店 2001 年版。

15. ［美］詹姆斯·施密特编：《启蒙运动与现代性》，上海：上海人民出版社 2005 年版。

16. Jacques Maritain, *The Range of Reason*, University of Notre Dame, 1952.

17. ［德］马丁·海德格尔著，孙周兴译：《林中路》，上海：上海译文出版社 2004 年版。

18. ［德］海德格尔著，孙周兴译：《荷尔德林诗的阐释》，北京：商务印书馆 2004 年版。

19. 刘晓枫著：《诗化哲学》，上海：华东师范大学出版社 2007 年版。

20. ［德］里尔克、勒塞等著，林克译：《〈杜伊诺哀歌〉与现代基督教思想》，上海：上海三联书店 1997 年版。

21. ［英］艾略特著，王恩衷编译：《艾略特诗学文集》，北京：国际文化出版公司 1989 年版。

22. ［英］艾略特著，李赋宁译注：《艾略特文学论文集》，南昌：百花洲文艺出版社 1994 年版。

23. ［英］路德维希·维特根斯坦著，王平复译：《逻辑哲学论》，北京：九州出版社 2007 年版。

24. Jacques Maritain, *The Responsibility of the Artist*, copyright by the Jacques Maritain Center, University of Notre Dame.

25. ［美］M. H. 艾布拉姆斯著，郦稚牛等译：《镜与灯》，北京：北京大学出版社 1989 年版。

26. ［瑞士］荣格著，冯川、苏克译：《心理学与文学》，北京：生活·读书·新知三联书店 1987 年版。

27. http：//en. wikipedia. org/wiki/Nous#Neoplatonism.

28. Jacques Maritain, *Art and Scholasticism*, translated by Joseph W. Evans, *Chapter IV*: *Art an Intellectual Virtue*, http：//www2. nd. edu/Departments//Maritain/etext/art. htm.

29. Jacques Maritain, *Immortality of the Soul*, http：//www2. nd. edu/Departments//Maritain/jm312b. htm.

30. ［法］雅克·马利坦著，尹今黎、王平译：《科学与智慧》，上海：上海社会科学院出版社 1992 年版。

31. ［古罗马］奥古斯丁著，石敏敏译：《论灵魂及其起源》，北京：中国社会科学出版社 2004 年版。

32. King James version of the *Bible*, *Book of Job*, Chapter 32：8, http：//www. jiii. com/word/Job/32. html#7.

33. King James version of the *Bible*, *Book of Isaiah*, Chapter 42：5, http：//www. jiii. com/word/Isaiah/42. html.

34. ［美］大卫·艾尔金斯著，顾肃、杨晓明译：《超越宗教》，上海：上海人民出版社 2007 年版。

35. ［意］维柯著，朱光潜译：《新科学》，北京：商务印书馆 1989 年版。

36. Jacques Maritain, Poetic Experience, *The Review of Politics*, October, 1944, Vol. 6, No. 4.

37. ［美］威廉·詹姆斯著，尚新建译：《宗教经验种种》，北京：华夏出版社 2003 年版。

38. ［俄］加比托娃著，王念宁译：《德国浪漫哲学》，北京：中央编译出版社 2007 年版。

39. ［法］让·贝西埃等著，史忠义译：《诗学史》（上、下册），天津：百花文艺出版社 2001 年版。

40. ［德］黑格尔著，朱光潜译：《美学》（第一卷），北京：商务印书馆 2008 年版。

41. 程孟辉著：《西方美学文艺学论稿》，北京：商务印书馆 2007 年版。

42. ［英］克莱夫·贝尔著，周金怀、马钟元译：《艺术》，北京：中国文联出版公司 1984 年版。

43. ［美］维塞尔著，贺志刚译：《启蒙运动的内在问题》，北京：华夏出版社 2007 年版。

44. ［美］韦勒克著：《近代文学批评史》，北京：中国社会科学出版社 1980 年版。

45. 刘若端编：《十九世纪英国诗人论诗》，北京：人民文学出版社 1984 年版。

46. ［英］阿利斯特·E. 麦格拉斯著，高民贵、陈晓霞译：《天堂简史》，北京：北京大学出版社 2006 年版。

47. ［法］布勒东著：《第二次超现实主义宣言》，见张秉真、黄晋凯主编：《未来主义与超现实主义》，北京：中国人民大学出版社 1994 年版。

48. ［英］休姆著：《论浪漫主义和古典主义》，见［英］洛奇编，葛林等译：《二十世纪文学评论》（上册），上海：上海译文出版社 1987 年版。

49. ［美］韦勒克、沃伦著，刘象愚等译：《文学理论》，北京：生活·读书·新知三联书店 1984 年版。

50. 《艾略特英文诗选》，http：//free. prohosting. com/ ~ mudan/trans/eliot/eliot. htm。

51. ［法］让—吕克·南希著，郭建玲等译：《解构的共通体》，上海：上海人民出版社 2007 年版。

52. ［古罗马］奥古斯丁著：《论三位一体》，见赵敦华著：《基督教哲学 1500 年》，北京：人民文学出版社 2007 年版。

53. ［古罗马］奥古斯丁著，周士良译：《忏悔录》，北京：商务印书馆 1994 年版。

54. ［英］约翰·鲍克著，高师宁等译，周士良译：《神之简史》，北京：生活·读书·新知三联书店 2007 年版。

55. ［法］S. 薇依著，杜小真、顾嘉琛译：《在期待之中》，北京：生活·读书·新知三联书店 1994 年版。

56. ［法］帕斯卡著，何兆武译：《思想录》，北京：商务印书馆 1997 年版。

57. 北京大学哲学系外国哲学史教研室编译：《古希腊罗马哲学》，北京：商务印书馆 1961 年版。

58. ［德］施勒格尔著，李伯杰译：《浪漫派风格》，北京：华夏出版社 2005 年版。

59. ［法］瓦莱里：《论纯诗》，见潞潞主编：《准则与尺度——外国著名诗人文论》，北京：北京出版社 2003 年版。

60. 钱钟书著：《谈艺录》（补订本），北京：中华书局 1984 年版。

61. ［德］恩格斯：《社会主义从空想到科学的发展》，见《马克思恩格斯选集》（第三卷），北京：人民文学出版社 1972 年版。

62. 周国平主编：《诗人哲学家》，上海：上海人民出版社 2005 年版。

63. ［德］尼采著，卫茂平译：《偶像的黄昏》，上海：华东师范大学出版社 2007 年版。

64. ［英］彼德·沃森著，朱进东、陆月宏、胡发贵译：《20 世纪思想史》，上海：上海译文出版社 2008 年版。

65. ［法］马克·弗罗芒—默里斯著，冯尚译：《海德格尔诗学》，上海：上海译文出版社 2005 年版。

66. Jacques Maritain, *Science and Wisdom*, London, Geoffrey Bles, 1954.

67. Jacques Maritain, *Moral Philosophy*, copyright by the Jacques Maritain Center, University of Notre Dame.

68. *Matthew*, *Mark*, *Luke*, in *Holy Bible*, The Worldwide Bible Society LTD, May, 2003.

69. Jacques Maritain, *Things That Are Not Caesar's*, New York, Charles Scribner's Sons, 1931.

70. ［法］马里旦著，霍宗彦译：《人和国家》，北京：商务印书馆 1964 年版。

71. *Jacques Maritain*, first published, Dec., 1997; substantive revision, Feb., 2004.

72. ［法］让·多维著：《马利丹》，北京：中国社会科学出版社 1992 年版。

73. 《哲学译丛》编辑部编译：《近现代西方主要哲学流派资料》，北京：商务印书馆 1981 年版。

74. ［美］詹姆斯·C. 利文斯顿著，何光沪译：《现代基督教思想》，成都：四川人民出版社 1999 年版。

75. ［奥地利］弗里德里希·希尔著，赵复三译：《欧洲思想史》，桂林：广西师范大学出版社 2007 年版。

76. Jacques Maritain, *Three Reformers*, New York, Charles Scribner's Sons, 1955.

77. ［法］笛卡尔著，庞景仁译：《第一哲学沉思集》，北京：商务印书馆 1986 年版。

78. Jean-Jacques Rousseau, *Émile*, Paris, Editions Garnier, 1964.

79. 谷裕著：《隐匿的神学》，上海：华东师范大学出版社 2008 年版。

五、其他参考文献

1. ［挪威］G. 希尔贝克、N. 伊耶著，童世俊、郁振华、刘进译：《西方哲学史：从古希腊到二十世纪》，上海：上海译文出版社 2004 年版。

2. ［德］文德尔班·H 著：《哲学史教程》，北京：商务印书馆 1987 年版。

3. ［英］罗素著：《西方哲学史》，北京：商务印书馆 1997 年版。

4. ［德］策勒尔著：《古希腊哲学史》，济南：山东人民出版社 1992 年版。

5. ［美］威廉·詹姆斯著：《多元的宇宙》，北京：商务印书馆 2005 年版。

6. ［古希腊］亚理斯多德、贺拉斯著，罗念生、杨周翰译：《诗学诗艺》，北京：人民文学出版社 1982 年版。

7. ［古希腊］亚里士多德著，陈中梅译注：《诗学》，北京：商务印书馆 1996 年版。

8. ［法］让·贝西埃著，史忠义译：《诗学史》，天津：百花文艺出版社 2002 年版。

9. ［法］达维德·方丹著，陈静译：《诗学》，天津：天津人民出版社 2003 年版。

10. 刘晓枫主编：《诗学解诂》，北京：华夏出版社 2006 年版。

11. 刘晓枫选编：《德语诗学文选》（上、下卷），上海：华东师范大学出版社 2006 年版。

12. 栾栋著：《感性学发微》，北京：商务印书馆 1999 年版。

13. ［美］奥尔森著，吴瑞诚等译：《基督教神学思想史》，北京：北京大学出版社 2003 年版。

14. ［美］布鲁斯·雪莱著，刘平译：《基督教会史》，北京：北京大学出版社 2004 年版。

15. ［美］伯克富著，赵中辉译：《基督教义史》，北京：宗教文化出版社 2000 年版。

16. ［英］约翰·德雷恩著，许一新译：《旧约概论》，北京：北京大学出版社 2004 年版。

17. ［美］史蒂夫·威尔肯斯、阿兰·G. 帕杰特著，刘平译：《基督教与西方思想》（一、二卷），北京：北京大学出版社 2000 年版。

18. ［英］特洛尔奇著，朱雁冰等译：《基督教理论与现代》，北京：华夏出版社 2004 年版。

19. ［英］约翰·麦奎利著，高师宁、何光沪译：《二十世纪宗教思想》，上海：上海人民出版社 1989 年版。

20. 许志伟主编：《基督教思想评论》（一至三辑），上海：上海人民出版社 2006 年版。

21. ［英］阿利斯科·E. 麦克格拉思著，王毅译：《科学与宗教引论》，上海：上海人民出版社 2000 年版。

22. 江丕盛、彼得斯、本纳德著：《桥：科学与宗教》，北京：中国社会科学出版社 2007 年版。

23. ［英］詹·弗雷泽著，刘魁立编：《金枝精要——巫术与宗教之研究》，上海：上海文艺出版社 2001 年版。

24. ［加］诺思洛普·弗莱著，吴持哲译：《神力的语言——"圣经与文学"研究续编》，北京：社会科学文献出版社 2004 年版。

25. ［美］安德鲁·迪克森·怀特著，鲁旭东译：《基督教世界科学与神学论战史》，桂林：广西师范大学出版社 2006 年版。

26. ［德］马克斯·韦伯乐著，彭强、黄晓京译：《新教伦理与资本主义精神》，西安：陕西师范大学出版社 2005 年版。

27. ［法］阿尔贝特·史怀特著，汉斯·瓦尔特·贝尔编，陈泽环译：《敬畏生命》，上海：上海社会科学院出版社 1995 年版。

28. ［罗马尼亚］米尔恰·伊利亚德著，王建光译：《神圣与世俗——宗教的本质》，北京：华夏出版社 2002 年版。

29. ［法］吉尔·德勒兹著，周颖、刘玉宇译：《尼采与哲学》，北京：社会科学文献出版社 2001 年版。

30. ［法］吉尔·德勒兹著：《解读尼采》，天津：百花文艺出版社 2000 年版。

31. ［法］吉尔·德勒兹著：《福柯·褶子》，长沙：湖南文艺出版社 2001 年版。

32. ［俄］尼古拉·别尔嘉耶夫著，张百春译：《精神与实在》，北京：中国城市出版社 2002 年版。

33. ［英］萨拉·科克利著，戴远方、宫睿译：《权力与服从》，北京：中国人民大学出版社 2006 年版。

34. ［俄］尼古拉·别尔嘉耶夫著，徐黎明译：《人的奴役与自由——人格主义哲学的体认》，贵阳：贵州人民出版社 1994 年版。

35. 谢扶雅著：《宗教哲学》，济南：山东人民出版社 1998 年版。

36. ［英］约翰·希克著，何光沪译：《宗教哲学》，北京：生活·读书·新知三联书店 1998 年版。

37. ［英］约翰·希克著，王志成、朱彩虹译：《上帝与信仰的世界——宗教哲学论文集》，北京：中国人民大学出版社 2006 年版。

38. ［德］乔·威·弗·黑格尔著，魏庆征译：《宗教哲学》，北京：中国社会出版社 2005 年版。

39. ［德］乔·威·弗·黑格尔著，贺麟、王太庆译：《哲学史演讲录》（一至四卷），北京：商务印书馆 1997 年版。

40. ［德］康德著，宗白华译：《判断力批判》，北京：商务印书馆 1995 年版。

41. ［英］詹姆士·利奇蒙德著，朱代强、孙善玲译：《神学与形而上学》，成都：四川人民出版社 1997 年版。

42. ［英］麦奎利著，安庆国译：《谈论上帝——神学的语言与逻辑之考察》，成都：四川人民出版社 2003 年版。

43. ［德］艾伯林著，李秋零译：《神学研究——一种百科全书式的定位》，北京：中国人民大学出版社 2003 年版。

44. ［德］鲁道夫·奥托著，成穷、周邦宪译：《论神圣》，成都：四川人民出版社 2003 年版。

45. ［美］路易斯·P. 波伊曼著，黄瑞成译：《宗教哲学》，北京：中国人民大学出版社 2006 年版。

46. ［俄］列夫·舍斯托夫著，张冰译：《雅典与耶路撒冷》，上海：上海人民出版社 2004 年版。

47. ［俄］列夫·舍斯托夫著，方珊、李勤、张冰等译：《旷野呼告 无根据颂》，上海：上海人民出版社 2004 年版。

48. ［俄］列夫·舍斯托夫著，方珊、张百春、张杰等译：《思辨与启示》，上海：上海人民出版社 2004 年版。

49. ［法］雅克·德里达、［意］基阿尼·瓦蒂莫主编，杜小真译：《宗教》，北京：商务印书馆 2006 年版。

50. ［德］马丁·海德格尔著，孙周兴译：《路标》，北京：商务印书馆 2000 年版。

51. 刘小枫主编：《二十世纪西方宗教哲学文选》，上海：上海三联书店 1991 年版。

52. 冯俊著：《当代法国伦理思想》，上海：同济大学出版社 2007 年版。

53. ［法］保罗·波帕尔著，肖梅译：《教皇》，北京：商务印书馆 2000 年版。

54. ［英］G. R. 埃文斯著，茆卫彤译：《中世纪的信仰》，北京：北京大学出版社 2005 年版。

55. ［美］大卫·雷·格里芬著，孙慕天译：《后现代宗教》，北京：中国城市出版社 2003 年版。

56. ［英］唐·库比特著，王志成、何从高译：《空与光明》，北京：宗教文化出版社 2003 年版。

57. ［德］洛维特、沃格林等著，田立年、吴增定等译：《墙上的书写——尼采与基督教》，北京：华夏出版社 2004 年版。

58. ［美］弗林斯著，王芃译：《舍勒思想评述》，北京：华夏出版社 2004 年版。

59. ［美］贝纳尔·德特著，萝娜·伯格编，肖涧译：《走向古典诗学之路：相遇与反思》，北京：华夏出版社 2007 年版。

60. 刘小枫主编：《维柯与古今之争》，北京：华夏出版社 2008 年版。

61. ［法］乔治·利维著，潘惠芳译：《宗教战争》，北京：商务印书馆 2000 年版。

62. ［德］汉斯·约纳斯著，张新樟译：《诺斯替宗教》，上海：上海三联书店 2006 年版。

63. ［德］莱辛著，朱雁冰译：《历史与启示》，北京：华夏出版社 2006 年版。

64. ［德］莱辛著，朱光潜译：《拉奥孔》，北京：人民文学出版社 1997 年版。

65. ［德］卡尔·雅斯贝尔斯著，王玖兴译：《生存哲学》，上海：上海译文出版社 1997 年版。

66. ［德］恩斯特·卡西尔著，关子尹译：《人文科学的逻辑》，上海：上海译文出版社 2004 年版。

67. ［德］恩斯特·卡西尔著，甘阳译：《人论》，上海：上海译文出版社 1997 年版。

68. ［法］保罗·科利著，姜志辉译：《历史与真理》，上海：上海译文出版社 2004 年版。

69. ［美］托马斯·内格尔著，万以译：《人的问题》，上海：上海译文出版社 2004 年版。

70. ［德］鲁道夫·奥伊肯著，万以译：《生活的意义与价值》，上海：上海译文出版社 2005 年版。

71. ［瑞士］H. 奥特著，林克、赵勇译：《不可言说的言说：我们时代的上帝问题》，北京：生活·读书·新知三联书店 1994 年版。

72. ［德］K. 拉纳著，J. B. 默茨修订：《圣言的倾听者——论一种宗教哲学的基础》，北京：生活·读书·新知三联书店 1995 年版。

73. ［德］M. 舍勒著，林克等译：《爱的秩序》，北京：生活·读书·新知三联书店 1995 年版。

74. ［瑞士］K. 巴特著，何亚将、朱雁冰译：《教会教义学》（精选本），北京：生活·读书·新知三联书店 1998 年版。

75. 狄奥尼修斯著，包利民译：《神秘神学》，北京：生活·读书·新知三联书店 1998 年版。

76. ［法］让—保罗·萨特著：《存在与虚无》，北京：中国社会科学出版社 1999 年版。

77. ［法］让—保罗·萨特著，周煦良、汤永宽译：《存在主义是一种人道主义》，上海：上海译文出版社 2005 年版。

78. ［美］乔治·桑塔亚纳，犹家仲译：《宗教中的理性》，北京：北京大学出版社 2008 年版。

79. ［法］德日进著，范一译：《人的现象》，沈阳：辽宁教育出版社 1997 年版。

80. ［法］德日进著，王海燕编选：《德日进集》，上海：上海远东出版社 2004 年版。

81. ［法］约瑟夫·祁雅里著，辛岩译：《二十世纪法国思潮》，北京：商务印书馆 1987 年版。

82. ［美］加里·古廷著，辛岩译：《二十世纪法国哲学》，南京：江苏人民出版社 2005 年版。

83. 高宣扬著：《当代法国思想五十年》，北京：中国人民大学出版社 2005 年版。

84. ［美］朱迪斯·贝内特、沃伦·霍莱斯特著：《欧洲中世纪简史》（英文影印版），北京：北京大学出版社 2007 年版。

85. A. S. McGrade, ed., *The Cambridge Companion to Medieval Philosophy*, Cambridge University Press, 2003.

86. 史忠义著：《20 世纪法国小说诗学》，北京：社会科学文献出版社 2000 年版。

87. ［法］让—伊夫·塔迪埃著，史忠义译：《20 世纪的文学批评》，天津：百花文艺出版社 1998 年版。

88. ［法］罗杰·法约尔著，怀宇译：《批评：方法与历史》，天津：百花文艺出版社 2002 年版。

89. ［法］丹纳著，傅雷译：《艺术哲学》，北京：人民文学出版社 1963 年版。

90. ［美］罗森著，张辉译：《诗与哲学之争》，上海：上海译文出版社 1999 年版。

91. 章学诚著：《文史通义》，上海：上海古籍出版社 1993 年版。

92. 周振甫注：《文心雕龙注释》，北京：人民文学出版社 1981 年版。

93. 何文焕辑：《历代诗话》，北京：中华书局 1981 年版。

94. 陈明、朱汉民主编：《原道》（第五辑），贵阳：贵州人民出版社 1999 年版。

95. ［法］米歇尔·瑟福著，王昭仁译：《抽象派绘画史》，桂林：广西师范大学出版社 2002 年版。

96. ［美］约翰·雷华德著，平野等译：《印象派绘画史》（上、下册），桂林：广西师范大学出版社 2002 年版。

97. ［英］佩特著，张岩冰译：《文艺复兴——艺术与诗的研究》，桂林：广西师范大学出版社 2002 年版。

98. ［美］厄尔·迈纳著，王宇根、宋伟杰等译：《比较诗学》，北京：中央编译出版社 2004 年版。

99. ［法］瓦莱里著，段映虹译：《文艺杂谈》，天津：百花文艺出版社 2002 年版。

100. 赵林、杨熙楠主编：《神秘与反思》，桂林：广西师范大学出版社 2008 年版。

101. 高宣扬著：《当代法国思想五十年》，北京：中国人民大学出版社 2005 年版。

102. 李枫著：《诗人的神学——柯勒律治的浪漫主义思想》，北京：社会科学文献出版社 2008 年版。

103. ［德］曼弗雷·德弗兰克著，聂军等译：《德国早期浪漫主义美学导论》，长春：吉林人民出版社 2006 年版。

104. ［法］让—皮埃尔·里乌、让—弗朗索瓦·西里内利主编，杨剑译：《法国文化史》（一至四册），上海：华东师范大学出版社 2006 年版。

105. ［法］保罗·科利著，莫伟民译：《解释的冲突：解释学文集》，北京：商务印书馆 2008 年版。

106. ［德］霍克海默、阿尔道诺著，渠敬东等译：《启蒙的辩证法》，上海：上海人民出版社 2006 年版。

107. ［美］安东尼·J. 卡斯卡迪著，严忠志译：《启蒙的结果》，北京：商务印书馆 2006 年版。

108. 萌萌主编：《启示与理性》，北京：中国社会科学出版社 2001 年版。

109. 赵林主编：《人神之际》，桂林：广西师范大学出版社 2008 年版。

110. ［德］汉斯·昆、瓦尔特·廷斯著，李永平译：《诗与宗教》，北京：生活·读书·新知三联书店 2005 年版。

111. 朱光潜著：《西方美学史》，北京：人民文学出版社 1987 年版。

112. 朱光潜著：《诗论》，上海：上海人民出版社 2005 年版。

113. ［美］门罗·C. 比厄斯利著，高建平译：《西方美学简史》，北京：北京大学出版社 2006 年版。

114. ［德］卡尔·洛维特著，李秋零译：《世界历史与救赎历史》，上海：上海人民出版社 2006 年版。

115. ［英］罗伊·索伦森著，贾红雨译：《悖论简史》，北京：北京大学出版社 2007 年版。

116. 沈语冰著：《透支的想象：现代性哲学引论》，上海：上海学林出版社 2003 年版。

117. 高宣扬主编：《法兰西思想评论》，上海：同济大学出版社 2005 年版。

118. ［英］拉曼·塞尔登编，刘象愚等译：《文学批评理论》，北京：北京大学出版社 2003 年版。

119. ［法］吉尔松著，沈清松译：《中世纪哲学精神》，上海：上海人民出版社 2008 年版。

120. ［法］艾曼纽·卢瓦耶著，张文敬译：《流亡的巴黎：二战时栖居纽约的法国知识分子》，桂林：广西师范大学出版社 2009 年版。

121. 叶朗著：《中国美学史大纲》，上海：上海人民出版社 2001 年版。

后　记

　　走出"诗学"探险迷宫的那一刻，我充满喜悦又惴惴不安，回首幽深中的跋涉不禁感慨万端。

　　回望过去，是一条长长的求索之路和十几年孤清的时光。2001 年伊始，导师栾栋教授第一次为华南师范大学古代文学博士生开课，我有幸旁听。其后，我几乎聆听了栾老师为研究生开设的所有课程。当年懵懂的我，在栾老师的引领下走进了跨学科研究的学术领域。知识结构的全面重建与学术思维的全新陶冶开始让我脱胎换骨。2006 年，我考入广东外语外贸大学西语学院攻读博士学位，在导师栾栋教授的指导下从事法国文化与比较文学研究。先生渊博的学识、严谨的作风和宽广的胸怀让我感佩，也使我对学术和人生有了一番全新的领悟。

　　边教学边求学的日子里，每天奔波于大学城、广外、家庭三地之间，我的生活充实、快乐。学业的不断进步化解了背负在身的思想压力，收获的喜悦伴随的是一颗感恩的心。感谢广东外语外贸大学西语学院的所有教师，感谢远在美国的朋友陈沉奋，感谢导师的言传身教和悉心指导。所有的帮助我都铭记于心。

　　繁重的教学工作之余能如期完成书稿，更要感谢我的家人。父母帮我扫除后顾之忧，丈夫替我分担家庭重任，儿子为我带来精神愉悦。

　　书稿得以出版要感谢我的导师栾栋教授，他于百忙之中带病为我的书稿提出宝贵的修改意见并鞭策我不断地进步。由于自身的理论学养有限，未能达到导师的期望，因而深感愧疚。导师语重心长的教诲让我受用终身，导师舐犊情深的恩情我将没齿难忘。

　　念及本丛书的策划人、暨南大学出版社总编史小军先生、编辑郑晓玲女士等为书稿出版付出的努力，在此一并感谢。

　　漫漫人生路，吾将继续求索。记之以感恩，兼自律自勉。

张　静
2011 年 6 月